国学经典诵读

古文选

上

蔡艳红　选编

中州古籍出版社

·郑州·

图书在版编目(CIP)数据

古文选／蔡艳红选编. —郑州：中州古籍出版社，2015.5

(国学经典诵读)

ISBN 978-7-5348-5011-0

Ⅰ. ①古… Ⅱ. ①蔡… Ⅲ. ①汉语拼音-少儿读物 Ⅳ. ①H125.4

中国版本图书馆 CIP 数据核字(2014)第 245618 号

出版社:中州古籍出版社

(地址:郑州市经五路 66 号　邮政编码:450002)

发行单位:新华书店

承印单位:河南新华印刷集团有限公司

开本:710mm×1000mm　1/16　**印张**:21.75

版次:2015 年 5 月第 1 版　**印次**:2015 年 5 月第 1 次印刷

定价:38.00 元

致读者

夏衍先生的《种子的力量》，想必不少人读过。植物的种子发芽时能将人的头盖骨完整地分开，其力量之大令人惊叹。具备一定科学常识的我们不难明白，种子这种超凡的生命力其实源自它的生物基因。

植物种子的生命力取决于它的生物基因，而人类文明的生命力无疑取决于它的文化基因。

当我们以自家母语毫无隔阂地阅读这段文字时，古巴比伦的空中花园早成幻影，古埃及仅残留着光秃秃的石塔，古印度文明更已灰飞烟灭逾三千年了。世所公认的四大文明，唯有我泱泱中华文明以其无双的生命力傲立至今，并且愈加浩浩然龙马精神。

我们不禁肃然起敬而油然发问，其中的奥妙何在？——习近平同志指出：“博大精深的中华优秀传统文化是我们在世界文化激荡中站稳脚跟的根基”，“要从弘扬优秀传统文化中寻找精气神”。诚然，这奥秘即在于中华文明的文化基因，尤其是优秀的传统文化。

“指穷于为薪，火传也，不知其尽也。”文明的火种在于传承，传承之大业必启于童蒙。孩子是文明的火种，是文化传承的发轫所在。

于是，有了我们这套丛书。参照传统童蒙教育读本，结合现代少年儿童的实际情况，我社用心编选出国学经典中的要妙原典，萃聚成编；注以拼音，并邀请演播善手精心朗诵，运用新兴的MPR（多媒体印刷读物）数字技术，打造出这套新式的国学读本。"轴心时代"文明精华之《周易》《论语》《老子》《庄子》，"风骚"万古的《诗经》《楚辞》，发蒙百代的《千字文》《三字经》《百家姓》《龙文鞭影》，各盛其朝的唐诗、宋词、元曲，俱入本丛书。

"蒙以养正，圣功也！"

古代中国人传习经典，小则为"修身立命"，至于"学优而仕，光宗耀祖"；大则为"治国平天下"，至于"为往圣继绝学，为万世开太平"。而今我们学习经典，不仅可以追溯自己生而为中国人的文化基因，更可以从中汲取我中华先人的生存智慧，为我们开拓广阔的人生与民族未来提供源源不断的精神力量。

"文王既没，文不在兹乎？"党的十八大对这一文化问题作出了战略部署，强调要"建设优秀传统文化传承体系，弘扬中华优秀传统文化"。

编选这套丛书，传承的使命和光大的愿景不禁使我们想起百年前，正值中华民族危亡之际，梁任公先生饱含热忱的《少年中国说》。如今，睡狮已醒，我中华民族正再次雄起于世界东方，我们这些出版人更其热切地希望自己编选的这套丛书能帮助"少年中国"之"中国少年"茁壮成长。

"美哉我少年中国，与天不老！壮哉我中国少年，与国无疆！"吾其勉哉！

中州古籍出版社编辑部

2015年4月

目　录

上　册

下 册

zhèng bó kè duàn yú yān

郑伯克段于鄢

zuǒzhuàn
《左传》

chū zhèng wǔ gōng qǔ yú shēn yuē wǔ jiāng shēng zhuāng
初，郑武公娶于申，曰武姜。生庄
gōng jí gōng shū duàn zhuāng gōng wù shēng jīng jiāng shì gù míng
公及共叔段。庄公寤生，惊姜氏，故名
yuē wù shēng suì wù zhī ài gōng shū duàn yù lì zhī qì
曰寤生，遂恶之。爱共叔段，欲立之，亟
qǐng yú wǔ gōng gōng fú xǔ
请于武公，公弗许。

jí zhuāng gōng jí wèi wèi zhī qǐng zhì gōng yuē
及庄公即位，为之请制。公曰：
zhì yán yì yě guó shū sǐ yān tā yì wéi mìng qǐng
“制，岩邑也，虢叔死焉，佗邑唯命。”请
jīng shǐ jū zhī wèi zhī jīng chéng tài shū
京，使居之，谓之“京城大叔”。

zhài zhòng yuē dū chéng guò bǎi zhì guó zhī hài yě
祭仲曰：“都城过百雉，国之害也。
xiān wáng zhī zhì dà dū bú guò sān guó zhī yī zhōng wǔ zhī
先王之制：大都不过参国之一；中，五之
yī xiǎo jiǔ zhī yī jīn jīng bú dù fēi zhì yě jūn
一；小，九之一。今京不度，非制也，君

jiāng bù kān gōng yuē jiāng shì yù zhī yān bì hài duì
将不堪。”公曰：“姜氏欲之，焉辟害？”对
yuē jiāng shì hé yàn zhī yǒu bù rú zǎo wèi zhī suǒ wú
曰：“姜氏何厌之有！不如早为之所，无
shǐ zī màn màn nán tú yě màn cǎo yóu bù kě chú kuàng
使滋蔓。蔓，难图也；蔓草犹不可除，况
jūn zhī chǒng dì hū gōng yuē duō xíng bú yì bì zì
君之宠弟乎！”公曰：“多行不义，必自
bì zǐ gū dài zhī
毙，子姑待之！”

jì ér tài shū mìng xī bǐ běi bǐ èr yú jǐ gōng
既而大叔命西鄙北鄙贰于己。公
zǐ lǚ yuē guó bù kān èr jūn jiāng ruò zhī hé yù yǔ
子吕曰：“国不堪贰，君将若之何？欲与
tài shū chén qǐng shì zhī ruò fú yǔ zé qǐng chú zhī wú
大叔，臣请事之；若弗与，则请除之，无
shēng mín xīn gōng yuē wú yōng jiāng zì jí tài shū
生民心。”公曰：“无庸，将自及。”大叔
yòu shōu èr yǐ wéi jǐ yì zhì yú lǐn yán zǐ fēng yuē
又收贰以为己邑，至于廪延。子封曰：
kě yǐ hòu jiāng dé zhòng gōng yuē bú yì bú nì
“可矣，厚将得众。”公曰：“不义不暱，
hòu jiāng bēng
厚将崩。”

tài shū wán jù shàn jiǎ bīng jù zú shèng jiāng xí
大叔完聚，缮甲兵，具卒乘，将袭

zhèng fū rén jiāng qǐ zhī gōng wén qí qī yuē kě
郑。夫人将启之。公闻其期，曰："可
yǐ mìng zǐ fēng shuài chē èr bǎi shèng yǐ fá jīng jīng pàn
矣。"命子封帅车二百乘以伐京。京叛
tài shū duàn duàn rù yú yān gōng fá zhū yān wǔ yuè xīn
大叔段，段入于鄢，公伐诸鄢。五月辛
chǒu tài shū chū bēn gōng
丑，大叔出奔共。

shū yuē zhèng bó kè duàn yú yān duàn bú dì gù
书曰："郑伯克段于鄢。"段不弟，故
bù yán dì rú èr jūn gù yuē kè chēng zhèng bó jī shī
不言弟；如二君，故曰克；称郑伯，讥失
jiào yě wèi zhī zhèng zhì bù yán chū bēn nán zhī yě
教也；谓之郑志。不言出奔，难之也。

suì zhì jiāng shì yú chéng yǐng ér shì zhī yuē bù jí
遂寘姜氏于城颍，而誓之曰："不及
huáng quán wú xiāng jiàn yě jì ér huǐ zhī
黄泉，无相见也！"既而悔之。

yǐng kǎo shū wéi yǐng gǔ fēng rén wén zhī yǒu xiàn yú
颍考叔为颍谷封人，闻之，有献于
gōng gōng cì zhī shí shí shě ròu gōng wèn zhī duì
公。公赐之食。食舍肉。公问之，对
yuē xiǎo rén yǒu mǔ jiē cháng xiǎo rén zhī shí yǐ wèi cháng
曰："小人有母，皆尝小人之食矣，未尝
jūn zhī gēng qǐng yǐ wèi zhī gōng yuē ěr yǒu mǔ wèi
君之羹，请以遗之。"公曰："尔有母遗，

yī wǒ dú wú yǐng kǎo shū yuē gǎn wèn hé wèi yě
繄我独无!”颍考叔曰:“敢问何谓也?”
gōng yù zhī gù qiě gào zhī huǐ duì yuē jūn hé huàn
公语之故,且告之悔。对曰:“君何患
yān ruò jué dì jí quán suì ér xiāng jiàn qí shuí yuē bù
焉!若阙地及泉,隧而相见,其谁曰不
rán gōng cóng zhī gōng rù ér fù dà suì zhī zhōng
然?”公从之。公入而赋:“大隧之中,
qí lè yě róng róng jiāng chū ér fù dà suì zhī wài qí
其乐也融融!”姜出而赋:“大隧之外,其
lè yě yì yì suì wéi mǔ zǐ rú chū
乐也泄泄!”遂为母子如初。

jūn zǐ yuē yǐng kǎo shū chún xiào yě ài qí mǔ
君子曰:“颍考叔,纯孝也,爱其母,
yì jí zhuāng gōng shī yuē xiào zǐ bú kuì yǒng cì
施及庄公。《诗》曰:‘孝子不匮,永锡
ěr lèi qí shì zhī wèi hū
尔类。’其是之谓乎?”

cáo guì lùn zhàn
曹刿论战
zuǒ zhuàn
《左传》

shí nián chūn qí shī fá wǒ gōng jiāng zhàn cáo guì
十年春，齐师伐我。公将战。曹刿
qǐng jiàn qí xiāng rén yuē ròu shí zhě móu zhī yòu hé jiàn
请见。其乡人曰：“肉食者谋之，又何间
yān guì yuē ròu shí zhě bǐ wèi néng yuǎn móu nǎi rù
焉？”刿曰：“肉食者鄙，未能远谋。”乃入
jiàn wèn hé yǐ zhàn gōng yuē yī shí suǒ ān fú
见。问：“何以战？”公曰：“衣食所安，弗
gǎn zhuān yě bì yǐ fēn rén duì yuē xiǎo huì wèi biàn
敢专也，必以分人。”对曰：“小惠未遍，
mín fú cóng yě gōng yuē xī shēng yù bó fú gǎn jiā
民弗从也。”公曰：“牺牲玉帛，弗敢加
yě bì yǐ xìn duì yuē xiǎo xìn wèi fú shén fú fú
也，必以信。”对曰：“小信未孚，神弗福
yě gōng yuē xiǎo dà zhī yù suī bù néng chá bì yǐ
也。”公曰：“小大之狱，虽不能察，必以
qíng duì yuē zhōng zhī shǔ yě kě yǐ yí zhàn zhàn
情。”对曰：“忠之属也。可以一战。战
zé qǐng cóng
则请从。”

gōng yǔ zhī chéng zhàn yú cháng sháo gōng jiāng gǔ zhī
公与之乘，战于长勺。公将鼓之。
guì yuē wèi kě qí rén sān gǔ guì yuē kě
刿曰：“未可。”齐人三鼓。刿曰：“可
yǐ qí shī bài jì gōng jiāng chí zhī guì yuē wèi
矣。”齐师败绩。公将驰之。刿曰：“未
kě xià shì qí zhé dēng shì ér wàng zhī yuē kě
可。”下视其辙，登轼而望之，曰：“可
yǐ suì zhú qí shī
矣。”遂逐齐师。

jì kè gōng wèn qí gù duì yuē fú zhàn yǒng
既克，公问其故。对曰：“夫战，勇
qì yě yì gǔ zuò qì zài ér shuāi sān ér jié bǐ
气也。一鼓作气，再而衰，三而竭。彼
jié wǒ yíng gù kè zhī fú dà guó nán cè yě jù yǒu
竭我盈，故克之。夫大国，难测也，惧有
fú yān wú shì qí zhé luàn wàng qí qí mǐ gù zhú
伏焉。吾视其辙乱，望其旗靡，故逐
zhī
之。”

gōng zhī qí jiàn jiǎ dào
宫之奇谏假道

zuǒ zhuàn
《左传》

jìn hóu fù jiǎ dào yú yú yǐ fá guó gōng zhī qí
晋侯复假道于虞以伐虢。宫之奇

jiàn yuē guó yú zhī biǎo yě guó wáng yú bì cóng zhī
谏曰：“虢，虞之表也，虢亡，虞必从之。

jìn bù kě qǐ kòu bù kě wán yī zhī wéi shèn qí kě zài
晋不可启，寇不可玩，一之为甚，其可再

hū yàn suǒ wèi fǔ chē xiāng yī chún wáng chǐ hán zhě
乎？谚所谓‘辅车相依，唇亡齿寒’者，

qí yú guó zhī wèi yě
其虞、虢之谓也。”

gōng yuē jìn wú zōng yě qǐ hài wǒ zāi duì
公曰：“晋，吾宗也，岂害我哉？”对

yuē tài bó yú zhòng tài wáng zhī zhāo yě tài bó bù
曰：“大伯、虞仲，大王之昭也，大伯不

cóng shì yǐ bú sì guó zhòng guó shū wáng jì zhī mù
从，是以不嗣。虢仲、虢叔，王季之穆

yě wéi wén wáng qīng shì xūn zài wáng shì cáng yú méng fǔ
也，为文王卿士，勋在王室，藏于盟府。

jiāng guó shì miè hé ài yú yú qiě yú néng qīn yú huán
将虢是灭，何爱于虞？且虞能亲于桓、

zhuāng hū qí ài zhī yě huán zhuāng zhī zú hé zuì ér
庄乎，其爱之也？桓、庄之族何罪，而
yǐ wéi lù bù wéi bī hū qīn yǐ chǒng bī yóu shàng hài
以为戮，不唯逼乎？亲以宠逼，犹尚害
zhī kuàng yǐ guó hū
之，况以国乎？”

gōng yuē wú xiǎng sì fēng jié shén bì jù wǒ duì
公曰：“吾享祀丰洁，神必据我。”对
yuē chén wén zhī guǐ shén fēi rén shí qīn wéi dé shì yī
曰：“臣闻之，鬼神非人实亲，惟德是依。
gù zhōu shū yuē huáng tiān wú qīn wéi dé shì fǔ
故《周书》曰：‘皇天无亲，惟德是辅。’
yòu yuē shǔ jì fēi xīn míng dé wéi xīn yòu yuē mín
又曰：‘黍稷非馨，明德惟馨。’又曰：‘民
bú yì wù wéi dé yī wù rú shì zé fēi dé mín bù
不易物，惟德繄物。’如是，则非德民不
hé shén bù xiǎng yǐ shén suǒ píng yī jiāng zài dé yǐ
和，神不享矣。神所冯依，将在德矣。
ruò jìn qǔ yú ér míng dé yǐ jiàn xīn xiāng shén qí tǔ zhī
若晋取虞，而明德以荐馨香，神其吐之
hū
乎？”

fú tīng xǔ jìn shǐ gōng zhī qí yǐ qí zú xíng
弗听，许晋使。宫之奇以其族行，
yuē yú bú là yǐ zài cǐ xíng yě jìn bú gèng jǔ
曰：“虞不腊矣，在此行也，晋不更举

yǐ
矣。”

dōng jìn miè guó shī huán guǎn yú yú suì xí
冬，晋灭虢。师还，馆于虞，遂袭
yú miè zhī zhí yú gōng
虞，灭之，执虞公。

zhú zhī wǔ tuì qín shī
烛之武退秦师
zuǒzhuàn
《左传》

jìn hóu qín bó wéi zhèng yǐ qí wú lǐ yú jìn qiě
晋侯、秦伯围郑，以其无礼于晋，且
èr yú chǔ yě jìn jūn hán líng qín jūn fán nán yì zhī
贰于楚也。晋军函陵，秦军氾南。佚之
hú yán yú zhèng bó yuē guó wēi yǐ ruò shǐ zhú zhī wǔ jiàn
狐言于郑伯曰：“国危矣，若使烛之武见
qín jūn shī bì tuì gōng cóng zhī cí yuē chén zhī
秦君，师必退。”公从之。辞曰：“臣之
zhuàng yě yóu bù rú rén jīn lǎo yǐ wú néng wéi yě
壮也，犹不如人；今老矣，无能为也
yǐ gōng yuē wú bù néng zǎo yòng zǐ jīn jí ér qiú
已。”公曰：“吾不能早用子，今急而求
zǐ shì guǎ rén zhī guò yě rán zhèng wáng zǐ yì yǒu bú
子，是寡人之过也。然郑亡，子亦有不

lì yān xǔ zhī
利焉！”许之。

yè zhuì ér chū jiàn qín bó yuē qín jìn wéi
夜缒而出。见秦伯曰：“秦、晋围
zhèng zhèng jì zhī wáng yǐ ruò wáng zhèng ér yǒu yì yú jūn
郑，郑既知亡矣。若亡郑而有益于君，
gǎn yǐ fán zhí shì yuè guó yǐ bǐ yuǎn jūn zhī qí nán
敢以烦执事。越国以鄙远，君知其难
yě yān yòng wáng zhèng yǐ péi lín lín zhī hòu jūn zhī bó
也。焉用亡郑以陪邻？邻之厚，君之薄
yě ruò shě zhèng yǐ wéi dōng dào zhǔ xíng lǐ zhī wǎng lái
也。若舍郑以为东道主，行李之往来，
gōng qí fá kùn jūn yì wú suǒ hài qiě jūn cháng wéi jìn jūn
共其乏困，君亦无所害。且君尝为晋君
cì yǐ xǔ jūn jiāo xiá zhāo jì ér xī shè bǎn yān jūn
赐矣，许君焦、瑕，朝济而夕设版焉，君
zhī suǒ zhī yě fú jìn hé yàn zhī yǒu jì dōng fēng
之所知也。夫晋，何厌之有？既东封
zhèng yòu yù sì qí xī fēng ruò bù jué qín jiāng yān qǔ
郑，又欲肆其西封，若不阙秦，将焉取
zhī jué qín yǐ lì jìn wéi jūn tú zhī qín bó yuè
之？阙秦以利晋，唯君图之。”秦伯说，
yǔ zhèng rén méng shǐ qǐ zǐ páng sūn yáng sūn shù zhī nǎi
与郑人盟。使杞子、逢孙、杨孙戍之，乃
huán
还。

zǐ fàn qǐng jī zhī gōng yuē bù kě wēi fú
子犯请击之。公曰："不可。微夫

rén zhī lì bù jí cǐ yīn rén zhī lì ér bì zhī bù
人之力不及此。因人之力而敝之，不

rén shī qí suǒ yǔ bú zhì yǐ luàn yì zhěng bù wǔ
仁；失其所与，不知；以乱易整，不武。

wú qí huán yě yì qù zhī
吾其还也。"亦去之。

jìn líng gōng bù jūn
晋灵公不君

zuǒ zhuàn
《左传》

jìn líng gōng bù jūn hòu liǎn yǐ diāo qiáng cóng tái
晋灵公不君。厚敛以雕墙。从台

shàng tán rén ér guān qí bì wán yě zǎi fū ér xióng fán bù
上弹人，而观其辟丸也。宰夫胹熊蹯不

shú shā zhī zhì zhū běn shǐ fù rén zài yǐ guò cháo zhào
熟，杀之，寘诸畚，使妇人载以过朝。赵

dùn shì jì jiàn qí shǒu wèn qí gù ér huàn zhī jiāng jiàn
盾、士季见其手，问其故而患之。将谏，

shì jì yuē jiàn ér bú rù zé mò zhī jì yě huì qǐng
士季曰："谏而不入，则莫之继也。会请

xiān bú rù zé zǐ jì zhī sān jìn jí liù ér hòu shì
先，不入，则子继之。"三进及溜，而后视

zhī yuē wú zhī suǒ guò yǐ jiāng gǎi zhī qǐ shǒu ér
之。曰：“吾知所过矣，将改之。”稽首而
duì yuē rén shuí wú guò guò ér néng gǎi shàn mò dà
对曰：“人谁无过！过而能改，善莫大
yān shī yuē mǐ bù yǒu chū xiǎn kè yǒu zhōng
焉。《诗》曰：‘靡不有初，鲜克有终。’
fú rú shì zé néng bǔ guò zhě xiǎn yǐ jūn néng yǒu zhōng
夫如是，则能补过者鲜矣。君能有终，
zé shè jì zhī gù yě qǐ wéi qún chén lài zhī yòu yuē
则社稷之固也，岂惟群臣赖之。又曰：
gǔn zhí yǒu quē wéi zhòng shān fǔ bǔ zhī néng bǔ guò
‘衮职有阙，惟仲山甫补之。’能补过
yě jūn néng bǔ guò gǔn bú fèi yǐ
也。君能补过，衮不废矣。”

yóu bù gǎi xuān zǐ zhòu jiàn gōng huàn zhī shǐ chú
犹不改。宣子骤谏。公患之，使钼
ní zéi zhī chén wǎng qǐn mén pì yǐ shèng fú jiāng cháo
麑贼之。晨往，寝门辟矣。盛服将朝，
shàng zǎo zuò ér jiǎ mèi ní tuì tàn ér yán yuē bú
尚早，坐而假寐。麑退，叹而言曰：“不
wàng gōng jìng mín zhī zhǔ yě zéi mín zhī zhǔ bù zhōng qì
忘恭敬，民之主也。贼民之主，不忠；弃
jūn zhī mìng bú xìn yǒu yī yú cǐ bù rú sǐ yě
君之命，不信。有一于此，不如死也。”
chù huái ér sǐ
触槐而死。

qiū jiǔ yuè jìn hóu yìn zhào dùn jiǔ fú jiǎ jiāng gōng
秋九月，晋侯饮赵盾酒，伏甲将攻
zhī qí yòu tí mí míng zhī zhī qū dēng yuē chén shì jūn
之。其右提弥明知之，趋登，曰：“臣侍君
yàn guò sān jué fēi lǐ yě suì fú yǐ xià gōng sǒu fú
宴，过三爵，非礼也。”遂扶以下。公嗾夫
áo yān míng bó ér shā zhī dùn yuē qì rén yòng quǎn
獒焉。明搏而杀之。盾曰：“弃人用犬，
suī měng hé wéi dòu qiě chū tí mí míng sǐ zhī
虽猛何为！”斗且出。提弥明死之。

chū xuān zǐ tián yú shǒu shān shè yú yì sāng jiàn
初，宣子田于首山，舍于翳桑。见
líng zhé è wèn qí bìng yuē bù shí sān rì yǐ sì
灵辄饿，问其病，曰：“不食三日矣。”食
zhī shě qí bàn wèn zhī yuē huàn sān nián yǐ wèi zhī
之，舍其半。问之，曰：“宦三年矣，未知
mǔ zhī cún fǒu jīn jìn yān qǐng yǐ wèi zhī shǐ jìn
母之存否。今近焉，请以遗之。”使尽
zhī ér wéi zhī dān shí yǔ ròu zhì zhū tuó yǐ yǔ zhī
之，而为之箪食与肉，寘诸橐以与之。
jì ér yù wéi gōng jiè dǎo jǐ yǐ yù gōng tú ér miǎn zhī
既而与为公介，倒戟以御公徒，而免之。
wèn hé gù duì yuē yì sāng zhī è rén yě wèn qí míng
问何故，对曰：“翳桑之饿人也。”问其名
jū bú gào ér tuì suì zì wáng yě
居，不告而退，遂自亡也。

yǐ chǒu zhào chuān gōng líng gōng yú táo yuán xuān zǐ wèi
乙丑，赵穿攻灵公于桃园。宣子未
chū shān ér fù tài shǐ shū yuē zhào dùn shì qí jūn
出山而复。大史书曰："赵盾弑其君。"
yǐ shì yú cháo xuān zǐ yuē bù rán duì yuē zǐ
以示于朝。宣子曰："不然。"对曰："子
wéi zhèng qīng wáng bú yuè jìng fǎn bù tǎo zéi fēi zǐ ér
为正卿，亡不越竟，反不讨贼，非子而
shuí xuān zǐ yuē wū hū shī yuē wǒ zhī huái
谁？"宣子曰："呜呼！《诗》曰：'我之怀
yǐ zì yí yī qī qí wǒ zhī wèi yǐ
矣，自诒伊戚。'其我之谓矣！"

kǒng zǐ yuē dǒng hú gǔ zhī liáng shǐ yě shū fǎ
孔子曰："董狐，古之良史也，书法
bù yǐn zhào dùn gǔ zhī liáng dà fū yě wèi fǎ shòu è
不隐。赵盾，古之良大夫也，为法受恶。
xī yě yuè jìng nǎi miǎn
惜也，越竟乃免。"

cuī zhù shì qí jūn
崔杼弑其君 zuǒ zhuàn《左传》

qí táng gōng zhī qī dōng guō yǎn zhī zǐ yě dōng guō
齐棠公之妻，东郭偃之姊也。东郭

yǎn chén cuī wǔ zǐ táng gōng sǐ yǎn yù wǔ zǐ yǐ diào
偃臣崔武子。棠公死，偃御武子以吊
yān jiàn táng jiāng ér měi zhī suì qǔ zhī
焉。见棠姜而美之，遂取之。

zhuāng gōng tōng yān zhòu rú cuī shì yǐ cuī zǐ zhī
庄公通焉，骤如崔氏。以崔子之
guān cì rén shì zhě yuē bù kě gōng yuē bù wéi cuī
冠赐人，侍者曰："不可。"公曰："不为崔
zǐ qí wú guān hū cuī zǐ yīn shì yòu yǐ qí jiàn fá
子，其无冠乎？"崔子因是，又以其间伐
jìn yě yuē jìn bì jiāng bào yù shì gōng yǐ shuō yú
晋也，曰："晋必将报。"欲弑公以说于
jìn ér bú huò jiàn gōng biān shì rén jiǎ jǔ ér yòu jìn
晋，而不获间。公鞭侍人贾举，而又近
zhī nǎi wèi cuī zǐ jiàn gōng
之，乃为崔子间公。

xià wǔ yuè jǔ wèi jū yú zhī yì gù jǔ zǐ cháo
夏五月，莒为且于之役故，莒子朝
yú qí jiǎ xū xiǎng zhū běi guō cuī zǐ chēng jí bú
于齐。甲戌，飨诸北郭。崔子称疾，不
shì shì yǐ hài gōng wèn cuī zǐ suì cóng jiāng shì jiāng
视事。乙亥，公问崔子，遂从姜氏。姜
rù yú shì yǔ cuī zǐ zì cè hù chū gōng fǔ yíng ér
入于室，与崔子自侧户出。公拊楹而
gē shì rén jiǎ jǔ zhǐ zhòng cóng zhě ér rù bì mén jiǎ
歌。侍人贾举止众从者，而入闭门。甲

xīng gōng dēng tái ér qǐng fú xǔ qǐng méng fú xǔ qǐng zì
兴，公登台而请，弗许；请盟，弗许；请自
rèn yú miào fú xǔ jiē yuē jūn zhī chén zhù jí bìng
刃于庙，弗许。皆曰：“君之臣杼疾病，
bù néng tīng mìng jìn yú gōng gōng péi chén hàn zōu yǒu yín
不能听命。近于公宫，陪臣干掫有淫
zhě bù zhī èr mìng gōng yú qiáng yòu shè zhī zhòng gǔ
者，不知二命。”公逾墙。又射之，中股，
fǎn zhuì suì shì zhī
反队，遂弑之。

yàn zǐ lì yú cuī shì zhī mén wài qí rén yuē sǐ
晏子立于崔氏之门外，其人曰：“死
hū yuē dú wú jūn yě hū zāi wú sǐ yě yuē
乎？”曰：“独吾君也乎哉，吾死也？”曰：
xíng hū yuē wú zuì yě hū zāi wú wáng yě
“行乎？”曰：“吾罪也乎哉，吾亡也？”
guī hū yuē jūn sǐ ān guī jūn mín zhě qǐ yǐ
“归乎？”曰：“君死，安归？君民者，岂以
líng mín shè jì shì zhǔ chén jūn zhě qǐ wèi qí kǒu
陵民？社稷是主。臣君者，岂为其口
shí shè jì shì yǎng gù jūn wèi shè jì sǐ zé sǐ zhī
实，社稷是养。故君为社稷死，则死之；
wèi shè jì wáng zé wáng zhī ruò wèi jǐ sǐ ér wèi jǐ
为社稷亡，则亡之。若为己死而为己
wáng fēi qí sī nì shuí gǎn rèn zhī qiě rén yǒu jūn ér
亡，非其私昵，谁敢任之？且人有君而

shì zhī wú yān dé sǐ zhī ér yān dé wáng zhī jiāng yōng
弑之，吾焉得死之，而焉得亡之？将庸
hé guī mén qǐ ér rù zhěn shī gǔ ér kū xīng sān
何归？”门启而入，枕尸股而哭。兴，三
yǒng ér chū rén wèi cuī zǐ bì shā zhī cuī zǐ yuē
踊而出。人谓崔子：“必杀之！”崔子曰：
mín zhī wàng yě shě zhī dé mín
“民之望也！舍之，得民。”

shū sūn xuān bó zhī zài qí yě shū sūn xuán nà qí nǚ
叔孙宣伯之在齐也，叔孙还纳其女
yú líng gōng bì shēng jǐng gōng dīng chǒu cuī zhù lì ér
于灵公。嬖，生景公。丁丑，崔杼立而
xiàng zhī qìng fēng wéi zuǒ xiàng méng guó rén yú tài gōng
相之。庆封为左相。盟国人于大宫，
yuē suǒ bù yǔ cuī qìng zhě yàn zǐ yǎng tiān tàn
曰：“所不与崔、庆者——”晏子仰天叹
yuē yīng suǒ bù wéi zhōng yú jūn lì shè jì zhě shì yǔ
曰：“婴所不唯忠于君、利社稷者是与，
yǒu rú shàng dì nǎi shà xīn sì gōng yǔ dà fū jí jǔ
有如上帝！”乃歃。辛巳，公与大夫及莒
zǐ méng
子盟。

tài shǐ shū yuē cuī zhù shì qí jūn cuī zǐ shā
大史书曰：“崔杼弑其君。”崔子杀
zhī qí dì sì shū ér sǐ zhě èr rén qí dì yòu
之。其弟嗣书而死者，二人。其弟又

shū nǎi shě zhī nán shǐ shì wén tài shǐ jìn sǐ zhí jiǎn
书，乃舍之。南史氏闻大史尽死，执简

yǐ wǎng wén jì shū yǐ nǎi huán
以往。闻既书矣，乃还。

jīng wèi tián hǎi
精卫填海

shān hǎi jīng
《山海经》

fā jiū zhī shān qí shàng duō zhè mù yǒu niǎo yān qí
发鸠之山，其上多柘木，有鸟焉，其

zhuàng rú wū wén shǒu bái huì chì zú míng yuē jīng
状如乌，文首，白喙，赤足，名曰“精

wèi qí míng zì xiāo
卫”，其鸣自詨。

shì yán dì zhī shào nǚ míng yuē nǚ wá nǚ wá yóu
是炎帝之少女，名曰女娃。女娃游

yú dōng hǎi nì ér bù fǎn gù wéi jīng wèi cháng xián xī
于东海，溺而不返，故为精卫。常衔西

shān zhī mù shí yǐ yīn yú dōng hǎi
山之木石，以堙于东海。

zhāng shuǐ chū yān dōng liú zhù yú hé
漳水出焉，东流注于河。

kuā fǔ zhú rì
夸父逐日
shān hǎi jīng
《山海经》

kuā fǔ yǔ rì zhú zǒu rù rì kě yù dé yǐn
夸父与日逐走，入日；渴，欲得饮，
yǐn yú hé wèi hé wèi bù zú běi yǐn dà zé
饮于河、渭；河、渭不足，北饮大泽。
wèi zhì dào kě ér sǐ qì qí zhàng huà wéi dèng
未至，道渴而死。弃其杖，化为邓
lín
林。

gōng shū
公输
mò zǐ
《墨子》

gōng shū bān wèi chǔ zào yún tī zhī xiè chéng jiāng yǐ
公输盘为楚造云梯之械，成，将以
gōng sòng zǐ mò zǐ wén zhī qǐ yú qí xíng shí rì shí
攻宋。子墨子闻之，起于齐，行十日十
yè ér zhì yú yǐng jiàn gōng shū bān
夜而至于郢，见公输盘。

gōng shū bān yuē fū zǐ hé mìng yān wéi
公输盘曰：“夫子何命焉为？”

zǐ mò zǐ yuē běi fāng yǒu wǔ chén yuàn jiè zǐ shā
子墨子曰：“北方有侮臣，愿借子杀
zhī gōng shū bān bú yuè
之。”公输盘不说。

zǐ mò zǐ yuē qǐng xiàn shí jīn
子墨子曰：“请献十金。”

gōng shū bān yuē wú yì gù bù shā rén
公输盘曰：“吾义固不杀人。”

zǐ mò zǐ qǐ zài bài yuē qǐng shuō zhī wú
子墨子起，再拜，曰：“请说之。吾
cóng běi fāng wén zǐ wéi tī jiāng yǐ gōng sòng sòng hé zuì
从北方，闻子为梯，将以攻宋。宋何罪
zhī yǒu jīng guó yǒu yú yú dì ér bù zú yú mín shā suǒ
之有？荆国有余于地而不足于民，杀所
bù zú ér zhēng suǒ yǒu yú bù kě wèi zhì sòng wú zuì ér
不足而争所有余，不可谓智；宋无罪而
gōng zhī bù kě wèi rén zhī ér bù zhèng bù kě wèi zhōng
攻之，不可谓仁。知而不争，不可谓忠。
zhèng ér bù dé bù kě wèi qiǎng yì bù shā shǎo ér shā
争而不得，不可谓强。义不杀少而杀
zhòng bù kě wèi zhì lèi
众，不可谓知类。”

gōng shū bān fú
公输盘服。

zǐ mò zǐ yuē rán hú bù yǐ hū
子墨子曰："然胡不已乎？"

gōng shū bān yuē bù kě wú jì yǐ yán zhī wáng yǐ
公输盘曰："不可，吾既已言之王矣。"

zǐ mò zǐ yuē hú bú xiàn wǒ yú wáng
子墨子曰："胡不见我于王？"

gōng shū bān yuē nuò
公输盘曰："诺。"

zǐ mò zǐ jiàn wáng yuē jīn yǒu rén yú cǐ shě qí wén xuān lín yǒu bì yú ér yù qiè zhī shě qí jǐn xiù lín yǒu duǎn hè ér yù qiè zhī shě qí liáng ròu lín yǒu kāng zāo ér yù qiè zhī cǐ wéi hé ruò rén
子墨子见王，曰："今有人于此，舍其文轩，邻有敝舆而欲窃之；舍其锦绣，邻有短褐而欲窃之；舍其粱肉，邻有糠糟而欲窃之——此为何若人？"

wáng yuē bì wéi yǒu qiè jí yǐ
王曰："必为有窃疾矣。"

zǐ mò zǐ yuē jīng zhī dì fāng wǔ qiān lǐ sòng zhī dì fāng wǔ bǎi lǐ cǐ yóu wén xuān zhī yǔ bì yú yě jīng yǒu yún mèng xī sì mí lù mǎn zhī jiāng hàn zhī yú biē
子墨子曰："荆之地，方五千里，宋之地，方五百里，此犹文轩之与敝舆也。荆有云梦，犀兕麋鹿满之，江汉之鱼鳖

yuán tuó wéi tiān xià fù sòng suǒ wèi wú zhì tù fù yú zhě
鼋鼍为天下富，宋所谓无雉兔鲋鱼者
yě cǐ yóu liáng ròu zhī yǔ kāng zāo yě jīng yǒu cháng sōng
也，此犹粱肉之与糠糟也。荆有长松、
wén zǐ pián nán yù zhāng sòng wú zhǎng mù cǐ yóu jǐn xiù
文梓、楩、枏、豫章，宋无长木，此犹锦绣
zhī yǔ duǎn hè yě chén yǐ wáng lì zhī gōng sòng yě wéi yǔ
之与短褐也。臣以王吏之攻宋也，为与
cǐ tóng lèi
此同类。”

wáng yuē shàn zāi suī rán gōng shū bān wèi wǒ wéi
王曰：“善哉！虽然，公输盘为我为
yún tī bì qǔ sòng
云梯，必取宋。”

yú shì jiàn gōng shū bān zǐ mò zǐ jiě dài wéi chéng
于是见公输盘，子墨子解带为城，
yǐ dié wéi xiè gōng shū bān jiǔ shè gōng chéng zhī jī biàn zǐ
以牒为械，公输盘九设攻城之机变，子
mò zǐ jiǔ jù zhī gōng shū bān zhī gōng xiè jìn zǐ mò zǐ
墨子九距之。公输盘之攻械尽，子墨子
zhī shǒu yǔ yǒu yú
之守圉有余。

gōng shū bān qū ér yuē wú zhī suǒ yǐ jù zǐ
公输盘诎，而曰：“吾知所以距子
yǐ wú bù yán
矣，吾不言。”

zǐ mò zǐ yì yuē wú zhī zǐ zhī suǒ yǐ jù wǒ
子墨子亦曰："吾知子之所以距我，
wú bù yán
吾不言。"

chǔ wáng wèn qí gù zǐ mò zǐ yuē gōng shū zǐ zhī
楚王问其故，子墨子曰："公输子之
yì bú guò yù shā chén shā chén sòng mò néng shǒu nǎi kě
意，不过欲杀臣。杀臣，宋莫能守，乃可
gōng yě rán chén zhī dì zǐ qín gǔ lí děng sān bǎi rén yǐ
攻也。然臣之弟子禽滑厘等三百人，已
chí chén shǒu yǔ zhī qì zài sòng chéng shàng ér dài chǔ kòu yǐ
持臣守圉之器在宋城上而待楚寇矣。
suī shā chén bù néng jué yě
虽杀臣，不能绝也。"

chǔ wáng yuē shàn zāi wú qǐng wú gōng sòng yǐ
楚王曰："善哉！吾请无攻宋矣。"

shào gōng jiàn lì wáng mǐ bàng
召公谏厉王弭谤
guó yǔ
《国语》

lì wáng nüè guó rén bàng wáng shào gōng gào yuē mín
厉王虐，国人谤王。召公告曰："民
bù kān mìng yǐ wáng nù dé wèi wū shǐ jiān bàng zhě
不堪命矣！"王怒，得卫巫，使监谤者。

yǐ gào zé shā zhī guó rén mò gǎn yán dào lù yǐ mù
以告，则杀之。国人莫敢言，道路以目。

wáng xǐ gào shào gōng yuē wú néng mǐ bàng yǐ nǎi
王喜，告召公曰："吾能弭谤矣，乃
bù gǎn yán shào gōng yuē shì zhàng zhī yě fáng mín zhī
不敢言。"召公曰："是障之也。防民之
kǒu shèn yú fáng chuān chuān yōng ér kuì shāng rén bì duō
口，甚于防川；川壅而溃，伤人必多。
mín yì rú zhī shì gù wéi chuān zhě jué zhī shǐ dǎo wéi
民亦如之。是故为川者，决之使导；为
mín zhě xuān zhī shǐ yán gù tiān zǐ tīng zhèng shǐ gōng qīng
民者，宣之使言。故天子听政，使公卿
zhì yú liè shì xiàn shī gǔ xiàn qǔ shǐ xiàn shū shī zhēn
至于列士献诗，瞽献曲，史献书，师箴，
sǒu fù méng sòng bǎi gōng jiàn shù rén chuán yǔ jìn chén jìn
瞍赋，矇诵，百工谏，庶人传语，近臣尽
guī qīn qī bǔ chá gǔ shǐ jiào huì qí ài xiū zhī ér
规，亲戚补察，瞽、史教诲，耆艾修之，而
hòu wáng zhēn zhuó yān shì yǐ shì xíng ér bú bèi mín zhī
后王斟酌焉。是以事行而不悖。民之
yǒu kǒu yě yóu tǔ zhī yǒu shān chuān yě cái yòng yú shì hū
有口也，犹土之有山川也，财用于是乎
chū yóu qí yǒu yuán xí yǎn wò yě yī shí yú shì hū shēng
出；犹其有原隰衍沃也，衣食于是乎生。
kǒu zhī xuān yán yě shàn bài yú shì hū xīng xíng shàn ér bèi
口之宣言也，善败于是乎兴。行善而备

bài suǒ yǐ fù cái yòng yī shí zhě yě fú mín lǜ zhī yú
败，所以阜财用衣食者也。夫民虑之于
xīn ér xuān zhī yú kǒu chéng ér xíng zhī hú kě yōng yě
心，而宣之于口，成而行之，胡可壅也？
ruò yōng qí kǒu qí yǔ néng jǐ hé
若壅其口，其与能几何？”

wáng fú tīng yú shì guó rén mò gǎn chū yán sān
王弗听，于是国人莫敢出言。三
nián nǎi liú wáng yú zhì
年，乃流王于彘。

quàn xué
劝学
xún zǐ
《荀子》

jūn zǐ yuē xué bù kě yǐ yǐ
君子曰：学不可以已。

qīng qǔ zhī yú lán ér qīng yú lán bīng shuǐ wéi
青，取之于蓝，而青于蓝；冰，水为
zhī ér hán yú shuǐ mù zhí zhòngshéng róu yǐ wéi lún qí
之，而寒于水。木直中绳，𫐓以为轮，其
qū zhòng guī suī yòu gǎo pù bú fù tǐng zhě róu shǐ zhī rán
曲中规，虽有槁暴，不复挺者，𫐓使之然
yě gù mù shòu shéng zé zhí jīn jiù lì zé lì jūn zǐ
也。故木受绳则直，金就砺则利，君子

zǐ bó xué ér rì sān xǐng hū jǐ zé zhì míng ér xíng wú guò
子博学而日参省乎己，则知明而行无过
yǐ
矣。

gù bù dēng gāo shān bù zhī tiān zhī gāo yě bù lín
故不登高山，不知天之高也；不临
shēn xī bù zhī dì zhī hòu yě bù wén xiān wáng zhī yí yán
深溪，不知地之厚也；不闻先王之遗言，
bù zhī xué wèn zhī dà yě gān yuè yí mò zhī zǐ
不知学问之大也。干、越、夷、貉之子，
shēng ér tóng shēng zhǎng ér yì sú jiào shǐ zhī rán yě
生而同声，长而异俗，教使之然也。
shī yuē jiē ěr jūn zǐ wú héng ān xī jìng gòng ěr
《诗》曰：“嗟尔君子，无恒安息。靖共尔
wèi hào shì zhèng zhí shén zhī tīng zhī jiè ěr jǐng fú
位，好是正直。神之听之，介尔景福。”
shén mò dà yú huà dào fú mò cháng yú wú huò
神莫大于化道，福莫长于无祸。

wú cháng zhōng rì ér sī yǐ bù rú xū yú zhī suǒ xué
吾尝终日而思矣，不如须臾之所学
yě wú cháng qǐ ér wàng yǐ bù rú dēng gāo zhī bó jiàn
也。吾尝跂而望矣，不如登高之博见
yě dēng gāo ér zhāo bì fēi jiā cháng yě ér jiàn zhě yuǎn
也。登高而招，臂非加长也，而见者远；
shùn fēng ér hū shēng fēi jiā jí yě ér wén zhě zhāng jiǎ
顺风而呼，声非加疾也，而闻者彰。假

yú mǎ zhě fēi lì zú yě ér zhì qiān lǐ jiǎ zhōu jí zhě
舆马者，非利足也，而致千里；假舟楫者，
fēi néng shuǐ yě ér jué jiāng hé jūn zǐ xìng fēi yì yě shàn
非能水也，而绝江河。君子生非异也，善
jiǎ yú wù yě
假于物也。

jī tǔ chéng shān fēng yǔ xīng yān jī shuǐ chéng yuān jiāo
积土成山，风雨兴焉；积水成渊，蛟
lóng shēng yān jī shàn chéng dé ér shén míng zì dé shèng xīn
龙生焉；积善成德，而神明自得，圣心
bèi yān gù bù jī kuǐ bù wú yǐ zhì qiān lǐ bù jī xiǎo
备焉。故不积跬步，无以至千里；不积小
liú wú yǐ chéng jiāng hǎi qí jì yí yuè bù néng shí bù
流，无以成江海。骐骥一跃，不能十步；
nú mǎ shí jià gōng zài bù shě qiè ér shě zhī xiǔ mù bù
驽马十驾，功在不舍。锲而舍之，朽木不
zhé qiè ér bù shě jīn shí kě lòu yǐn wú zhǎo yá zhī
折；锲而不舍，金石可镂。蚓无爪牙之
lì jīn gǔ zhī qiáng shàng shí āi tǔ xià yǐn huáng quán yòng
利，筋骨之强，上食埃土，下饮黄泉，用
xīn yī yě xiè liù guì ér èr áo fēi shé shàn zhī xué wú
心一也。蟹六跪而二螯，非蛇鳝之穴无
kě jì tuō zhě yòng xīn zào yě
可寄托者，用心躁也。

shì gù wú míng míng zhī zhì zhě wú zhāo zhāo zhī míng wú
是故无冥冥之志者，无昭昭之明；无

hūn hūn zhī shì zhě wú hè hè zhī gōng xíng qú dào zhě bú
惛惛之事者，无赫赫之功。行衢道者不
zhì shì liǎng jūn zhě bù róng mù bù néng liǎng shì ér míng ěr
至，事两君者不容。目不能两视而明，耳
bù néng liǎng tīng ér cōng téng shé wú zú ér fēi wú shǔ wǔ
不能两听而聪。螣蛇无足而飞，梧鼠五
jì ér qióng shī yuē shī jiū zài sāng qí zǐ qī
技而穷。《诗》曰："尸鸠在桑，其子七
xī shū rén jūn zǐ qí yí yī xī qí yí yī xī xīn
兮。淑人君子，其仪一兮。其仪一兮，心
rú jié xī gù jūn zǐ jié yú yī yě
如结兮！"故君子结于一也。

zhèng rén mǎi lǚ
郑人买履

hán fēi zǐ
《韩非子》

zhèng rén yǒu yù mǎi lǚ zhě xiān zì duó qí zú ér
郑人有欲买履者，先自度其足，而
zhì zhī qí zuò zhì zhī shì ér wàng cāo zhī yǐ dé lǚ
置之其坐。至之市而忘操之。已得履，
nǎi yuē wú wàng chí dù fǎn guī qǔ zhī jí fǎn shì
乃曰："吾忘持度。"反归取之。及反，市
bà suì bù dé lǚ
罢，遂不得履。

rén yuē hé bù shì zhī yǐ zú
人曰："何不试之以足？"
yuē nìng xìn dù wú zì xìn yě
曰："宁信度，无自信也。"

zhì zǐ yí lín
智子疑邻
hán fēi zǐ
《韩非子》

sòng yǒu fù rén tiān yǔ qiáng huài qí zǐ yuē bú
宋有富人，天雨墙坏。其子曰："不
zhù bì jiāng yǒu dào qí lín rén zhī fù yì yún
筑，必将有盗。"其邻人之父亦云。
mù ér guǒ dà wáng qí cái qí jiā shèn zhì qí zǐ
暮而果大亡其财，其家甚智其子，
ér yí lín rén zhī fù
而疑邻人之父。

biǎn què jiàn cài huán gōng
扁鹊见蔡桓公
hán fēi zǐ
《韩非子》

biǎn què jiàn cài huán gōng lì yǒu jiān biǎn què yuē
扁鹊见蔡桓公，立有间，扁鹊曰：
jūn yǒu jí zài còu lǐ bú zhì jiāng kǒng shēn huán hóu yuē
"君有疾在腠理，不治将恐深。"桓侯曰：

guǎ rén wú jí biǎn què chū huán hóu yuē yī zhī hào
“寡人无疾。”扁鹊出，桓侯曰：“医之好
zhì bú bìng yǐ wéi gōng
治不病以为功！”

jū shí rì biǎn què fù jiàn yuē jūn zhī bìng zài
居十日，扁鹊复见，曰：“君之病在
jī fū bú zhì jiāng yì shēn huán hóu bú yìng biǎn què
肌肤，不治将益深。”桓侯不应。扁鹊
chū huán hóu yòu bú yuè
出，桓侯又不悦。

jū shí rì biǎn què fù jiàn yuē jūn zhī bìng zài
居十日，扁鹊复见，曰：“君之病在
cháng wèi bú zhì jiāng yì shēn huán hóu yòu bú yìng biǎn què
肠胃，不治将益深。”桓侯又不应。扁鹊
chū huán hóu yòu bú yuè
出，桓侯又不悦。

jū shí rì biǎn què wàng huán hóu ér xuán zǒu huán hóu
居十日，扁鹊望桓侯而还走。桓侯
gù shǐ rén wèn zhī biǎn què yuē jí zài còu lǐ tàng wèi
故使人问之，扁鹊曰：“疾在腠理，汤熨
zhī suǒ jí yě zài jī fū zhēn shí zhī suǒ jí yě zài cháng
之所及也；在肌肤，针石之所及也；在肠
wèi huǒ jì zhī suǒ jí yě zài gǔ suǐ sī mìng zhī suǒ
胃，火齐之所及也；在骨髓，司命之所
shǔ wú nài hé yě jīn zài gǔ suǐ chén shì yǐ wú qǐng
属，无奈何也。今在骨髓，臣是以无请

yě
也。”

jū wǔ rì huán hóu tǐ tòng shǐ rén suǒ biǎn què yǐ
居五日，桓侯体痛，使人索扁鹊，已

táo qín yǐ huán hóu suì sǐ
逃秦矣。桓侯遂死。

kè zhōu qiú jiàn
刻舟求剑

lǚ shì chūn qiū
《吕氏春秋》

chǔ rén yǒu shè jiāng zhě qí jiàn zì zhōu zhōng zhuì yú
楚人有涉江者，其剑自舟中坠于

shuǐ jù qì qí zhōu yuē shì wú jiàn zhī suǒ cóng zhuì
水，遽契其舟，曰：“是吾剑之所从坠。”

zhōu zhǐ cóng qí suǒ qì zhě rù shuǐ qiú zhī zhōu yǐ xíng
舟止，从其所契者入水求之。舟已行

yǐ ér jiàn bù xíng qiú jiàn ruò cǐ bú yì huò hū
矣，而剑不行，求剑若此，不亦惑乎！

yàn zǐ shǐ chǔ
晏子使楚

yàn zǐ chūn qiū
《晏子春秋》

yàn zǐ jiāng shǐ chǔ chǔ wáng wén zhī wèi zuǒ yòu
晏子将使楚。楚王闻之，谓左右
yuē qí zhī xí cí zhě yě jīn fāng lái wú yù rǔ zhī
曰："齐之习辞者也，今方来，吾欲辱之，
hé yǐ yě zuǒ yòu duì yuē wéi qí lái yě chén qǐng fù
何以也？"左右对曰："为其来也，臣请缚
yì rén guò wáng ér xíng wáng yuē hé wéi zhě yě duì
一人，过王而行。王曰，何为者也？对
yuē qí rén yě wáng yuē hé zuò yuē zuò dào
曰，齐人也。王曰，何坐？曰，坐盗。"

yàn zǐ zhì chǔ wáng cì yàn zǐ jiǔ jiǔ hān lì èr
晏子至，楚王赐晏子酒，酒酣，吏二
fù yì rén yì wáng wáng yuē fù zhě hé wéi zhě yě
缚一人诣王。王曰："缚者曷为者也？"
duì yuē qí rén yě zuò dào wáng shì yàn zǐ yuē
对曰："齐人也，坐盗。"王视晏子曰：
qí rén gù shàn dào hū yàn zǐ bì xí duì yuē yīng wén
"齐人固善盗乎？"晏子避席对曰："婴闻
zhī jú shēng huái nán zé wéi jú shēng yú huái běi zé wéi
之，橘生淮南则为橘，生于淮北则为

zhǐ yè tú xiāng sì qí shí wèi bù tóng suǒ yǐ rán zhě
枳，叶徒相似，其实味不同。所以然者
hé shuǐ tǔ yì yě jīn mín shēngzhǎng yú qí bú dào rù
何？水土异也。今民生长于齐不盗，入
chǔ zé dào dé wú chǔ zhī shuǐ tǔ shǐ mín shàn dào yé wáng
楚则盗，得无楚之水土使民善盗耶？”王
xiào yuē shèng rén fēi suǒ yǔ xī yě guǎ rén fǎn qǔ bìng
笑曰：“圣人非所与熙也，寡人反取病
yān
焉。”

yú gōng yí shān
愚公移山 liè zǐ《列子》

tài háng wáng wū èr shān fāng qī bǎi lǐ gāo wàn
太行、王屋二山，方七百里，高万
rèn běn zài jì zhōu zhī nán hé yáng zhī běi
仞。本在冀州之南，河阳之北。

běi shān yú gōng zhě nián qiě jiǔ shí miàn shān ér jū
北山愚公者，年且九十，面山而居。
chéng shān běi zhī sè chū rù zhī yū yě jù shì ér móu
惩山北之塞，出入之迂也。聚室而谋
yuē wú yǔ rǔ bì lì píng xiǎn zhǐ tōng yù nán dá yú
曰：“吾与汝毕力平险，指通豫南，达于

hàn yīn kě hū zá rán xiāng xǔ qí qī xiàn yí yuē
汉阴，可乎？”杂然相许。其妻献疑曰：
yǐ jūn zhī lì zēng bù néng sǔn kuí fù zhī qiū rú tài
“以君之力，曾不能损魁父之丘，如太
háng wáng wū hé qiě yān zhì tǔ shí zá yuē tóu zhū
行、王屋何？且焉置土石？”杂曰：“投诸
bó hǎi zhī wěi yǐn tǔ zhī běi suì shuài zǐ sūn hè dàn zhě
渤海之尾，隐土之北。”遂率子孙荷担者
sān fū kòu shí kěn rǎng jī běn yùn yú bó hǎi zhī wěi
三夫，叩石垦壤，箕畚运于渤海之尾。
lín rén jīng chéng shì zhī shuāng qī yǒu yí nán shǐ chèn tiào wǎng
邻人京城氏之孀妻有遗男，始龀，跳往
zhù zhī hán shǔ yì jié shǐ yì fǎn yān
助之。寒暑易节，始一返焉。

hé qū zhì sǒu xiào ér zhǐ zhī yuē shèn yǐ rǔ zhī
河曲智叟笑而止之曰：“甚矣，汝之
bú huì yǐ cán nián yú lì zēng bù néng huǐ shān zhī yì
不惠。以残年余力，曾不能毁山之一
máo qí rú tǔ shí hé běi shān yú gōng cháng xī yuē
毛，其如土石何？”北山愚公长息曰：
rǔ xīn zhī gù gù bù kě chè zēng bú ruò shuāng qī ruò
“汝心之固，固不可彻，曾不若孀妻弱
zǐ suī wǒ zhī sǐ yǒu zǐ cún yān zǐ yòu shēng sūn sūn
子。虽我之死，有子存焉；子又生孙，孙
yòu shēng zǐ zǐ yòu yǒu zǐ zǐ yòu yǒu sūn zǐ zǐ sūn sūn
又生子；子又有子，子又有孙；子子孙孙

wú qióng kuì yě ér shān bù jiā zēng hé kǔ ér bù píng
无穷匮也，而山不加增，何苦而不平？”
hé qū zhì sǒu wú yǐ yìng
河曲智叟亡以应。

cāo shé zhī shén wén zhī jù qí bù yǐ yě gào zhī
操蛇之神闻之，惧其不已也，告之
yú dì dì gǎn qí chéng mìng kuā é shì èr zǐ fù èr
于帝。帝感其诚，命夸娥氏二子负二
shān yí cuò shuò dōng yí cuò yōng nán zì cǐ jì zhī
山，一厝朔东，一厝雍南。自此，冀之
nán hàn zhī yīn wú lǒng duàn yān
南，汉之阴，无陇断焉。

bó yá shàn gǔ qín
伯牙善鼓琴 liè zǐ《列子》

bó yá shàn gǔ qín zhōng zǐ qī shàn tīng bó yá gǔ
伯牙善鼓琴，钟子期善听。伯牙鼓
qín zhì zài dēng gāo shān zhōng zǐ qī yuē shàn zāi é
琴，志在登高山。钟子期曰：“善哉，峨
é xī ruò tài shān zhì zài liú shuǐ zhōng zǐ qī yuē
峨兮若泰山！”志在流水，钟子期曰：
shàn zāi yáng yáng xī ruò jiāng hé bó yá suǒ niàn zhōng
“善哉，洋洋兮若江河！”伯牙所念，钟

zǐ qī bì dé zhī bó yá yóu yú tài shān zhī yīn cù féng
子期必得之。伯牙游于泰山之阴，卒逢
bào yǔ zhǐ yú yán xià xīn bēi nǎi yuán qín ér gǔ zhī
暴雨，止于岩下，心悲，乃援琴而鼓之。
chū wéi lín yǔ zhī cāo gèng zào bēng shān zhī yīn qǔ měi
初为霖雨之操，更造崩山之音。曲每
zòu zhōng zǐ qī zhé qióng qí qù bó yá nǎi shě qín ér tàn
奏，钟子期辄穷其趣。伯牙乃舍琴而叹
yuē shàn zāi shàn zāi zǐ zhī tīng fú zhì xiǎng xiàng yóu
曰："善哉，善哉！子之听夫志，想象犹
wú xīn yě wú yú hé táo shēng zāi
吾心也。吾于何逃声哉？"

liǎng xiǎo ér biàn rì
两小儿辩日 liè zǐ《列子》

kǒng zǐ dōng yóu jiàn liǎng xiǎo ér biàn dòu wèn qí
孔子东游，见两小儿辩斗。问其
gù
故。

yì ér yuē wǒ yǐ rì shǐ chū shí qù rén jìn ér
一儿曰："我以日始出时去人近，而
rì zhōng shí yuǎn yě
日中时远也。"

yì ér yǐ rì chū chū yuǎn ér rì zhōng shí jìn yě
一儿以日初出远，而日中时近也。

yì ér yuē rì chū chū dà rú chē gài jí rì zhōng
一儿曰："日初出大如车盖，及日中

zé rú pán yú cǐ bù wéi yuǎn zhě xiǎo ér jìn zhě dà hū
则如盘盂，此不为远者小而近者大乎？"

yì ér yuē rì chū chū cāng cāng liáng liáng jí qí rì
一儿曰："日初出沧沧凉凉，及其日

zhōng rú tàn tāng cǐ bù wéi jìn zhě rè ér yuǎn zhě liáng hū
中如探汤，此不为近者热而远者凉乎？"

kǒng zǐ bù néng jué yě
孔子不能决也。

liǎng xiǎo ér xiào yuē shú wèi rǔ duō zhì hū
两小儿笑曰："孰为汝多知乎？"

qǐ rén yōu tiān

杞人忧天

liè zǐ
《列子》

qǐ guó yǒu rén yōu tiān dì bēng zhuì shēn wú suǒ jì
杞国有人，忧天地崩坠，身亡所寄，

fèi qǐn shí zhě
废寝食者。

yòu yǒu yōu bǐ zhī suǒ yōu zhě yīn wǎng xiǎo zhī yuē
又有忧彼之所忧者，因往晓之，曰：

tiān jī qì ěr wú chù wú qì ruò qū shēn hū xī
“天，积气耳，无处无气。若屈伸呼吸，
zhōng rì zài tiān zhōng xíng zhǐ nài hé yōu bēng zhuì hū
终日在天中行止，奈何忧崩坠乎？”

qí rén yuē tiān guǒ jī qì rì yuè xīng xiù bù
其人曰：“天果积气，日月星宿，不
dāng zhuì yé
当坠邪？”

xiǎo zhī zhě yuē rì yuè xīng xiù yì jī qì zhōng zhī
晓之者曰：“日月星宿，亦积气中之
yǒu guāng yào zhě zhǐ shǐ zhuì yì bù néng yǒu suǒ zhòng shāng
有光耀者，只使坠，亦不能有所中伤。”
qí rén yuē nài dì huài hé xiǎo zhě yuē dì jī kuài
其人曰：“奈地坏何？”晓者曰：“地，积块
ěr chōng sè sì xū wú chù wú kuài ruò chú bù cī dǎo
耳，充塞四虚，无处无块。若躇步跐蹈，
zhōng rì zài dì shàng xíng zhǐ nài hé yōu qí huài
终日在地上行止，奈何忧其坏？”

qí rén shì rán dà xǐ xiǎo zhī zhě yì shì rán dà
其人舍然大喜，晓之者亦舍然大
xǐ
喜。

yáng bù dǎ gǒu

杨布打狗

liè zǐ
《列子》

yáng zhū zhī dì yuē bù yì sù yī ér chū tiān
杨朱之弟曰布，衣素衣而出。天
yǔ jiě sù yī yì zī yī ér fǎn qí gǒu bù zhī yíng
雨，解素衣，衣缁衣而返。其狗不知，迎
ér fèi zhī yáng bù nù jiāng pū zhī yáng zhū yuē zǐ
而吠之。杨布怒，将扑之。杨朱曰："子
wú pū yǐ zǐ yì yóu shì yě xiàng zhě shǐ rǔ gǒu bái ér
无扑矣，子亦犹是也。向者使汝狗白而
wǎng hēi ér lái qǐ néng wú guài zāi
往黑而来，岂能无怪哉？"

jiàn zhú kè shū

谏逐客书

zhànguó lǐ sī
战国·李斯

chén wén lì yì zhú kè qiè yǐ wéi guò yǐ xī mù
臣闻吏议逐客，窃以为过矣。昔穆
gōng qiú shì xī qǔ yóu yú yú róng dōng dé bǎi lǐ xī yú
公求士，西取由余于戎，东得百里奚于

wǎn yíng jiǎn shū yú sòng lái pī bào gōng sūn zhī yú jìn
宛，迎蹇叔于宋，来丕豹、公孙支于晋。
cǐ wǔ zǐ zhě bù chǎn yú qín ér mù gōng yòng zhī bìng guó
此五子者，不产于秦，而穆公用之，并国
èr shí suì bà xī róng xiào gōng yòng shāng yāng zhī fǎ yí
二十，遂霸西戎。孝公用商鞅之法，移
fēng yì sú mín yǐ yīn shèng guó yǐ fù qiáng bǎi xìng lè
风易俗，民以殷盛，国以富强，百姓乐
yòng zhū hóu qīn fú huò chǔ wèi zhī shī jǔ dì qiān lǐ
用，诸侯亲服，获楚、魏之师，举地千里，
zhì jīn zhì qiáng huì wáng yòng zhāng yí zhī jì bá sān chuān
至今治强。惠王用张仪之计，拔三川
zhī dì xī bìng bā shǔ běi shōu shàng jùn nán qǔ hàn zhōng
之地，西并巴、蜀，北收上郡，南取汉中，
bāo jiǔ yí zhì yān yǐng dōng jù chéng gāo zhī xiǎn gē gāo
包九夷，制鄢、郢，东据成皋之险，割膏
yú zhī rǎng suì sàn liù guó zhī zòng shǐ zhī xī miàn shì qín
腴之壤，遂散六国之从，使之西面事秦，
gōng yì dào jīn zhāo wáng dé fàn jū fèi ráng hóu zhú huà
功施到今。昭王得范雎，废穰侯，逐华
yáng qiáng gōng shì dù sī mén cán shí zhū hóu shǐ qín chéng
阳，强公室，杜私门，蚕食诸侯，使秦成
dì yè cǐ sì jūn zhě jiē yǐ kè zhī gōng yóu cǐ guān
帝业。此四君者，皆以客之功。由此观
zhī kè hé fù yú qín zāi xiàng shǐ sì jūn què kè ér bú
之，客何负于秦哉？向使四君却客而不

nà shū shì ér bú yòng shì shǐ guó wú fù lì zhī shí ér
内，疏士而不用，是使国无富利之实，而
qín wú qiáng dà zhī míng yě
秦无强大之名也。

jīn bì xià zhì kūn shān zhī yù yǒu suí hé zhī bǎo
今陛下致昆山之玉，有随、和之宝，
chuí míng yuè zhī zhū fú tài ē zhī jiàn chéng xiān lí zhī mǎ
垂明月之珠，服太阿之剑，乘纤离之马，
jiàn cuì fèng zhī qí shù líng tuó zhī gǔ cǐ shù bǎo zhě
建翠凤之旗，树灵鼍之鼓。此数宝者，
qín bù shēng yī yān ér bì xià yuè zhī hé yě bì qín
秦不生一焉，而陛下说之，何也？必秦
guó zhī suǒ shēng rán hòu kě zé shì yè guāng zhī bì bú shì
国之所生然后可，则是夜光之璧，不饰
cháo tíng xī xiàng zhī qì bù wéi wán hǎo zhèng wèi zhī
朝廷；犀、象之器，不为玩好；郑、卫之
nǚ bù chōng hòu gōng ér jùn liáng jué tí bù shí wài jiù
女，不充后宫；而骏良駃騠，不实外厩；
jiāng nán jīn xī bù wéi yòng xī shǔ dān qīng bù wéi cǎi suǒ
江南金锡不为用，西蜀丹青不为采。所
yǐ shì hòu gōng chōng xià chén yú xīn yì yuè ěr mù zhě
以饰后宫、充下陈、娱心意、说耳目者，
bì chū yú qín rán hòu kě zé shì wǎn zhū zhī zān fù jī
必出于秦然后可。则是宛珠之簪、傅玑
zhī ěr ē gǎo zhī yī jǐn xiù zhī shì bú jìn yú qián
之珥、阿缟之衣、锦绣之饰，不进于前；

ér suí sú yǎ huà jiā yě yǎo tiǎo zhào nǚ bú lì yú cè
而随俗雅化、佳冶窈窕赵女，不立于侧
yě fú jī wèng kòu fǒu tán zhēng bó bì ér gē hū wū
也。夫击瓮叩缶，弹筝搏髀，而歌呼呜
wū kuài ěr mù zhě zhēn qín zhī shēng yě zhèng wèi sāng jiān
呜，快耳目者，真秦之声也。郑卫桑间、
sháo yú wǔ xiàng zhě yì guó zhī yuè yě jīn qì jī
韶、虞、武、象者，异国之乐也。今弃击
wèng kòu fǒu ér jiù zhèng wèi tuì tán zhēng ér qǔ sháo yú ruò
瓮叩缶而就郑卫，退弹筝而取韶虞，若
shì zhě hé yě kuài yì dāng qián shì guān ér yǐ yǐ jīn
是者何也？快意当前，适观而已矣。今
qǔ rén zé bù rán bú wèn kě fǒu bú lùn qū zhí fēi qín
取人则不然，不问可否，不论曲直，非秦
zhě qù wéi kè zhě zhú rán zé shì suǒ zhòng zhě zài hū
者去，为客者逐。然则是所重者，在乎
sè yuè zhū yù ér suǒ qīng zhě zài hū rén mín yě cǐ
色乐珠玉；而所轻者，在乎人民也。此
fēi suǒ yǐ kuà hǎi nèi zhì zhū hóu zhī shù yě
非所以跨海内、制诸侯之术也。

chén wén dì guǎng zhě sù duō guó dà zhě rén zhòng bīng
臣闻地广者粟多，国大者人众，兵
qiáng zé shì yǒng shì yǐ tài shān bú ràng tǔ rǎng gù néng chéng
强则士勇。是以太山不让土壤，故能成
qí dà hé hǎi bù zé xì liú gù néng jiù qí shēn wáng zhě
其大；河海不择细流，故能就其深；王者

bú què zhòng shù gù néng míng qí dé shì yǐ dì wú sì
不却众庶，故能明其德。是以地无四
fāng mín wú yì guó sì shí chōng měi guǐ shén jiàng fú cǐ
方，民无异国，四时充美，鬼神降福，此
wǔ dì sān wáng zhī suǒ yǐ wú dí yě jīn nǎi qì qián shǒu
五帝、三王之所以无敌也。今乃弃黔首
yǐ zī dí guó què bīn kè yǐ yè zhū hóu shǐ tiān xià zhī
以资敌国，却宾客以业诸侯，使天下之
shì tuì ér bù gǎn xī wèn guǒ zú bú rù qín cǐ suǒ wèi
士，退而不敢西问，裹足不入秦，此所谓
jiè kòu bīng ér jī dào liáng zhě yě
藉寇兵而赍盗粮者也。

fú wù bù chǎn yú qín kě bǎo zhě duō shì bù chǎn
夫物不产于秦，可宝者多；士不产
yú qín ér yuàn zhōng zhě zhòng jīn zhú kè yǐ zī dí guó
于秦，而愿忠者众。今逐客以资敌国，
sǔn mín yǐ yì chóu nèi zì xū ér wài shù yuàn yú zhū hóu
损民以益仇，内自虚而外树怨于诸侯，
qiú guó wú wēi bù kě dé yě
求国无危，不可得也。

guò qín lùn

过秦论

xī hàn jiǎ yì

西汉·贾谊

qín xiào gōng jù xiáo hán zhī gù yōng yōng zhōu zhī dì

秦孝公据崤函之固，拥雍州之地，

jūn chén gù shǒu yǐ kuī zhōu shì yǒu xí juǎn tiān xià bāo jǔ

君臣固守以窥周室，有席卷天下，包举

yǔ nèi náng kuò sì hǎi zhī yì bìng tūn bā huāng zhī xīn

宇内，囊括四海之意，并吞八荒之心。

dāng shì shí yě shāng jūn zuǒ zhī nèi lì fǎ dù wù gēng

当是时也，商君佐之，内立法度，务耕

zhī xiū shǒu zhàn zhī jù wài lián héng ér dòu zhū hóu yú

织，修守战之具；外连衡而斗诸侯。于

shì qín rén gǒng shǒu ér qǔ xī hé zhī wài

是秦人拱手而取西河之外。

xiào gōng jì mò huì wén wǔ zhāo xiāng méng gù yè

孝公既没，惠文、武、昭襄蒙故业，

yīn yí cè nán qǔ hàn zhōng xī jǔ bā shǔ dōng gē gāo

因遗策，南取汉中，西举巴、蜀，东割膏

yú zhī dì běi shōu yào hài zhī jùn zhū hóu kǒng jù huì

腴之地，北收要害之郡。诸侯恐惧，会

méng ér móu ruò qín bú ài zhēn qì zhòng bǎo féi ráo zhī dì

盟而谋弱秦，不爱珍器重宝肥饶之地，

yǐ zhì tiān xià zhī shì hé zòng dì jiāo xiāng yǔ wéi yī
以致天下之士，合从缔交，相与为一。
dāng cǐ zhī shí qí yǒu mèngcháng zhào yǒu píng yuán chǔ yǒu chūn
当此之时，齐有孟尝，赵有平原，楚有春
shēn wèi yǒu xìn líng cǐ sì jūn zhě jiē míng zhì ér zhōng
申，魏有信陵。此四君者，皆明智而忠
xìn kuān hòu ér ài rén zūn xián ér zhòng shì yuē zòng lí
信，宽厚而爱人，尊贤而重士，约从离
héng jiān hán wèi yān chǔ qí zhào sòng wèi zhōng shān
衡，兼韩、魏、燕、楚、齐、赵、宋、卫、中山
zhī zhòng yú shì liù guó zhī shì yǒu nìng yuè xú shàng sū
之众。于是六国之士，有宁越、徐尚、苏
qín dù hè zhī shǔ wèi zhī móu qí míng zhōu zuì chén zhěn
秦、杜赫之属为之谋，齐明、周最、陈轸、
shào huá lóu huǎn zhái jǐng sū lì yuè yì zhī tú tōng qí
召滑、楼缓、翟景、苏厉、乐毅之徒通其
yì wú qǐ sūn bìn dài tuó ní liáng wáng liào tián jì
意，吴起、孙膑、带佗、倪良、王廖、田忌、
lián pō zhào shē zhī lún zhì qí bīng cháng yǐ shí bèi zhī
廉颇、赵奢之伦制其兵。尝以十倍之
dì bǎi wàn zhī zhòng kòu guān ér gōng qín qín rén kāi guān
地，百万之众，叩关而攻秦。秦人开关
yán dí jiǔ guó zhī shī qūn xún ér bù gǎn jìn qín wú
延敌，九国之师，逡巡而不敢进。秦无
wáng shǐ yí zú zhī fèi ér tiān xià zhū hóu yǐ kùn yǐ yú
亡矢遗镞之费，而天下诸侯已困矣。于

shì zòng sàn yuē bài zhēng gē dì ér lù qín qín yǒu yú lì
是从散约败，争割地而赂秦。秦有余力
ér zhì qí bì zhuī wáng zhú běi fú shī bǎi wàn liú xuè piāo
而制其弊，追亡逐北，伏尸百万，流血漂
lǔ yīn lì chéng biàn zǎi gē tiān xià fēn liè shān hé
橹。因利乘便，宰割天下，分裂山河。
qiáng guó qǐng fú ruò guó rù cháo yán jí xiào wén wáng zhuāng
强国请服，弱国入朝。延及孝文王、庄
xiāngwáng xiǎng guó zhī rì qiǎn guó jiā wú shì
襄王，享国之日浅，国家无事。

jí zhì shǐ huáng fèn liù shì zhī yú liè zhèn cháng cè
及至始皇，奋六世之余烈，振长策
ér yù yǔ nèi tūn èr zhōu ér wáng zhū hóu lǚ zhì zūn ér
而御宇内，吞二周而亡诸侯，履至尊而
zhì liù hé zhí qiāo pū ér biān chī tiān xià wēi zhèn sì hǎi
制六合，执敲扑而鞭笞天下，威振四海。
nán qǔ bǎi yuè zhī dì yǐ wéi guì lín xiàng jùn bǎi yuè zhī
南取百越之地，以为桂林、象郡；百越之
jūn fǔ shǒu xì jǐng wěi mìng xià lì nǎi shǐ méng tián běi
君，俯首系颈，委命下吏。乃使蒙恬北
zhù cháng chéng ér shǒu fān lí què xiōng nú qī bǎi yú lǐ
筑长城而守藩篱，却匈奴七百余里。
hú rén bù gǎn nán xià ér mù mǎ shì bù gǎn wān gōng ér bào
胡人不敢南下而牧马，士不敢弯弓而报
yuàn yú shì fèi xiān wáng zhī dào fén bǎi jiā zhī yán yǐ
怨。于是废先王之道，焚百家之言，以

yú qián shǒu huī míng chéng shā háo jié shōu tiān xià zhī bīng
愚黔首；隳名城，杀豪杰，收天下之兵，
jù zhī xián yáng xiāo fēng dí zhù yǐ wéi jīn rén shí èr yǐ
聚之咸阳，销锋镝，铸以为金人十二，以
ruò tiān xià zhī mín rán hòu jiàn huà wéi chéng yīn hé wéi
弱天下之民。然后践华为城，因河为
chí jù yì zhàng zhī chéng lín bú cè zhī yuān yǐ wéi gù
池，据亿丈之城，临不测之渊，以为固。
liáng jiàng jìn nǔ shǒu yào hài zhī chù xìn chén jīng zú chén lì bīng
良将劲弩守要害之处，信臣精卒陈利兵
ér shuí hé tiān xià yǐ dìng shǐ huáng zhī xīn zì yǐ wéi
而谁何。天下已定，始皇之心，自以为
guānzhōng zhī gù jīn chéng qiān lǐ zǐ sūn dì wáng wàn shì zhī
关中之固，金城千里，子孙帝王万世之
yè yě
业也。

shǐ huáng jì mò yú wēi zhèn yú shū sú rán chén shè
始皇既没，余威震于殊俗。然陈涉
wèng yǒu shéng shū zhī zǐ méng lì zhī rén ér qiān xǐ zhī tú
瓮牖绳枢之子，氓隶之人，而迁徙之徒
yě cái néng bù jí zhōng rén fēi yǒu zhòng ní mò dí zhī
也；才能不及中人，非有仲尼、墨翟之
xián táo zhū yī dùn zhī fù niè zú háng wǔ zhī jiān ér jué
贤，陶朱、猗顿之富；蹑足行伍之间，而倔
qǐ qiān mò zhī zhōng shuài pí bì zhī zú jiàng shù bǎi zhī zhòng
起阡陌之中，率疲弊之卒，将数百之众，

zhuǎn ér gōng qín zhǎn mù wéi bīng jiē gān wéi qí tiān xià yún
转而攻秦，斩木为兵，揭竿为旗，天下云
jí xiǎng yìng yíng liáng ér yǐng cóng shān dōng háo jùn suì bìng qǐ
集响应，赢粮而景从。山东豪俊遂并起
ér wáng qín zú yǐ
而亡秦族矣。

qiě fú tiān xià fēi xiǎo ruò yě yōng zhōu zhī dì xiáo hán
且夫天下非小弱也，雍州之地，崤函
zhī gù zì ruò yě chén shè zhī wèi fēi zūn yú qí chǔ
之固，自若也。陈涉之位，非尊于齐、楚、
yān zhào hán wèi sòng wèi zhōng shān zhī jūn yě chú yōu
燕、赵、韩、魏、宋、卫、中山之君也；锄櫌
jí qín fēi xiān yú gōu jǐ cháng shā yě zhé shù zhī zhòng fēi
棘矜，非铦于钩戟长铩也；谪戍之众，非
kàng yú jiǔ guó zhī shī yě shēn móu yuǎn lǜ xíng jūn yòng bīng zhī
抗于九国之师也；深谋远虑，行军用兵之
dào fēi jí xiàng shí zhī shì yě rán ér chéng bài yì biàn
道，非及向时之士也。然而成败异变，
gōng yè xiāng fǎn hé yě shì shǐ shān dōng zhī guó yǔ chén shè
功业相反，何也？试使山东之国与陈涉
duó cháng xié dà bǐ quán liàng lì zé bù kě tóng nián ér yǔ
度长絜大，比权量力，则不可同年而语
yǐ rán qín yǐ qū qū zhī dì zhì wàn shèng zhī shì xù
矣。然秦以区区之地，致万乘之势，序
bā zhōu ér cháo tóng liè bǎi yòu yú nián yǐ rán hòu yǐ liù hé
八州而朝同列，百有余年矣；然后以六合

wéi jiā xiáo hán wéi gōng yì fū zuò nàn ér qī miào huī shēn
为家，崤函为宫；一夫作难而七庙隳，身
sǐ rén shǒu wèi tiān xià xiào zhě hé yě rén yì bù shī ér
死人手，为天下笑者，何也？仁义不施而
gōngshǒu zhī shì yì yě
攻守之势异也。

gōnggōng nù chù bù zhōu shān
共工怒触不周山

huáinán zǐ
《淮南子》

xī zhě gōnggōng yǔ zhuān xū zhēng wéi dì nù ér chù
昔者，共工与颛顼争为帝，怒而触
bù zhōu zhī shān tiān zhù zhé dì wéi jué tiān qīng xī běi
不周之山，天柱折，地维绝。天倾西北，
gù rì yuè xīng chén yí yān dì bù mǎn dōng nán gù shuǐ lǎo
故日月星辰移焉；地不满东南，故水潦
chén āi guī yān
尘埃归焉。

sài wēng shī mǎ
塞翁失马

huáinán zǐ
《淮南子》

jìn sài shàng zhī rén yǒu shàn shù zhě mǎ wú gù wáng
近塞上之人，有善术者。马无故亡

ér rù hú rén jiē diào zhī qí fù yuē cǐ hé jù bù wéi fú hū
而入胡，人皆吊之，其父曰：“此何遽不为福乎？”

jū shù yuè qí mǎ jiāng hú jùn mǎ ér guī rén jiē hè zhī qí fù yuē cǐ hé jù bù néng wéi huò hū
居数月，其马将胡骏马而归。人皆贺之，其父曰：“此何遽不能为祸乎？”

jiā fù liáng mǎ qí zǐ hào qí duò ér zhé qí bì rén jiē diào zhī qí fù yuē cǐ hé jù bù wéi fú hū
家富良马，其子好骑，堕而折其髀。人皆吊之，其父曰：“此何遽不为福乎？”

jū yì nián hú rén dà rù sài dīng zhuàng zhě yǐn xián ér zhàn jìn sài zhī rén sǐ zhě shí jiǔ cǐ dú yǐ bǒ zhī gù fù zǐ xiāng bǎo
居一年，胡人大入塞，丁壮者引弦而战。近塞之人，死者十九。此独以跛之故，父子相保。

zhōu gōng jiè zǐ
周公诫子

hán shī wàizhuàn
《韩诗外传》

chéng wáng fēng bó qín yú lǔ zhōu gōng jiè zhī yuē
成王封伯禽于鲁。周公诫之曰：

wǎng yǐ zǐ wù yǐ lǔ guó jiāo shì wú wén wáng zhī
“往矣，子勿以鲁国骄士。吾，文王之

zǐ wǔ wáng zhī dì chéng wáng zhī shū fù yě yòu xiàng tiān
子，武王之弟，成王之叔父也，又相天

zǐ wú yú tiān xià yì bù qīng yǐ rán yí mù sān wò
子，吾于天下亦不轻矣。然一沐三握

fà yí fàn sān tǔ bǔ yóu kǒng shī tiān xià zhī shì wú
发，一饭三吐哺，犹恐失天下之士。吾

wén dé xíng kuān yù shǒu zhī yǐ gōng zhě róng tǔ dì guǎng
闻，德行宽裕，守之以恭者，荣；土地广

dà shǒu zhī yǐ jiǎn zhě ān lù wèi zūn shèng shǒu zhī yǐ
大，守之以俭者，安；禄位尊盛，守之以

bēi zhě guì rén zhòng bīng qiáng shǒu zhī yǐ wèi zhě shèng
卑者，贵；人众兵强，守之以畏者，胜；

cōng míng ruì zhì shǒu zhī yǐ yú zhě zhé bó wén qiáng jì
聪明睿智，守之以愚者，哲；博闻强记，

shǒu zhī yǐ qiǎn zhě zhì fú cǐ liù zhě jiē qiān dé yě
守之以浅者，智。夫此六者，皆谦德也。

fú guì wéi tiān zǐ fù yǒu sì hǎi yóu cǐ dé yě bù
夫贵为天子，富有四海，由此德也。不

qiān ér shī tiān xià wáng qí shēn zhě jié zhòu shì yě kě
谦而失天下，亡其身者，桀、纣是也。可

bú shèn yú
不慎欤？”

lián pō lìn xiàng rú liè zhuàn

廉颇蔺相如列传

xī hàn sī mǎ qiān

西汉·司马迁

lián pō zhě zhào zhī liáng jiàng yě zhào huì wén wáng shí
廉颇者，赵之良将也。赵惠文王十
liù nián lián pō wéi zhào jiàng fá qí dà pò zhī qǔ yáng
六年，廉颇为赵将，伐齐，大破之，取阳
jìn bài wéi shàng qīng yǐ yǒng qì wén yú zhū hóu
晋，拜为上卿，以勇气闻于诸侯。

lìn xiàng rú zhě zhào rén yě wéi zhào huàn zhě lìng miào
蔺相如者，赵人也。为赵宦者令缪
xián shè rén
贤舍人。

zhào huì wén wáng shí dé chǔ hé shì bì qín zhāo wáng
赵惠文王时，得楚和氏璧。秦昭王
wén zhī shǐ rén wèi zhào wáng shū yuàn yǐ shí wǔ chéng qǐng yì
闻之，使人遗赵王书，愿以十五城请易
bì zhào wáng yǔ dà jiāng jūn lián pō zhū dà chén móu yù yǔ
璧。赵王与大将军廉颇诸大臣谋：欲予
qín qín chéng kǒng bù kě dé tú jiàn qī yù wù yǔ jí
秦，秦城恐不可得，徒见欺；欲勿予，即
huàn qín bīng zhī lái jì wèi dìng qiú rén kě shǐ bào qín
患秦兵之来。计未定，求人可使报秦

zhě wèi dé
者，未得。

huàn zhě lìng miào xián yuē chén shè rén lìn xiàng rú kě
宦者令缪贤曰：“臣舍人蔺相如可
shǐ wáng wèn hé yǐ zhī zhī duì yuē chén cháng yǒu
使。”王问：“何以知之？”对曰：“臣尝有
zuì qiè jì yù wáng zǒu yān chén shè rén xiàng rú zhǐ chén
罪，窃计欲亡走燕。臣舍人相如止臣
yuē jūn hé yǐ zhī yān wáng chén yù yuē chén cháng cóng
曰：‘君何以知燕王？’臣语曰，臣尝从
dà wáng yǔ yān wáng huì jìng shàng yān wáng sī wò chén shǒu yuē
大王与燕王会境上，燕王私握臣手曰，
yuàn jié yǒu yǐ cǐ zhī zhī gù yù wǎng xiàng rú wèi
‘愿结友’，以此知之，故欲往。相如谓
chén yuē fú zhào qiáng ér yān ruò ér jūn xìng yú zhào wáng
臣曰：‘夫赵强而燕弱，而君幸于赵王，
gù yān wáng yù jié yú jūn jīn jūn nǎi wáng zhào zǒu yān yān
故燕王欲结于君。今君乃亡赵走燕，燕
wèi zhào qí shì bì bù gǎn liú jūn ér shù jūn guī zhào yǐ
畏赵，其势必不敢留君，而束君归赵矣。
jūn bù rú ròu tǎn fú fǔ zhì qǐng zuì zé xìng dé tuō yǐ
君不如肉袒伏斧质请罪，则幸得脱矣。’
chén cóng qí jì dà wáng yì xìng shè chén chén qiè yǐ wéi qí
臣从其计，大王亦幸赦臣。臣窃以为其
rén yǒng shì yǒu zhì móu yí kě shǐ
人勇士，有智谋，宜可使。”

yú shì wáng zhào jiàn wèn lìn xiàng rú yuē qín wáng yǐ
于是王召见，问蔺相如曰："秦王以
shí wǔ chéng qǐng yì guǎ rén zhī bì kě yǔ fǒu xiàng rú
十五城请易寡人之璧，可予不？"相如
yuē qín qiáng ér zhào ruò bù kě bù xǔ wáng yuē
曰："秦强而赵弱，不可不许。"王曰：
qǔ wú bì bù yǔ wǒ chéng nài hé xiàng rú yuē
"取吾璧，不予我城，奈何？"相如曰：
qín yǐ chéng qiú bì ér zhào bù xǔ qū zài zhào zhào yǔ bì
"秦以城求璧而赵不许，曲在赵；赵予璧
ér qín bù yǔ zhào chéng qū zài qín jūn zhī èr cè nìng
而秦不予赵城，曲在秦。均之二策，宁
xǔ yǐ fù qín qū wáng yuē shuí kě shǐ zhě xiàng rú
许以负秦曲。"王曰："谁可使者？"相如
yuē wáng bì wú rén chén yuàn fèng bì wǎng shǐ chéng rù
曰："王必无人，臣愿奉璧往使。城入
zhào ér bì liú qín chéng bú rù chén qǐng wán bì guī zhào
赵而璧留秦；城不入，臣请完璧归赵。"
zhào wáng yú shì suì qiǎn xiàng rú fèng bì xī rù qín
赵王于是遂遣相如奉璧西入秦。

qín wáng zuò zhāng tái jiàn xiàng rú xiàng rú fèng bì zòu
秦王坐章台见相如。相如奉璧奏
qín wáng qín wáng dà xǐ chuán yǐ shì měi rén jí zuǒ yòu
秦王。秦王大喜，传以示美人及左右，
zuǒ yòu jiē hū wàn suì xiàng rú shì qín wáng wú yì cháng zhào
左右皆呼万岁。相如视秦王无意偿赵

chéng nǎi qián yuē bì yǒu xiá qǐng zhǐ shì wáng wáng shòu
城，乃前曰：“璧有瑕，请指示王。”王授

bì xiàng rú yīn chí bì què lì yǐ zhù nù fà shàng chōng
璧。相如因持璧却立，倚柱，怒发上冲

guān wèi qín wáng yuē dà wáng yù dé bì shǐ rén fā shū
冠，谓秦王曰：“大王欲得璧，使人发书

zhì zhào wáng zhào wáng xī zhào qún chén yì jiē yuē qín tān
至赵王，赵王悉召群臣议，皆曰：‘秦贪，

fù qí qiáng yǐ kōng yán qiú bì cháng chéng kǒng bù kě dé
负其强，以空言求璧，偿城恐不可得。’

yì bú yù yǔ qín bì chén yǐ wéi bù yī zhī jiāo shàng bù
议不欲予秦璧。臣以为布衣之交尚不

xiāng qī kuàng dà guó hū qiě yǐ yí bì zhī gù nì qiáng qín
相欺，况大国乎？且以一璧之故逆强秦

zhī huān bù kě yú shì zhào wáng nǎi zhāi jiè wǔ rì shǐ
之欢，不可。于是赵王乃斋戒五日，使

chén fèng bì bài sòng shū yú tíng hé zhě yán dà guó zhī
臣奉璧，拜送书于庭。何者？严大国之

wēi yǐ xiū jìng yě jīn chén zhì dà wáng jiàn chén liè guàn
威以修敬也。今臣至，大王见臣列观，

lǐ jié shèn jù dé bì chuán zhī měi rén yǐ xì nòng chén
礼节甚倨，得璧，传之美人，以戏弄臣。

chén guān dà wáng wú yì cháng zhào wáng chéng yì gù chén fù qǔ
臣观大王无意偿赵王城邑，故臣复取

bì dà wáng bì yù jí chén chén tóu jīn yǔ bì jù suì yú
璧。大王必欲急臣，臣头今与璧俱碎于

zhù yǐ
柱矣!”

xiàng rú chí qí bì nì zhù yù yǐ jī zhù qín wáng
相如持其璧睨柱,欲以击柱。秦王
kǒng qí pò bì nǎi cí xiè gù qǐng zhào yǒu sī àn tú
恐其破璧,乃辞谢,固请,召有司案图,
zhǐ cóng cǐ yǐ wǎng shí wǔ dū yǔ zhào
指从此以往十五都予赵。

xiàng rú duó qín wáng tè yǐ zhà yáng wéi yǔ zhào chéng shí
相如度秦王特以诈佯为予赵城,实
bù kě dé nǎi wèi qín wáng yuē hé shì bì tiān xià suǒ
不可得,乃谓秦王曰:“和氏璧,天下所
gòng chuán bǎo yě zhào wáng kǒng bù gǎn bú xiàn zhào wáng sòng
共传宝也,赵王恐,不敢不献。赵王送
bì shí zhāi jiè wǔ rì jīn dà wáng yì yí zhāi jiè wǔ rì
璧时斋戒五日。今大王亦宜斋戒五日,
shè jiǔ bīn yú tíng chén nǎi gǎn shàng bì qín wáng duó zhī
设九宾于廷,臣乃敢上璧。”秦王度之,
zhōng bù kě qiǎng duó suì xǔ zhāi wǔ rì shè xiàng rú guǎng chéng
终不可强夺,遂许斋五日,舍相如广成
zhuàn
传。

xiàng rú duó qín wáng suī zhāi jué fù yuē bù cháng chéng
相如度秦王虽斋,决负约不偿城,
nǎi shǐ qí cóng zhě yì hè huái qí bì cóng jìng dào wáng guī
乃使其从者衣褐,怀其璧,从径道亡,归

bì yú zhào
璧于赵。

qín wáng zhāi wǔ rì hòu nǎi shè jiǔ bīn lǐ yú tíng
秦王斋五日后，乃设九宾礼于廷，
yǐn zhào shǐ zhě lìn xiàng rú xiàng rú zhì wèi qín wáng yuē
引赵使者蔺相如。相如至，谓秦王曰：
qín zì mù gōng yǐ lái èr shí yú jūn wèi cháng yǒu jiān míng
“秦自缪公以来二十余君，未尝有坚明
yuē shù zhě yě chén chéng kǒng jiàn qī yú wáng ér fù zhào gù
约束者也。臣诚恐见欺于王而负赵，故
lìng rén chí bì guī jiàn zhì zhào yǐ qiě qín qiáng ér zhào
令人持璧归，间至赵矣。且秦强而赵
ruò dà wáng qiǎn yí jiè zhī shǐ zhì zhào zhào lì fèng bì lái
弱，大王遣一介之使至赵，赵立奉璧来。
jīn yǐ qín zhī qiáng ér xiān gē shí wǔ dū yǔ zhào zhào qǐ gǎn
今以秦之强而先割十五都予赵，赵岂敢
liú bì ér dé zuì yú dà wáng hū chén zhī qī dà wáng zhī
留璧而得罪于大王乎？臣知欺大王之
zuì dāng zhū chén qǐng jiù tāng huò wéi dà wáng yǔ qún chén shú
罪当诛，臣请就汤镬。唯大王与群臣孰
jì yì zhī
计议之。”

qín wáng yǔ qún chén xiāng shì ér xī zuǒ yòu huò yù
秦王与群臣相视而嘻。左右或欲
yǐn xiàng rú qù qín wáng yīn yuē jīn shā xiàng rú zhōng bù
引相如去，秦王因曰：“今杀相如，终不

néng dé bì yě ér jué qín zhào zhī huān bù rú yīn ér hòu
能得璧也，而绝秦赵之欢。不如因而厚
yù zhī shǐ guī zhào zhào wáng qǐ yǐ yí bì zhī gù qī qín
遇之，使归赵。赵王岂以一璧之故欺秦
yé zú tíng jiàn xiàng rú bì lǐ ér guī zhī
邪？”卒廷见相如，毕礼而归之。

xiàng rú jì guī zhào wáng yǐ wéi xián dà fū shǐ bù
相如既归，赵王以为贤大夫，使不
rǔ yú zhū hóu bài xiàng rú wéi shàng dà fū
辱于诸侯，拜相如为上大夫。

qín yì bù yǐ chéng yǔ zhào zhào yì zhōng bù yǔ qín
秦亦不以城予赵，赵亦终不予秦
bì
璧。

qí hòu qín fá zhào bá shí chéng míng nián fù gōng
其后秦伐赵，拔石城。明年复攻
zhào shā èr wàn rén qín wáng shǐ shǐ zhě gào zhào wáng yù
赵，杀二万人。秦王使使者告赵王，欲
yǔ wáng wéi hǎo huì yú xī hé wài miǎn chí zhào wáng wèi
与王为好，会于西河外渑池。赵王畏
qín yù wú xíng lián pō lìn xiàng rú jì yuē wáng bù
秦，欲毋行。廉颇蔺相如计曰：“王不
xíng shì zhào ruò qiě qiè yě zhào wáng suì xíng xiàng rú
行，示赵弱且怯也。”赵王遂行。相如
cóng lián pō sòng zhì jìng yǔ wáng jué yuē wáng xíng duó
从。廉颇送至境，与王决曰：“王行，度

dào lǐ huì yù zhī lǐ bì huán bú guò sān shí rì sān
道里会遇之礼毕，还，不过三十日。三
shí rì bù huán zé qǐng lì tài zǐ wéi wáng yǐ jué qín
十日不还，则请立太子为王，以绝秦
wàng wáng xǔ zhī suì yǔ qín wáng huì miǎn chí
望。”王许之。遂与秦王会渑池。

qín wáng yǐn jiǔ hān yuē guǎ rén qiè wén zhào wáng hào
秦王饮酒酣，曰：“寡人窃闻赵王好
yīn qǐng zòu sè zhào wáng gǔ sè qín yù shǐ qián shū
音，请奏瑟。”赵王鼓瑟。秦御史前书
yuē mǒu nián yuè rì qín wáng yǔ zhào wáng huì yǐn lìng zhào
曰：“某年月日，秦王与赵王会饮，令赵
wáng gǔ sè lìn xiàng rú qián yuē zhào wáng qiè wén qín wáng
王鼓瑟。”蔺相如前曰：“赵王窃闻秦王
shàn wéi qín shēng qǐng fèng pén fǒu qín wáng yǐ xiāng yú lè
善为秦声，请奉盆缶秦王，以相娱乐。”
qín wáng nù bù xǔ yú shì xiàng rú qián jìn fǒu yīn guì
秦王怒，不许。于是相如前进缶，因跪
qǐng qín wáng qín wáng bù kěn jī fǒu xiàng rú yuē wǔ
请秦王。秦王不肯击缶。相如曰：“五
bù zhī nèi xiàng rú qǐng dé yǐ jǐng xuè jiàn dà wáng yǐ zuǒ
步之内，相如请得以颈血溅大王矣！”左
yòu yù rèn xiàng rú xiàng rú zhāng mù chì zhī zuǒ yòu jiē mǐ
右欲刃相如，相如张目叱之，左右皆靡。
yú shì qín wáng bú yì wéi yì jī fǒu xiàng rú gù zhào zhào
于是秦王不怿，为一击缶。相如顾召赵

yù shǐ shū yuē　mǒu nián yuè rì　qín wáng wèi zhào wáng jī
御史书曰："某年月日，秦王为赵王击
fǒu　qín zhī qún chén yuē　qǐng yǐ zhào shí wǔ chéng wèi qín
缶。"秦之群臣曰："请以赵十五城为秦
wáng shòu　lìn xiàng rú yì yuē　qǐng yǐ qín zhī xián yáng wèi
王寿。"蔺相如亦曰："请以秦之咸阳为
zhào wáng shòu
赵王寿。"

qín wáng jìng jiǔ　zhōng bù néng jiā shèng yú zhào　zhào
秦王竟酒，终不能加胜于赵。赵
yì shèng shè bīng yǐ dài qín　qín bù gǎn dòng
亦盛设兵以待秦，秦不敢动。

jì bà　guī guó　yǐ xiàng rú gōng dà　bài wéi shàng
既罢，归国，以相如功大，拜为上
qīng　wèi zài lián pō zhī yòu
卿，位在廉颇之右。

lián pō yuē　wǒ wéi zhào jiàng　yǒu gōng chéng yě zhàn zhī
廉颇曰："我为赵将，有攻城野战之
dà gōng　ér lìn xiàng rú tú yǐ kǒu shé wéi láo　ér wèi jū
大功，而蔺相如徒以口舌为劳，而位居
wǒ shàng　qiě xiàng rú sù jiàn rén　wú xiū　bù rěn wéi zhī
我上。且相如素贱人，吾羞，不忍为之
xià　xuān yán yuē　wǒ jiàn xiàng rú　bì rǔ zhī　xiàng
下！"宣言曰："我见相如，必辱之。"相
rú wén　bù kěn yǔ huì　xiàng rú měi cháo shí　cháng chēng
如闻，不肯与会。相如每朝时，常称

bìng bú yù yǔ lián pō zhēng liè yǐ ér xiàng rú chū wàng
病，不欲与廉颇争列。已而相如出，望
jiàn lián pō xiàng rú yǐn chē bì nì
见廉颇，相如引车避匿。

yú shì shè rén xiāng yǔ jiàn yuē chén suǒ yǐ qù qīn
于是舍人相与谏曰："臣所以去亲
qī ér shì jūn zhě tú mù jūn zhī gāo yì yě jīn jūn yǔ
戚而事君者，徒慕君之高义也。今君与
lián pō tóng liè lián jūn xuān è yán ér jūn wèi nì zhī kǒng
廉颇同列，廉君宣恶言，而君畏匿之，恐
jù shū shèn qiě yōng rén shàng xiū zhī kuàng yú jiàng xiàng hū
惧殊甚。且庸人尚羞之，况于将相乎！
chén děng bú xiào qǐng cí qù lìn xiàng rú gù zhǐ zhī yuē
臣等不肖，请辞去。"蔺相如固止之，曰：
gōng zhī shì lián jiāng jūn shú yǔ qín wáng yuē bú ruò
"公之视廉将军孰与秦王？"曰："不若
yě xiàng rú yuē fú yǐ qín wáng zhī wēi ér xiàng rú
也。"相如曰："夫以秦王之威，而相如
tíng chì zhī rǔ qí qún chén xiàng rú suī nú dú wèi lián
廷叱之，辱其群臣。相如虽驽，独畏廉
jiāng jūn zāi gù wú niàn zhī qiáng qín zhī suǒ yǐ bù gǎn jiā
将军哉？顾吾念之，强秦之所以不敢加
bīng yú zhào zhě tú yǐ wú liǎng rén zài yě jīn liǎng hǔ gòng
兵于赵者，徒以吾两人在也。今两虎共
dòu qí shì bú jù shēng wú suǒ yǐ wéi cǐ zhě yǐ xiān
斗，其势不俱生。吾所以为此者，以先

guó jiā zhī jí ér hòu sī chóu yě
国家之急而后私仇也。”

lián pō wén zhī ròu tǎn fù jīng yīn bīn kè zhì lìn
廉颇闻之，肉袒负荆，因宾客至蔺
xiàng rú mén xiè zuì yuē bǐ jiàn zhī rén bù zhī jiāng jūn
相如门谢罪，曰：“鄙贱之人，不知将军
kuān zhī zhì cǐ yě
宽之至此也！”

zú xiāng yǔ huān wéi wěn jǐng zhī jiāo
卒相与欢，为刎颈之交。

qū yuán liè zhuàn
屈原列传

xī hàn sī mǎ qiān
西汉·司马迁

qū yuán zhě míng píng chǔ zhī tóng xìng yě wéi chǔ
屈原者，名平，楚之同姓也。为楚
huái wáng zuǒ tú bó wén qiáng zhì míng yú zhì luàn xián yú
怀王左徒。博闻强志，明于治乱，娴于
cí lìng rù zé yǔ wáng tú yì guó shì yǐ chū hào lìng
辞令。入则与王图议国事，以出号令；
chū zé jiē yù bīn kè yìng duì zhū hóu wáng shèn rèn zhī
出则接遇宾客，应对诸侯。王甚任之。

shàng guān dà fū yǔ zhī tóng liè zhēng chǒng ér xīn hài
上官大夫与之同列，争宠而心害

qí néng huái wáng shǐ qū yuán zào wéi xiàn lìng qū píng zhǔ cǎo
其能。怀王使屈原造为宪令，屈平属草
gǎo wèi dìng shàng guān dà fū jiàn ér yù duó zhī qū píng bù
稿未定，上官大夫见而欲夺之，屈平不
yǔ yīn chán zhī yuē wáng shǐ qū píng wéi lìng zhòng mò bù
与。因谗之曰：“王使屈平为令，众莫不
zhī měi yí lìng chū píng fá qí gōng yuē yǐ wéi fēi
知。每一令出，平伐其功，曰，以为‘非
wǒ mò néng wéi yě wáng nù ér shū qū píng
我莫能为’也。”王怒而疏屈平。

qū píng jí wáng tīng zhī bù cōng yě chán chǎn zhī bì míng
屈平疾王听之不聪也，谗谄之蔽明
yě xié qū zhī hài gōng yě fāng zhèng zhī bù róng yě gù yōu
也，邪曲之害公也，方正之不容也，故忧
chóu yōu sī ér zuò lí sāo lí sāo zhě yóu lí
愁幽思而作《离骚》。“离骚”者，犹离
yōu yě fú tiān zhě rén zhī shǐ yě fù mǔ zhě rén zhī
忧也。夫天者，人之始也；父母者，人之
běn yě rén qióng zé fǎn běn gù láo kǔ juàn jí wèi cháng
本也。人穷则反本，故劳苦倦极，未尝
bù hū tiān yě jí tòng cǎn dá wèi cháng bù hū fù mǔ yě
不呼天也；疾痛惨怛，未尝不呼父母也。
qū píng zhèng dào zhí xíng jié zhōng jìn zhì yǐ shì qí jūn chán
屈平正道直行，竭忠尽智，以事其君，谗
rén jiàn zhī kě wèi qióng yǐ xìn ér jiàn yí zhōng ér bèi
人间之，可谓穷矣。信而见疑，忠而被

bàng néng wú yuàn hū qū píng zhī zuò lí sāo gài zì
谤，能无怨乎？屈平之作《离骚》，盖自
yuàn shēng yě shàng chēng dì kù xià dào qí huán zhōng shù
怨生也。上称帝喾，下道齐桓，中述
tāng wǔ yǐ cì shì shì míng dào dé zhī guǎng chóng zhì
汤、武，以刺世事。明道德之广崇，治
luàn zhī tiáo guàn mǐ bú bì xiàn qí wén yuē qí cí wēi
乱之条贯，靡不毕见。其文约，其辞微，
qí zhì jié qí xíng lián qí chēng wén xiǎo ér qí zhǐ jí
其志洁，其行廉。其称文小而其指极
dà jǔ lèi ěr ér xiàn yì yuǎn qí zhì jié gù qí chēng
大，举类迩而见义远。其志洁，故其称
wù fāng qí xíng lián gù sǐ ér bù róng zì shū zhuó nào
物芳；其行廉，故死而不容。自疏濯淖
wū ní zhī zhōng chán tuì yú zhuó huì yǐ fú yóu chén āi zhī
污泥之中，蝉蜕于浊秽，以浮游尘埃之
wài bú huò shì zhī zī gòu jiào rán ní ér bù zǐ zhě yě
外，不获世之滋垢，皭然泥而不滓者也。
tuī cǐ zhì yě suī yǔ rì yuè zhēng guāng kě yě
推此志也，虽与日月争光可也。

qū píng jì chù qí hòu qín yù fá qí qí yǔ chǔ zòng
屈平既绌，其后秦欲伐齐，齐与楚从
qīn huì wáng huàn zhī nǎi lìng zhāng yí yáng qù qín hòu bì
亲。惠王患之，乃令张仪佯去秦，厚币
wěi zhì shì chǔ yuē qín shèn zēng qí qí yǔ chǔ zòng qīn
委质事楚，曰："秦甚憎齐，齐与楚从亲，

chǔ chéngnéng jué qí qín yuàn xiàn shāng yú zhī dì liù bǎi lǐ
楚诚能绝齐，秦愿献商於之地六百里。”
chǔ huái wáng tān ér xìn zhāng yí suì jué qí shǐ shǐ rú qín
楚怀王贪而信张仪，遂绝齐，使使如秦
shòu dì zhāng yí zhà zhī yuē yí yǔ wáng yuē liù lǐ bù
受地。张仪诈之曰：“仪与王约六里，不
wén liù bǎi lǐ chǔ shǐ nù qù guī gào huái wáng huái wáng
闻六百里。”楚使怒去，归告怀王。怀王
nù dà xīng shī fá qín qín fā bīng jī zhī dà pò chǔ shī
怒，大兴师伐秦。秦发兵击之，大破楚师
yú dān xī zhǎn shǒu bā wàn lǔ chǔ jiàng qū gài suì qǔ chǔ
于丹、淅，斩首八万，虏楚将屈匄，遂取楚
zhī hàn zhōng dì huái wáng nǎi xī fā guó zhōng bīng yǐ shēn rù
之汉中地。怀王乃悉发国中兵，以深入
jī qín zhàn yú lán tián wèi wén zhī xí chǔ zhì dèng chǔ
击秦，战于蓝田。魏闻之，袭楚至邓。楚
bīng jù zì qín guī ér qí jìng nù bú jiù chǔ chǔ dà
兵惧，自秦归。而齐竟怒不救楚，楚大
kùn
困。

míng nián qín gē hàn zhōng dì yǔ chǔ yǐ hé chǔ wáng
明年，秦割汉中地与楚以和。楚王
yuē bú yuàn dé dì yuàn dé zhāng yí ér gān xīn yān zhāng
曰：“不愿得地，愿得张仪而甘心焉。”张
yí wén nǎi yuē yǐ yì yí ér dāng hàn zhōng dì chén qǐng
仪闻，乃曰：“以一仪而当汉中地，臣请

wǎng rú chǔ rú chǔ yòu yīn hòu bì yòng shì zhě chén jìn
往如楚。"如楚，又因厚币用事者臣靳
shàng ér shè guǐ biàn yú huái wáng zhī chǒng jī zhèng xiù huái
尚，而设诡辩于怀王之宠姬郑袖。怀
wáng jìng tīng zhèng xiù fù shì qù zhāng yí shì shí qū píng jì
王竟听郑袖，复释去张仪。是时屈平既
shū bú fù zài wèi shǐ yú qí gù fǎn jiàn huái wáng yuē
疏，不复在位，使于齐，顾反，谏怀王曰：
hé bù shā zhāng yí huái wáng huǐ zhuī zhāng yí bù jí
"何不杀张仪？"怀王悔，追张仪，不及。

qí hòu zhū hóu gòng jī chǔ dà pò zhī shā qí jiàng táng
其后诸侯共击楚，大破之，杀其将唐
mò
昧。

shí qín zhāo wáng yǔ chǔ hūn yù yǔ huái wáng huì huái
时秦昭王与楚婚，欲与怀王会。怀
wáng yù xíng qū píng yuē qín hǔ láng zhī guó bù kě
王欲行，屈平曰："秦，虎狼之国，不可
xìn bù rú wú xíng huái wáng zhì zǐ zǐ lán quàn wáng xíng
信。不如毋行。"怀王稚子子兰劝王行：
nài hé jué qín huān huái wáng zú xíng rù wǔ guān qín
"奈何绝秦欢？"怀王卒行。入武关，秦
fú bīng jué qí hòu yīn liú huái wáng yǐ qiú gē dì huái wáng
伏兵绝其后，因留怀王以求割地。怀王
nù bù tīng wáng zǒu zhào zhào bú nà fù zhī qín jìng
怒，不听。亡走赵，赵不内。复之秦，竟

sǐ yú qín ér guī zàng zhǎng zǐ qǐng xiāng wáng lì yǐ qí dì
死于秦而归葬。长子顷襄王立，以其弟
zǐ lán wéi lìng yǐn
子兰为令尹。

chǔ rén jì jiù zǐ lán yǐ quàn huái wáng rù qín ér bù
楚人既咎子兰以劝怀王入秦而不
fǎn yě qū píng jì jí zhī suī fàng liú juàn gù chǔ guó xì
反也；屈平既嫉之，虽放流，眷顾楚国，系
xīn huái wáng bú wàng yù fǎn jì xìng jūn zhī yí wù sú zhī
心怀王，不忘欲反；冀幸君之一悟，俗之
yì gǎi yě qí cún jūn xīng guó ér yù fǎn fù zhī yì piān
一改也。其存君兴国而欲反复之，一篇
zhī zhōng sān zhì zhì yān rán zhōng wú kě nài hé gù bù kě
之中三致志焉。然终无可奈何，故不可
yǐ fǎn zú yǐ cǐ jiàn huái wáng zhī zhōng bú wù yě
以反。卒以此见怀王之终不悟也。

rén jūn wú yú zhì xián bú xiào mò bú yù qiú
人君无愚、智、贤、不肖，莫不欲求
zhōng yǐ zì wéi jǔ xián yǐ zì zuǒ rán wáng guó pò jiā xiāng
忠以自为，举贤以自佐；然亡国破家相
suí zhǔ ér shèng jūn zhì guó lěi shì ér bú jiàn zhě qí suǒ
随属，而圣君治国累世而不见者，其所
wèi zhōng zhě bù zhōng ér suǒ wèi xián zhě bù xián yě huái wáng
谓忠者不忠，而所谓贤者不贤也。怀王
yǐ bù zhī zhōng chén zhī fèn gù nèi huò yú zhèng xiù wài qī
以不知忠臣之分，故内惑于郑袖，外欺

yú zhāng yí shū qū píng ér xìn shàng guān dà fū lìng yǐn zǐ
于张仪，疏屈平而信上官大夫、令尹子
lán bīng cuò dì xuē wáng qí liù jùn shēn kè sǐ yú qín
兰。兵挫地削，亡其六郡，身客死于秦，
wèi tiān xià xiào cǐ bù zhī rén huò yě
为天下笑。此不知人祸也。

lìng yǐn zǐ lán wén zhī dà nù zú shǐ shàng guān dà
令尹子兰闻之，大怒，卒使上官大
fū duǎn qū yuán yú qǐng xiāng wáng qǐng xiāng wáng nù ér qiān zhī
夫短屈原于顷襄王，顷襄王怒而迁之。

qū yuán zhì yú jiāng bīn pī fà xíng yín zé pàn yán sè
屈原至于江滨，被发行吟泽畔，颜色
qiáo cuì xíng róng kū gǎo yú fǔ jiàn ér wèn zhī yuē zǐ
憔悴，形容枯槁。渔父见而问之曰：“子
fēi sān lǘ dà fū yú hé gù ér zhì cǐ qū yuán yuē
非三闾大夫欤？何故而至此？”屈原曰：
jǔ shì hún zhuó ér wǒ dú qīng zhòng rén jiē zuì ér wǒ dú
“举世混浊而我独清，众人皆醉而我独
xǐng shì yǐ jiàn fàng yú fǔ yuē fú shèng rén zhě bù
醒，是以见放。”渔父曰：“夫圣人者，不
níng zhì yú wù ér néng yǔ shì tuī yí jǔ shì hún zhuó hé
凝滞于物，而能与世推移。举世混浊，何
bù suí qí liú ér yáng qí bō zhòng rén jiē zuì hé bù bū
不随其流而扬其波？众人皆醉，何不餔
qí zāo ér chuò qí lí hé gù huái jǐn wò yú ér zì lìng
其糟而啜其醨？何故怀瑾握瑜，而自令

jiàn fàng wéi qū yuán yuē wú wén zhī xīn mù zhě bì tán
见放为？”屈原曰：“吾闻之，新沐者必弹
guān xīn yù zhě bì zhèn yī rén yòu shuí néng yǐ shēn zhī chá
冠，新浴者必振衣。人又谁能以身之察
chá shòu wù zhī mén mén zhě hū nìng fù cháng liú ér zàng hū
察，受物之汶汶者乎？宁赴常流而葬乎
jiāng yú fù zhōng ěr yòu ān néng yǐ hào hào zhī bái ér méng
江鱼腹中耳，又安能以皓皓之白，而蒙
shì zhī wēn huò hū nǎi zuò huái shā zhī fù yú shì huái
世之温蠖乎？”乃作《怀沙》之赋，于是怀
shí suì zì tóu mì luó yǐ sǐ
石，遂自投汨罗以死。

qū yuán jì sǐ zhī hòu chǔ yǒu sòng yù táng lè jǐng
屈原既死之后，楚有宋玉、唐勒、景
cuō zhī tú zhě jiē hào cí ér yǐ fù jiàn chēng rán jiē zǔ
差之徒者，皆好辞而以赋见称；然皆祖
qū yuán zhī cóng róng cí lìng zhōng mò gǎn zhí jiàn qí hòu chǔ
屈原之从容辞令，终莫敢直谏。其后楚
rì yǐ xuē shù shí nián jìng wèi qín suǒ miè
日以削，数十年，竟为秦所灭。

chén shè shì jiā

陈涉世家

xī hàn sī mǎ qiān

西汉·司马迁

chén shèng zhě yáng chéng rén yě zì shè wú guǎng
陈胜者，阳城人也，字涉。吴广
zhě yáng jiǎ rén yě zì shū chén shè shào shí cháng yǔ rén
者，阳夏人也，字叔。陈涉少时，尝与人
yōng gēng chuò gēng zhī lǒng shàng chàng hèn jiǔ zhī yuē gǒu
佣耕，辍耕之垄上，怅恨久之，曰："苟
fù guì wú xiāng wàng yōng zhě xiào ér yìng yuē ruò wéi yōng
富贵，无相忘。"佣者笑而应曰："若为佣
gēng hé fù guì yě chén shè tài xī yuē jiē hū yàn
耕，何富贵也？"陈涉太息曰："嗟乎，燕
què ān zhī hóng hú zhī zhì zāi
雀安知鸿鹄之志哉！"

èr shì yuán nián qī yuè fā lǘ zuǒ zhé shù yú yáng jiǔ
二世元年七月，发闾左适戍渔阳九
bǎi rén tún dà zé xiāng chén shèng wú guǎng jiē cì dāng
百人，屯大泽乡。陈胜、吴广皆次当
háng wéi tún zhǎng huì tiān dà yǔ dào bù tōng duó yǐ shī
行，为屯长。会天大雨，道不通，度已失
qī shī qī fǎ jiē zhǎn chén shèng wú guǎng nǎi móu
期。失期，法皆斩。陈胜、吴广乃谋

yuē jīn wáng yì sǐ jǔ dà jì yì sǐ děng sǐ sǐ guó
曰：“今亡亦死，举大计亦死，等死，死国

kě hū chén shèng yuē tiān xià kǔ qín jiǔ yǐ wú wén
可乎？”陈胜曰：“天下苦秦久矣。吾闻

èr shì shào zǐ yě bù dāng lì dāng lì zhě nǎi gōng zǐ fú
二世少子也，不当立，当立者乃公子扶

sū fú sū yǐ shuò jiàn gù shàng shǐ wài jiàng bīng jīn huò
苏。扶苏以数谏故，上使外将兵。今或

wén wú zuì èr shì shā zhī bǎi xìng duō wén qí xián wèi
闻无罪，二世杀之。百姓多闻其贤，未

zhī qí sǐ yě xiàng yān wéi chǔ jiàng shuò yǒu gōng ài shì
知其死也。项燕为楚将，数有功，爱士

zú chǔ rén lián zhī huò yǐ wéi sǐ huò yǐ wéi wáng
卒，楚人怜之。或以为死，或以为亡。

jīn chéng yǐ wú zhòng zhà zì chēng gōng zǐ fú sū xiàng yān wéi
今诚以吾众诈自称公子扶苏、项燕，为

tiān xià chàng yí duō yìng zhě wú guǎng yǐ wéi rán nǎi
天下唱，宜多应者。”吴广以为然。乃

xíng bǔ bǔ zhě zhī qí zhǐ yì yuē zú xià shì jiē
行卜。卜者知其指意，曰：“足下事皆

chéng yǒu gōng rán zú xià bǔ zhī guǐ hū chén shèng wú
成，有功。然足下卜之鬼乎！”陈胜、吴

guǎng xǐ niàn guǐ yuē cǐ jiào wǒ xiān wēi zhòng ěr nǎi
广喜，念鬼，曰：“此教我先威众耳。”乃

dān shū bó yuē chén shèng wàng zhì rén suǒ zēng yú fù zhōng
丹书帛曰“陈胜王”，置人所罾鱼腹中。

zú mǎi yú pēng shí dé yú fù zhōng shū gù yǐ guài zhī yǐ
卒买鱼烹食，得鱼腹中书，固以怪之矣。
yòu jiàn lìng wú guǎng zhī cì suǒ páng cóng cí zhōng yè gōu huǒ
又间令吴广之次所旁丛祠中，夜篝火，
hú míng hū yuē dà chǔ xīng chén shèng wàng zú jiē yè jīng
狐鸣呼曰“大楚兴，陈胜王”。卒皆夜惊
kǒng dàn rì zú zhōng wǎng wǎng yǔ jiē zhǐ mù chén shèng
恐。旦日，卒中往往语，皆指目陈胜。

wú guǎng sù ài rén shì zú duō wéi yòng zhě jiàng wèi
吴广素爱人，士卒多为用者。将尉
zuì guǎng gù shuò yán yù wáng fèn huì wèi lìng rǔ zhī yǐ
醉，广故数言欲亡，忿恚尉，令辱之，以
jī nù qí zhòng wèi guǒ chī guǎng wèi jiàn tǐng guǎng qǐ
激怒其众。尉果笞广。尉剑挺，广起，
duó ér shā wèi chén shèng zuǒ zhī bìng shā liǎng wèi zhào lìng
夺而杀尉。陈胜佐之，并杀两尉。召令
tú shǔ yuē gōng děng yù yǔ jiē yǐ shī qī shī qī dāng
徒属曰：“公等遇雨，皆已失期，失期当
zhǎn jiè dì lìng wú zhǎn ér shù sǐ zhě gù shí liù qī
斩。藉第令毋斩，而戍死者固十六七。
qiě zhuàng shì bù sǐ jí yǐ sǐ jí jǔ dà míng ěr wáng hóu
且壮士不死即已，死即举大名耳，王侯
jiàng xiàng nìng yǒu zhǒng hū tú shǔ jiē yuē jìng shòu mìng
将相宁有种乎！”徒属皆曰：“敬受命。”
nǎi zhà chēng gōng zǐ fú sū xiàng yān cóng mín yù yě tǎn
乃诈称公子扶苏、项燕，从民欲也。袒

yòu chēng dà chǔ wéi tán ér méng jì yǐ wèi shǒu chén
右，称大楚。为坛而盟，祭以尉首。陈
shèng zì lì wéi jiāng jūn wú guǎng wéi dū wèi gōng dà zé
胜自立为将军，吴广为都尉。攻大泽
xiāng shōu ér gōng qí qí xià nǎi lìng fú lí rén gě yīng
乡，收而攻蕲。蕲下，乃令符离人葛婴
jiàng bīng xùn qí yǐ dōng gōng zhì cuó kǔ zhè qiáo jiē xià
将兵徇蕲以东，攻铚、酂、苦、柘、谯，皆下
zhī xíng shōu bīng bǐ zhì chén chē liù qī bǎi shèng jì
之。行收兵。比至陈，车六七百乘，骑
qiān yú zú shù wàn rén gōng chén chén shǒu lìng jiē bú zài
千余，卒数万人。攻陈，陈守令皆不在，
dú shǒuchéng yǔ zhàn qiáo mén zhōng fú shèng shǒuchéng sǐ nǎi
独守丞与战谯门中。弗胜，守丞死，乃
rù jù chén shù rì hào lìng zhào sān lǎo háo jié yǔ jiē lái
入据陈。数日，号令召三老、豪杰与皆来
huì jì shì sān lǎo háo jié jiē yuē jiāng jūn shēn pī jiān
会计事。三老、豪杰皆曰："将军身被坚
zhí ruì fá wú dào zhū bào qín fù lì chǔ guó zhī shè jì
执锐，伐无道，诛暴秦，复立楚国之社稷，
gōng yí wéi wáng chén shè nǎi lì wéi wáng hào wéi zhāng chǔ
功宜为王。"陈涉乃立为王，号为张楚。
dāng cǐ shí zhū jùn xiàn kǔ qín lì zhě jiē xíng qí zhǎng lì
当此时，诸郡县苦秦吏者，皆刑其长吏，
shā zhī yǐ yìng chén shè
杀之以应陈涉。

hóng mén yàn

鸿门宴

xī hàn sī mǎ qiān

西汉·司马迁

pèi gōng jūn bà shàng wèi dé yǔ xiàng yǔ xiāng jiàn pèi
沛公军霸上，未得与项羽相见。沛
gōng zuǒ sī mǎ cáo wú shāng shǐ rén yán yú xiàng yǔ yuē pèi
公左司马曹无伤使人言于项羽曰：“沛
gōng yù wàng guān zhōng shǐ zǐ yīng wéi xiàng zhēn bǎo jìn yǒu
公欲王关中，使子婴为相，珍宝尽有
zhī xiàng yǔ dà nù yuē dàn rì xiǎng shì zú wèi jī pò
之。”项羽大怒曰：“旦日飨士卒，为击破
pèi gōng jūn dāng shì shí xiàng yǔ bīng sì shí wàn zài xīn
沛公军！”当是时，项羽兵四十万，在新
fēng hóng mén pèi gōng bīng shí wàn zài bà shàng fàn zēng shuì
丰鸿门；沛公兵十万，在霸上。范增说
xiàng yǔ yuē pèi gōng jū shān dōng shí tān yú cái huò hào
项羽曰：“沛公居山东时，贪于财货，好
měi jī jīn rù guān cái wù wú suǒ qǔ fù nǚ wú suǒ
美姬。今入关，财物无所取，妇女无所
xìng cǐ qí zhì bú zài xiǎo wú lìng rén wàng qí qì jiē
幸，此其志不在小。吾令人望其气，皆
wéi lóng hǔ chéng wǔ cǎi cǐ tiān zǐ qì yě jí jī wù
为龙虎，成五采，此天子气也。急击勿

shī
失！”

chǔ zuǒ yǐn xiàng bó zhě xiàng yǔ jì fù yě sù shàn
楚左尹项伯者，项羽季父也，素善
liú hóu zhāng liáng zhāng liáng shì shí cóng pèi gōng xiàng bó nǎi yè
留侯张良。张良是时从沛公，项伯乃夜
chí zhī pèi gōng jūn sī jiàn zhāng liáng jù gào yǐ shì yù hū
驰之沛公军，私见张良，具告以事，欲呼
zhāng liáng yǔ jù qù yuē wú cóng jù sǐ yě zhāng liáng
张良与俱去，曰：“毋从俱死也。”张良
yuē chén wèi hán wáng sòng pèi gōng pèi gōng jīn shì yǒu jí
曰：“臣为韩王送沛公，沛公今事有急，
wáng qù bú yì bù kě bú yù liáng nǎi rù jù gào pèi
亡去不义，不可不语。”良乃入，具告沛
gōng pèi gōng dà jīng yuē wéi zhī nài hé zhāng liáng
公。沛公大惊，曰：“为之奈何？”张良
yuē shuí wèi dà wáng wéi cǐ jì zhě yuē zōu shēng shuì
曰：“谁为大王为此计者？”曰：“鲰生说
wǒ yuē jù guān wú nà zhū hóu qín dì kě jìn wàng
我曰：‘距关，毋内诸侯，秦地可尽王
yě gù tīng zhī liáng yuē liào dà wáng shì zú zú yǐ
也。’故听之。”良曰：“料大王士卒足以
dāng xiàng wáng hū pèi gōng mò rán yuē gù bù rú yě
当项王乎？”沛公默然，曰：“固不如也。
qiě wéi zhī nài hé zhāng liáng yuē qǐng wǎng wèi xiàng bó
且为之奈何？”张良曰：“请往谓项伯，

yán pèi gōng bù gǎn bèi xiàng wáng yě pèi gōng yuē jūn ān
言沛公不敢背项王也。”沛公曰：“君安
yǔ xiàng bó yǒu gù zhāng liáng yuē qín shí yǔ chén yóu
与项伯有故？”张良曰：“秦时与臣游，
xiàng bó shā rén chén huó zhī jīn shì yǒu jí gù xìng lái gào
项伯杀人，臣活之；今事有急，故幸来告
liáng pèi gōng yuē shú yǔ jūn shào zhǎng liáng yuē zhǎng
良。”沛公曰：“孰与君少长？”良曰：“长
yú chén pèi gōng yuē jūn wèi wǒ hū rù wú dé xiōng shì
于臣。”沛公曰：“君为我呼入，吾得兄事
zhī zhāng liáng chū yāo xiàng bó xiàng bó jí rù jiàn pèi
之。”张良出，要项伯。项伯即入见沛
gōng pèi gōng fèng zhī jiǔ wéi shòu yuē wéi hūn yīn yuē
公。沛公奉卮酒为寿，约为婚姻，曰：
wú rù guān qiū háo bù gǎn yǒu suǒ jìn jí lì mín fēng
“吾入关，秋毫不敢有所近，籍吏民，封
fǔ kù ér dài jiāng jūn suǒ yǐ qiǎn jiàng shǒu guān zhě bèi
府库，而待将军。所以遣将守关者，备
tā dào zhī chū rù yǔ fēi cháng yě rì yè wàng jiāng jūn zhì
他盗之出入与非常也。日夜望将军至，
qǐ gǎn fǎn hū yuàn bó jù yán chén zhī bù gǎn bèi dé
岂敢反乎！愿伯具言臣之不敢倍德
yě xiàng bó xǔ nuò wèi pèi gōng yuē dàn rì bù kě bù
也。”项伯许诺，谓沛公曰：“旦日不可不
zǎo zì lái xiè xiàng wáng pèi gōng yuē nuò yú shì xiàng
蚤自来谢项王。”沛公曰：“诺。”于是项

bó fù yè qù zhì jūn zhōng jù yǐ pèi gōng yán bào xiàngwáng
伯复夜去，至军中，具以沛公言报项王，
yīn yán yuē pèi gōng bù xiān pò guān zhōng gōng qǐ gǎn rù
因言曰：“沛公不先破关中，公岂敢入
hū jīn rén yǒu dà gōng ér jī zhī bú yì yě bù rú
乎？今人有大功而击之，不义也。不如
yīn shàn yù zhī xiàngwáng xǔ nuò
因善遇之。”项王许诺。

pèi gōng dàn rì cóng bǎi yú jì lái jiàn xiàngwáng zhì hóng
沛公旦日从百余骑来见项王，至鸿
mén xiè yuē chén yǔ jiāng jūn lù lì ér gōng qín jiāng jūn
门，谢曰：“臣与将军戮力而攻秦，将军
zhàn hé běi chén zhàn hé nán rán bú zì yì néng xiān rù guān
战河北，臣战河南，然不自意能先入关
pò qín dé fù jiàn jiāng jūn yú cǐ jīn zhě yǒu xiǎo rén zhī
破秦，得复见将军于此。今者有小人之
yán lìng jiāng jūn yǔ chén yǒu xì xiàngwáng yuē cǐ pèi gōng
言，令将军与臣有郤。”项王曰：“此沛公
zuǒ sī mǎ cáo wú shāng yán zhī bù rán jí hé yǐ zhì
左司马曹无伤言之；不然，籍何以至
cǐ xiàng wáng jí rì yīn liú pèi gōng yǔ yǐn xiàng wáng
此？”项王即日因留沛公与饮。项王、
xiàng bó dōng xiàng zuò yà fù nán xiàng zuò yà fù zhě
项伯东向坐；亚父南向坐——亚父者，
fàn zēng yě pèi gōng běi xiàng zuò zhāng liáng xī xiàng shì fàn
范增也；沛公北向坐，张良西向侍。范

zēng shuò mù xiàng wáng jǔ suǒ pèi yù jué yǐ shì zhī zhě sān
增数目项王，举所佩玉玦以示之者三，
xiàng wáng mò rán bú yìng fàn zēng qǐ chū zhào xiàng zhuāng
项王默然不应。范增起，出，召项庄，
wèi yuē jūn wáng wéi rén bù rěn ruò rù qián wèi shòu shòu
谓曰：“君王为人不忍。若入前为寿，寿
bì qǐng yǐ jiàn wǔ yīn jī pèi gōng yú zuò shā zhī fǒu
毕，请以剑舞，因击沛公于坐，杀之。不
zhě ruò shǔ jiē qiě wèi suǒ lǔ zhuāng zé rù wèi shòu
者，若属皆且为所虏。”庄则入为寿。
shòu bì yuē jūn wáng yǔ pèi gōng yǐn jūn zhōng wú yǐ wéi
寿毕，曰：“君王与沛公饮，军中无以为
lè qǐng yǐ jiàn wǔ xiàng wáng yuē nuò xiàng zhuāng bá
乐，请以剑舞。”项王曰：“诺。”项庄拔
jiàn qǐ wǔ xiàng bó yì bá jiàn qǐ wǔ cháng yǐ shēn yì bì
剑起舞，项伯亦拔剑起舞，常以身翼蔽
pèi gōng zhuāng bù dé jī
沛公，庄不得击。

yú shì zhāng liáng zhì jūn mén jiàn fán kuài fán kuài yuē
于是张良至军门见樊哙。樊哙曰：
jīn rì zhī shì hé rú liáng yuē shèn jí jīn zhě xiàng
“今日之事何如？”良曰：“甚急！今者项
zhuāng bá jiàn wǔ qí yì cháng zài pèi gōng yě kuài yuē
庄拔剑舞，其意常在沛公也。”哙曰：
cǐ pò yǐ chén qǐng rù yǔ zhī tóng mìng kuài jí dài
“此迫矣！臣请入，与之同命。”哙即带

jiàn yōng dùn rù jūn mén jiāo jǐ zhī wèi shì yù zhǐ bú nà
剑拥盾入军门。交戟之卫士欲止不内，
fán kuài cè qí dùn yǐ zhuàng wèi shì pū dì kuài suì rù
樊哙侧其盾以撞，卫士仆地，哙遂入，
pī wéi xī xiàng lì chēn mù shì xiàngwáng tóu fà shàng zhǐ mù
披帷西向立，瞋目视项王，头发上指，目
zì jìn liè xiàng wáng àn jiàn ér jì yuē kè hé wéi
眦尽裂。项王按剑而跽曰：“客何为
zhě zhāng liáng yuē pèi gōng zhī cān shèng fán kuài zhě yě
者？”张良曰：“沛公之参乘樊哙者也。”
xiàngwáng yuē zhuàng shì cì zhī zhī jiǔ zé yǔ dǒu zhī
项王曰：“壮士！赐之卮酒。”则与斗卮
jiǔ kuài bài xiè qǐ lì ér yǐn zhī xiàng wáng yuē
酒。哙拜谢，起，立而饮之。项王曰：
cì zhī zhì jiān zé yǔ yī shēng zhì jiān fán kuài fù
“赐之彘肩。”则与一生彘肩。樊哙覆
qí dùn yú dì jiā zhì jiān shàng bá jiàn qié ér dàn zhī
其盾于地，加彘肩上，拔剑切而啖之。
xiàngwáng yuē zhuàng shì néng fù yǐn hū fán kuài yuē
项王曰：“壮士！能复饮乎？”樊哙曰：
chén sǐ qiě bú bì zhī jiǔ ān zú cí fú qín wáng yǒu
“臣死且不避，卮酒安足辞！夫秦王有
hǔ láng zhī xīn shā rén rú bù néng jǔ xíng rén rú kǒng bù
虎狼之心，杀人如不能举，刑人如恐不
shēng tiān xià jiē pàn zhī huái wáng yǔ zhū jiàng yuē yuē
胜，天下皆叛之。怀王与诸将约曰：

xiān pò qín rù xián yáng zhě wàng zhī jīn pèi gōng xiān pò qín
‘先破秦入咸阳者王之。’今沛公先破秦
rù xián yáng háo máo bù gǎn yǒu suǒ jìn fēng bì gōng shì huán
入咸阳，毫毛不敢有所近，封闭宫室，还
jūn bà shàng yǐ dài dà wáng lái gù qiǎn jiàng shǒu guān zhě
军霸上，以待大王来。故遣将守关者，
bèi tā dào chū rù yǔ fēi cháng yě láo kǔ ér gōng gāo rú
备他盗出入与非常也。劳苦而功高如
cǐ wèi yǒu fēng hóu zhī shǎng ér tīng xì shuō yù zhū yǒu gōng
此，未有封侯之赏，而听细说，欲诛有功
zhī rén cǐ wáng qín zhī xù ěr qiè wéi dà wáng bù qǔ
之人。此亡秦之续耳，窃为大王不取
yě xiàng wáng wèi yǒu yǐ yìng yuē zuò fán kuài cóng
也！”项王未有以应，曰：“坐。”樊哙从
liáng zuò zuò xū yú pèi gōng qǐ rú cè yīn zhāo fán kuài
良坐。坐须臾，沛公起如厕，因招樊哙
chū
出。

pèi gōng yǐ chū xiàng wáng shǐ dū wèi chén píng zhào pèi
沛公已出，项王使都尉陈平召沛
gōng pèi gōng yuē jīn zhě chū wèi cí yě wéi zhī nài
公。沛公曰：“今者出，未辞也，为之奈
hé fán kuài yuē dà xíng bú gù xì jǐn dà lǐ bù cí
何？”樊哙曰：“大行不顾细谨，大礼不辞
xiǎo ràng rú jīn rén fāng wéi dāo zǔ wǒ wéi yú ròu hé
小让。如今人方为刀俎，我为鱼肉，何

cí wéi yú shì suì qù nǎi lìng zhāng liáng liú xiè liáng
辞为？”于是遂去。乃令张良留谢。良
wèn yuē dà wáng lái hé cāo yuē wǒ chí bái bì yì
问曰：“大王来何操？”曰：“我持白璧一
shuāng yù xiàn xiàng wáng yù dǒu yì shuāng yù yǔ yà fù
双，欲献项王，玉斗一双，欲与亚父。
huì qí nù bù gǎn xiàn gōng wèi wǒ xiàn zhī zhāng liáng
会其怒，不敢献。公为我献之。”张良
yuē jǐn nuò dāng shì shí xiàng wáng jūn zài hóng mén xià
曰：“谨诺。”当是时，项王军在鸿门下，
pèi gōng jūn zài bà shàng xiāng qù sì shí lǐ pèi gōng zé zhì
沛公军在霸上，相去四十里。沛公则置
chē jì tuō shēn dú qí yǔ fán kuài xià hóu yīng jìn qiáng
车骑，脱身独骑，与樊哙、夏侯婴、靳强、
jǐ xìn děng sì rén chí jiàn dùn bù zǒu cóng lì shān xià dào
纪信等四人持剑盾步走，从郦山下，道
zhǐ yáng jiàn xíng pèi gōng wèi zhāng liáng yuē cóng cǐ dào zhì
芷阳间行。沛公谓张良曰：“从此道至
wú jūn bú guò èr shí lǐ ěr duó wǒ zhì jūn zhōng gōng
吾军，不过二十里耳。度我至军中，公
nǎi rù
乃入。”

pèi gōng yǐ qù jiàn zhì jūn zhōng zhāng liáng rù xiè
沛公已去，间至军中。张良入谢，
yuē pèi gōng bù shēng bēi sháo bù néng cí jǐn shǐ chén liáng
曰：“沛公不胜杯杓，不能辞。谨使臣良

fèng bái bì yì shuāng zài bài xiàn dà wáng zú xià yù dǒu yì
奉白璧一双，再拜献大王足下，玉斗一
shuāng zài bài fèng dà jiāng jūn zú xià xiàng wáng yuē pèi
双，再拜奉大将军足下。”项王曰：“沛
gōng ān zài liáng yuē wén dà wáng yǒu yì dū guò zhī tuō
公安在？”良曰：“闻大王有意督过之，脱
shēn dú qù yǐ zhì jūn yǐ xiàng wáng zé shòu bì zhì zhī
身独去，已至军矣。”项王则受璧，置之
zuò shàng yà fù shòu yù dǒu zhì zhī dì bá jiàn zhuàng ér
坐上。亚父受玉斗，置之地，拔剑撞而
pò zhī yuē ài shù zǐ bù zú yǔ móu duó xiàng wáng
破之，曰：“唉！竖子不足与谋。夺项王
tiān xià zhě bì pèi gōng yě wú shǔ jīn wèi zhī lǔ yǐ
天下者必沛公也。吾属今为之虏矣！”

pèi gōng zhì jūn lì zhū shā cáo wú shāng
沛公至军，立诛杀曹无伤。

xì liǔ yíng
细柳营

xī hàn sī mǎ qiān
西汉·司马迁

wén dì zhī hòu liù nián xiōng nú dà rù biān nǎi yǐ
文帝之后六年，匈奴大入边。乃以
zōng zhèng liú lǐ wéi jiāng jūn jūn bà shàng zhù zī hóu xú lì
宗正刘礼为将军，军霸上；祝兹侯徐厉

wéi jiāng jūn　jūn jí mén　yǐ hé nèi shǒu yà fū wéi jiāng jūn
为将军，军棘门；以河内守亚夫为将军，
jūn xì liǔ　yǐ bèi hú
军细柳，以备胡。

shàng zì láo jūn　zhì bà shàng jí jí mén jūn　zhí chí
上自劳军。至霸上及棘门军，直驰
rù　jiàng yǐ xià qí sòng yíng　yǐ ér zhī xì liǔ jūn　jūn
入，将以下骑送迎。已而之细柳军，军
shì lì pī jiǎ　ruì bīng rèn　gòu gōng nǔ　chí mǎn　tiān zǐ
士吏被甲，锐兵刃，彀弓弩，持满。天子
xiān qū zhì　bù dé rù　xiān qū yuē　tiān zǐ qiě zhì
先驱至，不得入。先驱曰："天子且至！"
jūn mén dū wèi yuē　jiāng jūn lìng yuē　jūn zhōng wén jiāng jūn
军门都尉曰："将军令曰：'军中闻将军
lìng　bù wén tiān zǐ zhī zhào　jū wú hé　shàng zhì　yòu
令，不闻天子之诏。'"居无何，上至，又
bù dé rù　yú shì shàng nǎi shǐ shǐ chí jié zhào jiāng jūn
不得入。于是上乃使使持节诏将军：
wú yù rù láo jūn　yà fū nǎi chuán yán kāi bì mén
"吾欲入劳军。"亚夫乃传言开壁门。
bì mén shì lì wèi cóng shǔ chē jì yuē　jiāng jūn yuē　jūn zhōng
壁门士吏谓从属车骑曰："将军约，军中
bù dé qū chí　yú shì tiān zǐ nǎi àn pèi xú xíng　zhì
不得驱驰。"于是天子乃按辔徐行。至
yíng　jiāng jūn yà fū chí bīng yī yuē　jiè zhòu zhī shì bú
营，将军亚夫持兵揖曰："介胄之士不

bài qǐng yǐ jūn lǐ jiàn tiān zǐ wéi dòng gǎi róng shì chē
拜，请以军礼见。”天子为动，改容式车，
shǐ rén chēng xiè huáng dì jìng láo jiāng jūn chéng lǐ ér
使人称谢：“皇帝敬劳将军。”成礼而
qù
去。

jì chū jūn mén qún chén jiē jīng wén dì yuē jiē
既出军门，群臣皆惊。文帝曰：“嗟
hū cǐ zhēn jiāng jūn yǐ nǎng zhě bà shàng jí mén jūn ruò
乎，此真将军矣！曩者霸上、棘门军，若
ér xì ěr qí jiàng gù kě xí ér lǔ yě zhì yú yà
儿戏耳，其将固可袭而虏也。至于亚
fū kě dé ér fàn yé chēng shàn zhě jiǔ zhī
夫，可得而犯邪？”称善者久之。

bào rén ān shū
报任安书

xī hàn sī mǎ qiān
西汉·司马迁

tài shǐ gōng niú mǎ zǒu sī mǎ qiān zài bài yán
太史公牛马走司马迁再拜言。
shào qīng zú xià nǎng zhě rǔ cì shū jiào yǐ shèn yú
少卿足下：曩者辱赐书，教以慎于
jiē wù tuī xián jìn shì wéi wù yì qì qín qín kěn kěn ruò
接物，推贤进士为务，意气勤勤恳恳，若

wàng pú bù xiāng shī ér yòng liú sú rén zhī yán pú fēi gǎn
望仆不相师，而用流俗人之言。仆非敢
rú cǐ yě suī pí nú yì cháng cè wén zhǎng zhě yí fēng
如此也。虽罢驽，亦尝侧闻长者遗风
yǐ gù zì yǐ wéi shēn cán chù huì dòng ér jiàn yóu yù
矣。顾自以为身残处秽，动而见尤，欲
yì fǎn sǔn shì yǐ yì yù ér wú shuí yǔ yàn yuē shuí
益反损，是以抑郁而无谁语。谚曰：“谁
wèi wéi zhī shú lìng tīng zhī gài zhōng zǐ qī sǐ bó yá
为为之？孰令听之？”盖钟子期死，伯牙
zhōng shēn bú fù gǔ qín hé zé shì wèi zhī jǐ zhě yòng
终身不复鼓琴。何则？士为知己者用，
nǚ wèi yuè jǐ zhě róng ruò pú dà zhì yǐ kuī quē suī cái
女为悦己者容。若仆大质已亏缺，虽材
huái suí hé xíng ruò yóu yí zhōng bù kě yǐ wéi róng shì
怀随和，行若由、夷，终不可以为荣；适
zú yǐ fā xiào ér zì diàn ěr
足以发笑而自点耳。

shū cí yí dá huì dōng cóng shàng lái yòu pò jiàn shì
书辞宜答，会东从上来，又迫贱事，
xiāng jiàn rì qiǎn cù cù wú xū yú zhī jiān dé jié zhǐ yì
相见日浅，卒卒无须臾之间得竭指意。
jīn shào qīng bào bú cè zhī zuì shè xún yuè pò jì dōng pú
今少卿抱不测之罪，涉旬月，迫季冬，仆
yòu bó cóng shàng yōng kǒng cù rán bù kě huì shì pú zhōng yǐ
又薄从上雍，恐卒然不可讳。是仆终已

bù dé shū fèn mèn yǐ xiǎo zuǒ yòu zé cháng shì zhě hún pò sī
不得舒愤懑以晓左右，则长逝者魂魄私
hèn wú qióng qǐng lüè chén gù lòu quē rán bú bào xìng wù
恨无穷。请略陈固陋。阙然不报，幸勿
wéi guò
为过。

pú wén zhī xiū shēn zhě zhì zhī fǔ yě ài shī zhě
仆闻之，修身者智之府也，爱施者
rén zhī duān yě qǔ yǔ zhě yì zhī fú yě chǐ rǔ zhě yǒng
仁之端也，取予者义之符也，耻辱者勇
zhī jué yě lì míng zhě xíng zhī jí yě shì yǒu cǐ wǔ
之决也，立名者行之极也。士有此五
zhě rán hòu kě yǐ tuō yú shì liè yú jūn zǐ zhī lín yǐ
者，然后可以托于世，列于君子之林矣。
gù huò mò cǎn yú yù lì bēi mò tòng yú shāng xīn xíng mò
故祸莫憯于欲利，悲莫痛于伤心，行莫
chǒu yú rǔ xiān ér gòu mò dà yú gōng xíng xíng yú zhī
丑于辱先，而诟莫大于宫刑。刑余之
rén wú suǒ bǐ shǔ fēi yí shì yě suǒ cóng lái yuǎn yǐ
人，无所比数，非一世也，所从来远矣。
xī wèi líng gōng yǔ yōng jù zǎi kǒng zǐ shì chén shāng yāng yīn
昔卫灵公与雍渠载，孔子适陈；商鞅因
jǐng jiān jiàn zhào liáng hán xīn tóng zǐ cān shèng yuán sī biàn
景监见，赵良寒心；同子参乘，爰丝变
sè zì gǔ ér chǐ zhī fú zhōng cái zhī rén shì guān yú
色：自古而耻之。夫中材之人，事关于

huàn shù mò bù shāng qì kuàng kāng kǎi zhī shì hū rú jīn
宦竖，莫不伤气，况慷慨之士乎！如今
cháo suī fá rén nài hé lìng dāo jù zhī yú jiàn tiān xià háo jùn
朝虽乏人，奈何令刀锯之余荐天下豪俊
zāi
哉！

pú lài xiān rén xù yè dé dài zuì niǎn gǔ xià èr
仆赖先人绪业，得待罪辇毂下，二
shí yú nián yǐ suǒ yǐ zì wéi shàng zhī bù néng nà zhōng
十余年矣。所以自惟：上之，不能纳忠
xiào xìn yǒu qí cè cái lì zhī yù zì jié míng zhǔ cì
效信，有奇策材力之誉，自结明主；次
zhī yòu bù néng shí yí bǔ quē zhāo xián jìn néng xiǎn yán xué
之，又不能拾遗补阙，招贤进能，显岩穴
zhī shì wài zhī bù néng bèi háng wǔ gōng chéng yě zhàn yǒu
之士；外之，不能备行伍，攻城野战，有
zhǎn jiàng qiān qí zhī gōng xià zhī bù néng lěi rì jī láo qǔ
斩将搴旗之功；下之，不能累日积劳，取
zūn guān hòu lù yǐ wéi zōng zú jiāo yóu guāng chǒng sì zhě
尊官厚禄，以为宗族交游光宠。四者
wú yī suì gǒu hé qǔ róng wú suǒ duǎn cháng zhī xiào kě jiàn
无一遂，苟合取容，无所短长之效，可见
yú cǐ yǐ xiàng zhě pú yì cháng cè xià dà fū zhī liè
于此矣。乡者，仆亦尝厕下大夫之列，
péi wài tíng mò yì bù yǐ cǐ shí yǐn wéi gāng jìn sī
陪外廷末议。不以此时引维纲，尽思

lù jīn yǐ kuī xíng wéi sǎo chú zhī lì zài tà róng zhī zhōng
虑，今已亏形为扫除之隶，在阘茸之中，
nǎi yù áng shǒu shēn méi lùn liè shì fēi bú yì qīng cháo tíng
乃欲昂首信眉，论列是非，不亦轻朝廷，
xiū dāng shì zhī shì yé jiē hū jiē hū rú pú shàng
羞当世之士邪！嗟乎！嗟乎！如仆，尚
hé yán zāi shàng hé yán zāi
何言哉！尚何言哉！

qiě shì běn mò wèi yì míng yě pú shào fù bù jī
且事本末未易明也。仆少负不羁
zhī cái zhǎng wú xiāng qū zhī yù zhǔ shàng xìng yǐ xiān rén zhī
之才，长无乡曲之誉，主上幸以先人之
gù shǐ dé fèng bó jì chū rù zhōu wèi zhī zhōng pú yǐ
故，使得奉薄伎，出入周卫之中。仆以
wéi dài pén hé yǐ wàng tiān gù jué bīn kè zhī zhī wàng shì
为戴盆何以望天，故绝宾客之知，忘室
jiā zhī yè rì yè sī jié qí bú xiào zhī cái lì wù yī
家之业，日夜思竭其不肖之材力，务壹
xīn yíng zhí yǐ qiú qīn mèi yú zhǔ shàng ér shì nǎi yǒu dà
心营职，以求亲媚于主上。而事乃有大
miù bù rán zhě fú pú yǔ lǐ líng jù jū mén xià sù fēi
谬不然者。夫仆与李陵俱居门下，素非
xiāng shàn yě qū shě yì lù wèi cháng xián bēi jiǔ jiē yīn qín
相善也，趣舍异路，未尝衔杯酒接殷勤
zhī huān rán pú guān qí wéi rén zì qí shì shì qīn xiào
之欢。然仆观其为人自奇士，事亲孝，

yǔ shì xìn lín cái lián qǔ yǔ yì fēn bié yǒu ràng gōng
与士信，临财廉，取予义，分别有让，恭

jiǎn xià rén cháng sī fèn bú gù shēn yǐ xùn guó jiā zhī jí
俭下人，常思奋不顾身以徇国家之急。

qí sù suǒ xù jī yě pú yǐ wéi yǒu guó shì zhī fēng fú
其素所畜积也，仆以为有国士之风。夫

rén chén chū wàn sǐ bú gù yì shēng zhī jì fù gōng jiā zhī
人臣出万死不顾一生之计，赴公家之

nàn sī yǐ qí yǐ jīn jǔ shì yī bú dàng ér quán qū
难，斯已奇矣。今举事壹不当，而全躯

bǎo qī zǐ zhī chén suí ér méi niè qí duǎn pú chéng sī xīn
保妻子之臣，随而媒孽其短，仆诚私心

tòng zhī qiě lǐ líng tí bù zú bù mǎn wǔ qiān shēn jiàn róng
痛之。且李陵提步卒不满五千，深践戎

mǎ zhī dì zú lì wáng tíng chuí ěr hǔ kǒu héng tiǎo qiáng
马之地，足历王庭，垂饵虎口，横挑强

hú yǎng yì wàn zhī shī yǔ chán yú lián zhàn shí yú rì suǒ
胡，仰亿万之师，与单于连战十余日，所

shā guò dàng lǔ jiù sǐ fú shāng bù jǐ zhān qiú zhī jūn zhǎng
杀过当。虏救死扶伤不给，旃裘之君长

xián zhèn bù nǎi xī zhēng zuǒ yòu xián wáng jǔ yǐn gōng zhī mín
咸震怖，乃悉征左右贤王，举引弓之民，

yì guó gòng gōng ér wéi zhī zhuǎn dòu qiān lǐ shǐ jìn dào
一国共攻而围之。转斗千里，矢尽道

qióng jiù bīng bú zhì shì zú sǐ shāng rú jī rán lǐ líng
穷，救兵不至，士卒死伤如积。然李陵

yì hū láo jūn shì wú bù qǐ gōng liú tì huì xuè yǐn
一呼劳军，士无不起，躬流涕，沬血饮

qì zhāng kōng quān mào bái rèn běi shǒu zhēng sǐ dí líng wèi
泣，张空弮，冒白刃，北首争死敌。陵未

mò shí shǐ yǒu lái bào hàn gōng qīng wáng hóu jiē fèng shāng shàng
没时，使有来报，汉公卿王侯皆奉觞上

shòu hòu shù rì líng bài shū wén zhǔ shàng wèi zhī shí bù
寿。后数日，陵败书闻，主上为之食不

gān wèi tīng cháo bù yí dà chén yōu jù bù zhī suǒ chū
甘味，听朝不怡。大臣忧惧，不知所出。

pú qiè bú zì liào qí bēi jiàn jiàn zhǔ shàng cǎn qī dá dào
仆窃不自料其卑贱，见主上惨凄怛悼，

chéng yù xiào qí kuǎn kuǎn zhī yú yǐ wéi lǐ líng sù yǔ shì dà
诚欲效其款款之愚，以为李陵素与士大

fū jué gān fēn shǎo néng dé rén zhī sǐ lì suī gǔ míng jiàng
夫绝甘分少，能得人之死力，虽古名将

bú guò yě shēn suī xiàn bài bǐ guān qí yì qiě yù dé
不过也。身虽陷败，彼观其意，且欲得

qí dàng ér bào hàn shì yǐ wú kě nài hé qí suǒ cuī
其当而报汉。事已无可奈何，其所摧

bài gōng yì zú yǐ bào yú tiān xià pú huái yù chén zhī
败，功亦足以暴于天下。仆怀欲陈之，

ér wèi yǒu lù shì huì zhào wèn jí yǐ cǐ zhǐ tuī yán líng
而未有路。适会召问，即以此指推言陵

gōng yù yǐ guǎng zhǔ shàng zhī yì sè yá zì zhī cí wèi
功，欲以广主上之意，塞睚眦之辞。未

néng jìn míng míng zhǔ bù shēn xiǎo yǐ wéi pú jǔ èr shī ér
能尽明，明主不深晓，以为仆沮贰师，而
wèi lǐ líng yóu shuì suì xià yú lǐ quán quán zhī zhōng zhōng
为李陵游说，遂下于理。拳拳之忠，终
bù néng zì liè yīn wèi wū shàng zú cóng lì yì jiā
不能自列。因为诬上，卒从吏议。家
pín cái lù bù zú yǐ zì shú jiāo yóu mò jiù zuǒ yòu qīn
贫，财赂不足以自赎，交游莫救，左右亲
jìn bù wéi yī yán shēn fēi mù shí dú yǔ fǎ lì wéi
近不为壹言。身非木石，独与法吏为
wǔ shēn yōu líng yǔ zhī zhōng shuí kě gào sù zhě cǐ zhèng
伍，深幽囹圄之中，谁可告诉者！此正
shào qīng suǒ qīn jiàn pú xíng shì qǐ bù rán yé lǐ líng jì
少卿所亲见，仆行事岂不然邪？李陵既
shēng xiáng tuí qí jiā shēng ér pú yòu rǒng zhī cán shì zhòng
生降，隤其家声，而仆又茸之蚕室，重
wéi tiān xià guān xiào bēi fú bēi fú
为天下观笑。悲夫！悲夫！

shì wèi yì yī èr wèi sú rén yán yě pú zhī xiān
事未易一二为俗人言也。仆之先
fēi yǒu pōu fú dān shū zhī gōng wén shǐ xīng lì jìn hū bǔ
非有剖符丹书之功，文史星历，近乎卜
zhù zhī jiān gù zhǔ shàng suǒ xì nòng chāng yōu xù zhī liú
祝之间，固主上所戏弄，倡优畜之，流
sú zhī suǒ qīng yě jiǎ lìng pú fú fǎ shòu zhū ruò jiǔ niú
俗之所轻也。假令仆伏法受诛，若九牛

wáng yì máo yǔ lóu yǐ hé yǐ yì ér shì yòu bù yǔ néng
亡一毛，与蝼蚁何以异？而世又不与能
sǐ jié zhě bǐ tè yǐ wéi zhì qióng zuì jí bù néng zì miǎn
死节者比，特以为智穷罪极，不能自免，
zú jiù sǐ ěr hé yě sù suǒ zì shù lì shǐ rán yě
卒就死耳。何也？素所自树立使然也。
rén gù yǒu yì sǐ huò zhòng yú tài shān huò qīng yú hóng máo
人固有一死，或重于太山，或轻于鸿毛，
yòng zhī suǒ qū yì yě tài shàng bù rǔ xiān qí cì bù rǔ
用之所趋异也。太上不辱先，其次不辱
shēn qí cì bù rǔ lǐ sè qí cì bù rǔ cí lìng qí cì
身，其次不辱理色，其次不辱辞令，其次
qū tǐ shòu rǔ qí cì yì fú shòu rǔ qí cì guān mù suǒ
诎体受辱，其次易服受辱，其次关木索、
bèi chuí chǔ shòu rǔ qí cì tì máo fà yīng jīn tiě shòu rǔ
被箠楚受辱，其次剔毛发、婴金铁受辱，
qí cì huǐ jī fū duàn zhī tǐ shòu rǔ zuì xià fǔ xíng jí
其次毁肌肤、断肢体受辱，最下腐刑极
yǐ zhuàn yuē xíng bú shàng dà fū cǐ yán shì jié bù
矣！传曰"刑不上大夫"，此言士节不
kě bù miǎn lì yě měng hǔ zài shēn shān bǎi shòu zhèn kǒng
可不勉励也。猛虎在深山，百兽震恐，
jí zài jiàn jǐng zhī zhōng yáo wěi ér qiú shí jī wēi yuē zhī
及在槛阱之中，摇尾而求食，积威约之
jiàn yě gù shì yǒu huà dì wéi láo shì kě bú rù xuē
渐也。故士有画地为牢，势可不入；削

mù wéi lì yì bù kě duì dìng jì yú xiǎn yě jīn jiāo
木为吏，议不可对，定计于鲜也。今交

shǒu zú shòu mù suǒ bào jī fū shòu bàng chuí yōu yú huán
手足，受木索，暴肌肤，受榜箠，幽于圜

qiáng zhī zhōng dāng cǐ zhī shí jiàn yù lì zé tóu qiāng dì shì
墙之中，当此之时，见狱吏则头枪地，视

tú lì zé xīn tì xī hé zhě jī wēi yuē zhī shì yě
徒隶则心惕息。何者？积威约之势也。

jí yǐ zhì shì yán bù rǔ zhě suǒ wèi qiǎng yán ěr hé zú
及已至是，言不辱者，所谓强颜耳，曷足

guì hū qiě xī bó bó yě jū yú yǒu lǐ lǐ sī
贵乎！且西伯，伯也，拘于羑里；李斯，

xiàng yě jù yú wǔ xíng huái yīn wáng yě shòu xiè yú chén
相也，具于五刑；淮阴，王也，受械于陈；

péng yuè zhāng áo nán xiàng chēng gū xì yù dǐ zuì jiàng hóu
彭越、张敖，南乡称孤，系狱抵罪；绛侯

zhū zhū lǚ quán qīng wǔ bà qiú yú qǐng shì wèi jī dà
诛诸吕，权倾五伯，囚于请室；魏其，大

jiàng yě yì zhě yī guān sān mù jì bù wéi zhū jiā qián
将也，衣赭衣，关三木；季布为朱家钳

nú guàn fū shòu rǔ yú jū shì cǐ rén jiē shēn zhì wáng hóu
奴；灌夫受辱于居室。此人皆身至王侯

jiàng xiàng shēng wén lín guó jí zuì zhì wǎng jiā bù néng yǐn jué
将相，声闻邻国，及罪至罔加，不能引决

zì cái zài chén āi zhī zhōng gǔ jīn yì tǐ ān zài qí
自裁。在尘埃之中，古今一体，安在其

bù rǔ yě yóu cǐ yán zhī yǒng qiè shì yě qiáng ruò
不辱也？由此言之，勇怯，势也；强弱，
xíng yě shěn yǐ hé zú guài hū fú rén bù néng zǎo zì
形也。审矣，何足怪乎？夫人不能早自
cái shéng mò zhī wài yǐ shāo líng chí zhì yú biān chuí zhī jiān
裁绳墨之外，已稍陵迟，至于鞭箠之间，
nǎi yù yǐn jié sī bú yì yuǎn hū gǔ rén suǒ yǐ zhòng shī
乃欲引节，斯不亦远乎！古人所以重施
xíng yú dà fū zhě dài wèi cǐ yě
刑于大夫者，殆为此也。

fú rén qíng mò bù tān shēng wù sǐ niàn fù mǔ gù
夫人情莫不贪生恶死，念父母，顾
qī zǐ zhì jī yú yì lǐ zhě bù rán nǎi yǒu bù dé yǐ
妻子，至激于义理者不然，乃有不得已
yě jīn pú bú xìng zǎo shī fù mǔ wú xiōng dì zhī qīn
也。今仆不幸，早失父母，无兄弟之亲，
dú shēn gū lì shào qīng shì pú yú qī zǐ hé rú zāi qiě
独身孤立，少卿视仆于妻子何如哉？且
yǒng zhě bú bì sǐ jié qiè fū mù yì hé chù bù miǎn yān
勇者不必死节，怯夫慕义，何处不勉焉！
pú suī qiè nuò yù gǒu huó yì pō shí qù jiù zhī fèn yǐ
仆虽怯懦，欲苟活，亦颇识去就之分矣，
hé zhì zì chén nì léi xiè zhī rǔ zāi qiě fú zāng huò bì
何至自沉溺缧绁之辱哉！且夫臧获婢
qiè yóu néng yǐn jué kuàng ruò pú zhī bù dé yǐ hū suǒ
妾，犹能引决，况若仆之不得已乎？所

yǐ yǐn rěn gǒu huó yōu yú fèn tǔ zhī zhōng ér bù cí zhě
以隐忍苟活，幽于粪土之中而不辞者，
hèn sī xīn yǒu suǒ bú jìn bǐ lòu mò shì ér wén cǎi bù
恨私心有所不尽，鄙陋没世，而文采不
biǎo yú hòu yě
表于后也。

gǔ zhě fù guì ér míng mó miè bù kě shēng jì wéi
古者富贵而名摩灭，不可胜记，唯
tì tǎng fēi cháng zhī rén chēng yān gài wén wáng jū ér yǎn
倜傥非常之人称焉。盖文王拘而演
zhōu yì zhòng ní è ér zuò chūn qiū qū yuán fàng
《周易》；仲尼厄而作《春秋》；屈原放
zhú nǎi fù lí sāo zuǒ qiū shī míng jué yǒu guó
逐，乃赋《离骚》；左丘失明，厥有《国
yǔ sūn zǐ bìn jiǎo bīng fǎ xiū liè bù wéi qiān shǔ
语》；孙子膑脚，《兵法》修列；不韦迁蜀，
shì chuán lǚ lǎn hán fēi qiú qín shuì nán gū
世传《吕览》；韩非囚秦，《说难》《孤
fèn shī sān bǎi piān dà dǐ shèng xián fā fèn zhī suǒ
愤》；《诗》三百篇，大底圣贤发愤之所
wéi zuò yě cǐ rén jiē yì yǒu suǒ yù jié bù dé tōng qí
为作也。此人皆意有所郁结，不得通其
dào gù shù wǎng shì sī lái zhě nǎi rú zuǒ qiū wú mù
道，故述往事、思来者。乃如左丘无目，
sūn zǐ duàn zú zhōng bù kě yòng tuì ér lùn shū cè yǐ shū
孙子断足，终不可用，退而论书策，以舒

qí fèn sī chuí kōng wén yǐ zì xiàn
其愤，思垂空文以自见。

pú qiè bú xùn jìn zì tuō yú wú néng zhī cí wǎng
仆窃不逊，近自托于无能之辞，网
luó tiān xià fàng yì jiù wén lüè kǎo qí xíng shì zōng qí zhōng
罗天下放失旧闻，略考其行事，综其终
shǐ jī qí chéng bài xīng huài zhī jì shàng jì xuān yuán xià
始，稽其成败兴坏之纪，上计轩辕，下
zhì yú zī wéi shí biǎo běn jì shí èr shū bā zhāng shì
至于兹，为十表，本纪十二，书八章，世
jiā sān shí liè zhuàn qī shí fán bǎi sān shí piān yì yù
家三十，列传七十，凡百三十篇。亦欲
yǐ jiū tiān rén zhī jì tōng gǔ jīn zhī biàn chéng yì jiā zhī
以究天人之际，通古今之变，成一家之
yán cǎo chuàng wèi jiù huì zāo cǐ huò xī qí bù chéng
言。草创未就，会遭此祸，惜其不成，
shì yǐ jiù jí xíng ér wú yùn sè pú chéng yǐ zhù cǐ shū
是以就极刑而无愠色。仆诚已著此书，
cáng zhī míng shān chuán zhī qí rén tōng yì dà dū zé pú
藏之名山，传之其人，通邑大都，则仆
cháng qián rǔ zhī zhài suī wàn bèi lù qǐ yǒu huǐ zāi rán
偿前辱之责，虽万被戮，岂有悔哉！然
cǐ kě wèi zhì zhě dào nán wèi sú rén yán yě
此可为智者道，难为俗人言也。

qiě fù xià wèi yì jū xià liú duō bàng yì pú yǐ
且负下未易居，下流多谤议。仆以

kǒu yǔ yù zāo cǐ huò zhòng wéi xiāng dǎng lù xiào yǐ wū rǔ
口语遇遭此祸，重为乡党戮笑，以污辱

xiān rén yì hé miàn mù fù shàng fù mǔ zhī qiū mù hū suī
先人，亦何面目复上父母之丘墓乎？虽

lěi bǎi shì gòu mí shèn ěr shì yǐ cháng yí rì ér jiǔ
累百世，垢弥甚耳！是以肠一日而九

huí jū zé hū hū ruò yǒu suǒ wáng chū zé bù zhī qí suǒ
回，居则忽忽若有所亡，出则不知其所

wǎng měi niàn sī chǐ hán wèi cháng bù fā bèi zhān yī yě
往。每念斯耻，汗未尝不发背沾衣也！

shēn zhí wéi guī gé zhī chén nìng dé zì yǐn shēn cáng yú yán xué
身直为闺阁之臣，宁得自引深藏于岩穴

yé gù qiě cóng sú fú chén yǔ shí fǔ yǎng yǐ tōng qí
邪？故且从俗浮沉，与时俯仰，以通其

kuáng huò jīn shào qīng nǎi jiào zhī yǐ tuī xián jìn shì wú nǎi
狂惑。今少卿乃教之以推贤进士，无乃

yǔ pú sī xīn là miù hū jīn suī yù zì diāo zhuó màn cí
与仆私心刺谬乎？今虽欲自雕琢，曼辞

yǐ zì shì wú yì yú sú bú xìn shì zú qǔ rǔ ěr
以自饰，无益于俗，不信，适足取辱耳。

yào zhī sǐ rì rán hòu shì fēi nǎi dìng shū bù néng jìn
要之死日，然后是非乃定。书不能尽

yì lüè chén gù lòu jǐn zài bài
意，略陈固陋。谨再拜。

zōu jì fěng qí wáng nà jiàn

邹忌讽齐王纳谏

zhànguó cè

《战国策》

zōu jì xiū bā chǐ yǒu yú ér xíng mào yì lì zhāo
邹忌修八尺有余，而形貌昳丽。朝
fú yī guān kuī jìng wèi qí qī yuē wǒ shú yǔ chéng běi
服衣冠，窥镜，谓其妻曰："我孰与城北
xú gōng měi qí qī yuē jūn měi shèn xú gōng hé néng jí
徐公美？"其妻曰："君美甚，徐公何能及
gōng yě chéng běi xú gōng qí guó zhī měi lì zhě yě jì
公也！"城北徐公，齐国之美丽者也。忌
bú zì xìn ér fù wèn qí qiè yuē wú shú yǔ xú gōng
不自信，而复问其妾曰："吾孰与徐公
měi qiè yuē xú gōng hé néng jí jūn yě dàn rì kè
美？"妾曰："徐公何能及君也？"旦日，客
cóng wài lái yǔ zuò tán wèn zhī wú yǔ xú gōng shú
从外来，与坐谈，问之："吾与徐公孰
měi kè yuē xú gōng bú ruò jūn zhī měi yě míng rì
美？"客曰："徐公不若君之美也！"明日，
xú gōng lái shú shì zhī zì yǐ wéi bù rú kuī jìng ér zì
徐公来，孰视之，自以为不如；窥镜而自
shì yòu fú rú yuǎn shèn mù qǐn ér sī zhī yuē wú
视，又弗如远甚。暮寝而思之，曰："吾

qī zhī měi wǒ zhě sī wǒ yě qiè zhī měi wǒ zhě wèi wǒ
妻之美我者，私我也；妾之美我者，畏我
yě kè zhī měi wǒ zhě yù yǒu qiú yú wǒ yě
也；客之美我者，欲有求于我也。”

yú shì rù cháo jiàn wēi wáng yuē chén chéng zhī bù rú
于是入朝见威王，曰：“臣诚知不如
xú gōng měi chén zhī qī sī chén chén zhī qiè wèi chén chén
徐公美。臣之妻私臣，臣之妾畏臣，臣
zhī kè yù yǒu qiú yú chén jiē yǐ měi yú xú gōng jīn qí
之客欲有求于臣，皆以美于徐公。今齐
dì fāng qiān lǐ bǎi èr shí chéng gōng fù zuǒ yòu mò bù sī
地方千里，百二十城，宫妇左右莫不私
wáng cháo tíng zhī chén mò bú wèi wáng sì jìng zhī nèi mò bù
王，朝廷之臣莫不畏王，四境之内莫不
yǒu qiú yú wáng yóu cǐ guān zhī wáng zhī bì shèn yǐ
有求于王：由此观之，王之蔽甚矣。”

wáng yuē shàn nǎi xià lìng qún chén lì mín néng
王曰：“善。”乃下令：“群臣吏民能
miàn cì guǎ rén zhī guò zhě shòu shàng shǎng shàng shū jiàn guǎ rén
面刺寡人之过者，受上赏；上书谏寡人
zhě shòu zhōng shǎng néng bàng jī yú shì cháo wén guǎ rén zhī ěr
者，受中赏；能谤讥于市朝，闻寡人之耳
zhě shòu xià shǎng lìng chū xià qún chén jìn jiàn mén tíng ruò
者，受下赏。”令初下，群臣进谏，门庭若
shì shù yuè zhī hòu shí shí ér jiàn jìn jī nián zhī hòu
市；数月之后，时时而间进；期年之后，

suī yù yán wú kě jìn zhě
虽欲言，无可进者。

yān zhào hán wèi wén zhī jiē cháo yú qí cǐ
燕、赵、韩、魏闻之，皆朝于齐。此

suǒ wèi zhàn shèng yú cháo tíng
所谓战胜于朝廷。

táng jū bù rǔ shǐ mìng
唐雎不辱使命

zhànguó cè
《战国策》

qín wáng shǐ rén wèi ān líng jūn yuē guǎ rén yù yǐ
秦王使人谓安陵君曰：“寡人欲以

wǔ bǎi lǐ zhī dì yì ān líng ān líng jūn qí xǔ guǎ rén
五百里之地易安陵，安陵君其许寡人！”

ān líng jūn yuē dà wáng jiā huì yǐ dà yì xiǎo shèn shàn
安陵君曰：“大王加惠，以大易小，甚善；

suī rán shòu dì yú xiān wáng yuàn zhōng shǒu zhī fú gǎn yì
虽然，受地于先王，愿终守之，弗敢易！”

qín wáng bú yuè ān líng jūn yīn shǐ táng jū shǐ yú qín
秦王不悦。安陵君因使唐雎使于秦。

qín wáng wèi táng jū yuē guǎ rén yǐ wǔ bǎi lǐ zhī
秦王谓唐雎曰：“寡人以五百里之

dì yì ān líng ān líng jūn bù tīng guǎ rén hé yě qiě
地易安陵，安陵君不听寡人，何也？且

qín miè hán wáng wèi ér jūn yǐ wǔ shí lǐ zhī dì cún zhě
秦灭韩亡魏，而君以五十里之地存者，
yǐ jūn wéi zhǎng zhě gù bú cuò yì yě jīn wú yǐ shí bèi
以君为长者，故不错意也。今吾以十倍
zhī dì qǐng guǎng yú jūn ér jūn nì guǎ rén zhě qīng guǎ rén
之地，请广于君，而君逆寡人者，轻寡人
yú táng jū duì yuē fǒu fēi ruò shì yě ān líng jūn
与？”唐雎对曰：“否，非若是也。安陵君
shòu dì yú xiān wáng ér shǒu zhī suī qiān lǐ bù gǎn yì yě
受地于先王而守之，虽千里不敢易也，
qǐ zhí wǔ bǎi lǐ zāi
岂直五百里哉？”

qín wáng fú rán nù wèi táng jū yuē gōng yì cháng wén
秦王怫然怒，谓唐雎曰：“公亦尝闻
tiān zǐ zhī nù hū táng jū duì yuē chén wèi cháng wén
天子之怒乎？”唐雎对曰：“臣未尝闻
yě qín wáng yuē tiān zǐ zhī nù fú shī bǎi wàn liú
也。”秦王曰：“天子之怒，伏尸百万，流
xuè qiān lǐ táng jū yuē dà wáng cháng wén bù yī zhī nù
血千里。”唐雎曰：“大王尝闻布衣之怒
hū qín wáng yuē bù yī zhī nù yì miǎn guān tú xiǎn
乎？”秦王曰：“布衣之怒，亦免冠徒跣，
yǐ tóu qiāng dì ěr táng jū yuē cǐ yōng fū zhī nù yě
以头抢地尔。”唐雎曰：“此庸夫之怒也，
fēi shì zhī nù yě fú zhuān zhū zhī cì wáng liáo yě huì xīng
非士之怒也。夫专诸之刺王僚也，彗星

xí yuè niè zhèng zhī cì hán guī yě bái hóng guàn rì yāo lí
袭月；聂政之刺韩傀也，白虹贯日；要离
zhī cì qìng jì yě cāng yīng jī yú diàn shàng cǐ sān zǐ
之刺庆忌也，仓鹰击于殿上。此三子
zhě jiē bù yī zhī shì yě huái nù wèi fā xiū jìn jiàng yú
者，皆布衣之士也，怀怒未发，休祲降于
tiān yǔ chén ér jiāng sì yǐ ruò shì bì nù fú shī èr
天，与臣而将四矣。若士必怒，伏尸二
rén liú xuè wǔ bù tiān xià gǎo sù jīn rì shì yě tǐng
人，流血五步，天下缟素，今日是也。”挺
jiàn ér qǐ
剑而起。

qín wáng sè náo cháng guì ér xiè zhī yuē xiān shēng
秦王色挠，长跪而谢之曰：“先生
zuò hé zhì yú cǐ guǎ rén yù yǐ fú hán wèi miè
坐！何至于此！寡人谕矣：夫韩、魏灭
wáng ér ān líng yǐ wǔ shí lǐ zhī dì cún zhě tú yǐ yǒu
亡，而安陵以五十里之地存者，徒以有
xiān shēng yě
先生也。”

féng xuān kè mèngcháng jūn

冯谖客孟尝君

zhànguó cè

《战国策》

qí rén yǒu féng xuān zhě pín fá bù néng zì cún shǐ
齐人有冯谖者，贫乏不能自存，使
rén zhǔ mèngcháng jūn yuàn jì shí mén xià mèngcháng jūn yuē
人属孟尝君，愿寄食门下。孟尝君曰：
kè hé hào yuē kè wú hào yě yuē kè hé
“客何好？”曰：“客无好也。”曰：“客何
néng yuē kè wú néng yě mèngcháng jūn xiào ér shòu zhī
能？”曰：“客无能也。”孟尝君笑而受之
yuē nuò
曰：“诺。”

zuǒ yòu yǐ jūn jiàn zhī yě sì yǐ cǎo jù jū yǒu
左右以君贱之也，食以草具。居有
qǐng yǐ zhù tán qí jiàn gē yuē cháng jiá guī lái hū
顷，倚柱弹其剑，歌曰：“长铗归来乎！
shí wú yú zuǒ yòu yǐ gào mèng cháng jūn yuē sì
食无鱼。”左右以告。孟尝君曰：“食
zhī bǐ mén xià zhī kè jū yǒu qǐng fù tán qí jiá gē
之，比门下之客。”居有顷，复弹其铗，歌
yuē cháng jiá guī lái hū chū wú chē zuǒ yòu jiē xiào
曰：“长铗归来乎！出无车。”左右皆笑

zhī yǐ gào mèng cháng jūn yuē wèi zhī jià bǐ mén xià
之，以告。孟尝君曰：“为之驾，比门下
zhī chē kè yú shì chéng qí chē jiē qí jiàn guò qí yǒu
之车客。”于是乘其车，揭其剑，过其友
yuē mèng cháng jūn kè wǒ hòu yǒu qǐng fù tán qí jiàn
曰：“孟尝君客我。”后有顷，复弹其剑
jiá gē yuē cháng jiá guī lái hū wú yǐ wéi jiā zuǒ
铗，歌曰：“长铗归来乎！无以为家。”左
yòu jiē wù zhī yǐ wéi tān ér bù zhī zú mèng cháng jūn
右皆恶之，以为贪而不知足。孟尝君
wèn féng gōng yǒu qīn hū duì yuē yǒu lǎo mǔ mèng
问：“冯公有亲乎？”对曰：“有老母。”孟
cháng jūn shǐ rén jǐ qí shí yòng wú shǐ fá yú shì féng xuān
尝君使人给其食用，无使乏。于是冯谖
bú fù gē
不复歌。

hòu mèng cháng jūn chū jì wèn mén xià zhū kè shuí
后孟尝君出记，问门下诸客：“谁
xí jì kuài néng wèi wén shōu zhài yú xuē zhě hū féng xuān shǔ
习计会，能为文收责于薛者乎？”冯谖署
yuē néng mèng cháng jūn guài zhī yuē cǐ shuí yě
曰：“能。”孟尝君怪之，曰：“此谁也？”
zuǒ yòu yuē nǎi gē fú cháng jiá guī lái zhě yě mèng cháng
左右曰：“乃歌夫长铗归来者也。”孟尝
jūn xiào yuē kè guǒ yǒu néng yě wú fù zhī wèi cháng jiàn
君笑曰：“客果有能也，吾负之，未尝见

yě qǐng ér jiàn zhī xiè yuē wén juàn yú shì kuì yú
也。”请而见之，谢曰：“文倦于事，愦于
yōu ér xìng nuò yú chén yú guó jiā zhī shì kāi zuì yú xiān
忧，而性懦愚，沉于国家之事，开罪于先
shēng xiān shēng bù xiū nǎi yǒu yì yù wèi shōu zhài yú xuē
生。先生不羞，乃有意欲为收责于薛
hū féng xuān yuē yuàn zhī yú shì yuē chē zhì zhuāng
乎？”冯谖曰：“愿之。”于是约车治装，
zài quàn qì ér xíng cí yuē zhài bì shōu yǐ hé shì ér
载券契而行，辞曰：“责毕收，以何市而
fǎn mèng cháng jūn yuē shì wú jiā suǒ guǎ yǒu zhě
反？”孟尝君曰：“视吾家所寡有者。”

qū ér zhī xuē shǐ lì zhào zhū mín dāng cháng zhě xī
驱而之薛，使吏召诸民当偿者，悉
lái hé quàn quàn biàn hé qǐ jiǎo mìng yǐ zhài cì zhū mín
来合券。券遍合，起，矫命以责赐诸民，
yīn shāo qí quàn mín chēng wàn suì
因烧其券，民称万岁。

cháng qū dào qí chén ér qiú jiàn mèng cháng jūn guài qí
长驱到齐，晨而求见。孟尝君怪其
jí yě yì guàn ér jiàn zhī yuē zhài bì shōu hū lái
疾也，衣冠而见之，曰：“责毕收乎？来
hé jí yě yuē shōu bì yǐ yǐ hé shì ér fǎn
何疾也！”曰：“收毕矣。”“以何市而反？”
féng xuān yuē jūn zhī shì wú jiā suǒ guǎ yǒu zhě chén
冯谖曰：“君之‘视吾家所寡有者’。臣

qiè jì jūn gōng zhōng jī zhēn bǎo gǒu mǎ shí wài jiù měi rén
窃计，君宫中积珍宝，狗马实外厩，美人
chōng xià chén jūn jiā suǒ guǎ yǒu zhě yǐ yì ěr qiè yǐ
充下陈。君家所寡有者，以义耳！窃以
wèi jūn shì yì mèng cháng jūn yuē shì yì nài hé
为君市义。”孟尝君曰：“市义奈何？”
yuē jīn jūn yǒu qū qū zhī xuē bù fǔ ài zǐ qí mín
曰：“今君有区区之薛，不拊爱子其民，
yīn ér gǔ lì zhī chén qiè jiǎo jūn mìng yǐ zhài cì zhū mín
因而贾利之。臣窃矫君命，以责赐诸民，
yīn shāo qí quàn mín chēng wàn suì nǎi chén suǒ yǐ wèi jūn shì
因烧其券，民称万岁。乃臣所以为君市
yì yě mèng cháng jūn bú yuè yuē nuò xiān shēng xiū
义也。”孟尝君不悦，曰：“诺，先生休
yǐ
矣！”

hòu jī nián qí wáng wèi mèngcháng jūn yuē guǎ rén bù
后期年，齐王谓孟尝君曰：“寡人不
gǎn yǐ xiān wáng zhī chén wéi chén mèngcháng jūn jiù guó yú xuē
敢以先王之臣为臣。”孟尝君就国于薛，
wèi zhì bǎi lǐ mín fú lǎo xié yòu yíng jūn dào zhōng mèng
未至百里，民扶老携幼，迎君道中。孟
cháng jūn gù wèi féng xuān xiān shēng suǒ wèi wén shì yì zhě nǎi
尝君顾谓冯谖：“先生所为文市义者，乃
jīn rì jiàn zhī
今日见之。”

féng xuān yuē jiǎo tù yǒu sān kū jǐn dé miǎn qí sǐ
冯谖曰："狡兔有三窟，仅得免其死
ěr jīn jūn yǒu yì kū wèi dé gāo zhěn ér wò yě qǐng
耳。今君有一窟，未得高枕而卧也。请
wèi jūn fù záo èr kū mèng cháng jūn yǔ chē wǔ shí shèng
为君复凿二窟。"孟尝君予车五十乘，
jīn wǔ bǎi jīn xī yóu yú liáng wèi huì wáng yuē qí fàng
金五百斤，西游于梁，谓惠王曰："齐放
qí dà chén mèng cháng jūn yú zhū hóu zhū hóu xiān yíng zhī zhě
其大臣孟尝君于诸侯，诸侯先迎之者，
fù ér bīng qiáng yú shì liáng wáng xū shàng wèi yǐ gù xiàng wéi
富而兵强。"于是梁王虚上位，以故相为
shàng jiāng jūn qiǎn shǐ zhě huáng jīn qiān jīn chē bǎi shèng wǎng
上将军，遣使者，黄金千斤，车百乘，往
pìn mèng cháng jūn féng xuān xiān qū jiè mèng cháng jūn yuē qiān
聘孟尝君。冯谖先驱诫孟尝君曰："千
jīn zhòng bì yě bǎi shèng xiǎn shǐ yě qí qí wén zhī
金，重币也；百乘，显使也。齐其闻之
yǐ liáng shǐ sān fǎn mèng cháng jūn gù cí bù wǎng yě
矣。"梁使三反，孟尝君固辞不往也。

qí wáng wén zhī jūn chén kǒng jù qiǎn tài fù jī huáng
齐王闻之，君臣恐惧，遣太傅赍黄
jīn qiān jīn wén chē èr sì fú jiàn yī fēng shū xiè mèng cháng
金千斤，文车二驷，服剑一，封书谢孟尝
jūn yuē guǎ rén bù xiáng bèi yú zōng miào zhī suì chén yú
君曰："寡人不祥，被于宗庙之祟，沉于

chǎn yú zhī chén kāi zuì yú jūn guǎ rén bù zú wéi yě yuàn
谄谀之臣，开罪于君，寡人不足为也，愿
jūn gù xiān wáng zhī zōng miào gū fǎn guó tǒng wàn rén hū féng
君顾先王之宗庙，姑反国统万人乎？”冯
xuān jiè mèng cháng jūn yuē yuàn qǐng xiān wáng zhī jì qì lì
谖诫孟尝君曰：“愿请先王之祭器，立
zōng miào yú xuē miào chéng huán bào mèng cháng jūn yuē sān
宗庙于薛。”庙成，还报孟尝君曰：“三
kū yǐ jiù jūn gū gāo zhěn wéi lè yǐ
窟已就，君姑高枕为乐矣。”

mèng cháng jūn wéi xiàng shù shí nián wú xiān jiè zhī huò
孟尝君为相数十年，无纤介之祸
zhě féng xuān zhī jì yě
者，冯谖之计也。

jīng kē cì qín wáng
荆轲刺秦王

zhànguó cè
《战国策》

qín jiàng wáng jiǎn pò zhào lǔ zhào wáng jìn shōu qí dì
秦将王翦破赵，虏赵王，尽收其地，
jìn bīng běi lüè dì zhì yān nán jiè
进兵北略地，至燕南界。

tài zǐ dān kǒng jù nǎi qǐng jīng qīng yuē qín bīng dàn
太子丹恐惧，乃请荆卿曰：“秦兵旦

mù dù yì shuǐ zé suī yù cháng shì zú xià qǐ kě dé
暮渡易水，则虽欲长侍足下，岂可得
zāi jīng qīng yuē wēi tài zǐ yán chén yuàn dé yè zhī
哉？”荆卿曰：“微太子言，臣愿得谒之，
jīn xíng ér wú xìn zé qín wèi kě qīn yě fú jīn fán jiāng
今行而无信，则秦未可亲也。夫今樊将
jūn qín wáng gòu zhī jīn qiān jīn yì wàn jiā chéng néng dé
军，秦王购之金千斤，邑万家。诚能得
fán jiāng jūn shǒu yǔ yān dū kàng zhī dì tú xiàn qín wáng qín
樊将军首，与燕督亢之地图献秦王，秦
wáng bì yuè jiàn chén chén nǎi dé yǒu yǐ bào tài zǐ tài zǐ
王必说见臣，臣乃得有以报太子。”太子
yuē fán jiāng jūn yǐ qióng kùn lái guī dān dān bù rěn yǐ jǐ
曰：“樊将军以穷困来归丹，丹不忍以己
zhī sī ér shāng zhǎng zhě zhī yì yuàn zú xià gèng lǜ zhī
之私，而伤长者之意，愿足下更虑之！”

jīng kē zhī tài zǐ bù rěn nǎi suì sī jiàn fán wū qī
荆轲知太子不忍，乃遂私见樊於期，
yuē qín zhī yù jiāng jūn kě wèi shēn yǐ fù mǔ zōng
曰：“秦之遇将军，可谓深矣。父母宗
zú jiē wéi lù mò jīn wén gòu jiāng jūn zhī shǒu jīn qiān
族，皆为戮没。今闻购将军之首，金千
jīn yì wàn jiā jiāng nài hé fán jiāng jūn yǎng tiān tài xī
斤，邑万家，将奈何？”樊将军仰天太息
liú tì yuē wú měi niàn cháng tòng yú gú suǐ gù jì bù
流涕曰：“吾每念，常痛于骨髓，顾计不

zhī suǒ chū ěr kē yuē jīn yǒu yì yán kě yǐ jiě yān
知所出耳！”轲曰：“今有一言，可以解燕
guó zhī huàn ér bào jiāng jūn zhī chóu zhě hé rú fán wū
国之患，而报将军之仇者，何如？”樊於
qī nǎi qián yuē wéi zhī nài hé jīng kē yuē yuàn dé
期乃前曰：“为之奈何？”荆轲曰：“愿得
jiāng jūn zhī shǒu yǐ xiàn qín qín wáng bì xǐ ér shàn jiàn chén
将军之首以献秦，秦王必喜而善见臣。
chén zuǒ shǒu bǎ qí xiù ér yòu shǒu zhèn qí xiōng rán zé jiāng
臣左手把其袖，而右手揕其胸，然则将
jūn zhī chóu bào ér yān guó jiàn líng zhī chǐ chú yǐ jiāng jūn
军之仇报，而燕国见陵之耻除矣。将军
qǐ yǒu yì hū fán wū qī piān tǎn è wàn ér jìn yuē
岂有意乎？”樊於期偏袒扼腕而进曰：
cǐ chén rì yè qiè chǐ fǔ xīn yě nǎi jīn dé wén jiào
“此臣日夜切齿拊心也，乃今得闻教！”
suì zì wěn
遂自刎。

tài zǐ wén zhī chí wǎng fú shī ér kū jí āi
太子闻之，驰往，伏尸而哭，极哀。
jì yǐ wú kě nài hé nǎi suì shōu chéng fán wū qī zhī shǒu
既已，无可奈何，乃遂收盛樊於期之首，
hán fēng zhī
函封之。

yú shì tài zǐ yù qiú tiān xià zhī lì bǐ shǒu dé zhào
于是太子预求天下之利匕首，得赵

rén xú fū rén zhī bǐ shǒu qǔ zhī bǎi jīn shǐ gōng yǐ yào cuì
人徐夫人之匕首，取之百金，使工以药淬
zhī yǐ shì rén xuè rú lǚ rén wú bú lì sǐ zhě nǎi wéi
之以试人，血濡缕，人无不立死者。乃为
zhuāng qiǎn jīng kē
装遣荆轲。

yān guó yǒu yǒng shì qín wǔ yáng nián shí èr shā rén rén
燕国有勇士秦武阳，年十二杀人，人
bù gǎn yǔ wǔ shì nǎi lìng qín wǔ yáng wéi fù
不敢与忤视。乃令秦武阳为副。

jīng kē yǒu suǒ dài yù yǔ jù qí rén jū yuǎn wèi
荆轲有所待，欲与俱，其人居远未
lái ér wèi liú dài
来，而为留待。

qǐng zhī wèi fā tài zǐ chí zhī nǐ qí yǒu gǎi huǐ
顷之未发，太子迟之。疑其有改悔，
nǎi fù qǐng zhī yuē rì yǐ jìn yǐ jīng qīng qǐ wú yì
乃复请之曰："日以尽矣，荆卿岂无意
zāi dān qǐng xiān qiǎn qín wǔ yáng jīng kē nù chì tài zǐ
哉？丹请先遣秦武阳！"荆轲怒，叱太子
yuē jīn rì wǎng ér bù fǎn zhě shù zǐ yě jīn tí yì
曰："今日往而不反者，竖子也！今提一
bǐ shǒu rù bú cè zhī qiáng qín pú suǒ yǐ liú zhě dài wú
匕首入不测之强秦，仆所以留者，待吾
kè yǔ jù jīn tài zǐ chí zhī qǐng cí jué yǐ suì
客与俱。今太子迟之，请辞决矣！"遂

fā
发。

tài zǐ jí bīn kè zhī qí shì zhě jiē bái yī guān yǐ
太子及宾客知其事者，皆白衣冠以
sòng zhī zhì yì shuǐ shàng jì zǔ qǔ dào gāo jiàn lí
送之。至易水上，既祖，取道。高渐离
jī zhù jīng kē hè ér gē wéi biàn zhǐ zhī shēng shì jiē chuí
击筑，荆轲和而歌，为变徵之声，士皆垂
lèi tì qì yòu qián ér wéi gē yuē fēng xiāo xiāo xī yì
泪涕泣。又前而为歌曰：“风萧萧兮易
shuǐ hán zhuàng shì yí qù xī bú fù huán fù wéi kāng kǎi yǔ
水寒，壮士一去兮不复还！”复为慷慨羽
shēng shì jiē chēn mù fà jìn shàng zhǐ guān yú shì jīng kē
声，士皆瞋目，发尽上指冠。于是荆轲
suì jiù chē ér qù zhōng yǐ bú gù
遂就车而去，终已不顾。

jì zhì qín chí qiān jīn zhī zī bì wù hòu wèi qín
既至秦，持千金之资币物，厚遗秦
wáng chǒng chén zhōng shù zǐ méng jiā
王宠臣中庶子蒙嘉。

jiā wèi xiān yán yú qín wáng yuē yān wáng chéng zhèn bù
嘉为先言于秦王曰：“燕王诚振怖
dà wáng zhī wēi bù gǎn xīng bīng yǐ jù dà wáng yuàn jǔ guó
大王之威，不敢兴兵以拒大王，愿举国
wéi nèi chén bǐ zhū hóu zhī liè jǐ gòng zhí rú jùn xiàn ér
为内臣，比诸侯之列，给贡职如郡县，而

dé fèng shǒu xiān wáng zhī zōng miào kǒng jù bù gǎn zì chén jǐn
得奉守先王之宗庙。恐惧不敢自陈，谨
zhǎn fán wū qī tóu jí xiàn yān zhī dū kàng zhī dì tú hán
斩樊於期头，及献燕之督亢之地图，函
fēng yān wáng bài sòng yú tíng shǐ shǐ yǐ wén dà wáng wéi
封，燕王拜送于庭，使使以闻大王。唯
dà wáng mìng zhī
大王命之。”

qín wáng wén zhī dà xǐ nǎi cháo fú shè jiǔ bīn
秦王闻之，大喜。乃朝服，设九宾，
jiàn yān shǐ zhě xián yáng gōng
见燕使者咸阳宫。

jīng kē fèng fán wū qī tóu hán ér qín wǔ yáng fèng dì
荆轲奉樊於期头函，而秦武阳奉地
tú xiá yǐ cì jìn zhì bì xià qín wǔ yáng sè biàn zhèn
图匣，以次进。至陛下，秦武阳色变振
kǒng qún chén guài zhī jīng kē gù xiào wǔ yáng qián wèi xiè yuē
恐，群臣怪之，荆轲顾笑武阳，前为谢曰：
běi mán yí zhī bǐ rén wèi cháng jiàn tiān zǐ gù zhèn shè
“北蛮夷之鄙人，未尝见天子，故振慑，
yuàn dà wáng shǎo jiǎ jiè zhī shǐ bì shǐ yú qián qín wáng wèi
愿大王少假借之，使毕使于前。”秦王谓
kē yuē qǐ qǔ wǔ yáng suǒ chí tú
轲曰：“起，取武阳所持图！”

kē jì qǔ tú fèng zhī fā tú tú qióng ér bǐ shǒu
轲既取图奉之，发图，图穷而匕首

xiàn yīn zuǒ shǒu bǎ qín wáng zhī xiù ér yòu shǒu chí bǐ shǒu
见。因左手把秦王之袖，而右手持匕首
zhèn zhī wèi zhì shēn qín wáng jīng zì yǐn ér qǐ jué
揕之。未至身，秦王惊，自引而起，绝
xiù bá jiàn jiàn cháng cāo qí shì shí kǒng jí jiàn
袖。拔剑，剑长，操其室。时恐急，剑
jiān gù bù kě lì bá
坚，故不可立拔。

jīng kē zhú qín wáng qín wáng huán zhù ér zǒu qún chén
荆轲逐秦王，秦王还柱而走。群臣
jīng è cù qǐ bú yì jìn shī qí dù ér qín fǎ qún
惊愕，卒起不意，尽失其度。而秦法，群
chén shì diàn shàng zhě bù dé chí chǐ bīng zhū láng zhōng zhí bīng
臣侍殿上者，不得持尺兵；诸郎中执兵，
jiē chén diàn xià fēi yǒu zhào bù dé shàng fāng jí shí bù
皆陈殿下，非有诏不得上。方急时，不
jí zhào xià bīng yǐ gù jīng kē zhú qín wáng ér cù huáng jí
及召下兵，以故荆轲逐秦王，而卒惶急
wú yǐ jī kē ér nǎi yǐ shǒu gòng bó zhī
无以击轲，而乃以手共搏之。

shì shí shì yī xià wú jū yǐ qí suǒ fèng yào náng dī
是时，侍医夏无且以其所奉药囊提
kē qín wáng fāng huán zhù zǒu cù huáng jí bù zhī suǒ wéi
轲。秦王方还柱走，卒惶急不知所为。
zuǒ yòu nǎi yuē wáng fù jiàn wáng fù jiàn suì bá yǐ
左右乃曰："王负剑！王负剑！"遂拔以

jī jīng kē duàn qí zuǒ gǔ jīng kē fèi nǎi yǐn qí bǐ shǒu
击荆轲，断其左股。荆轲废，乃引其匕首
dǐ qín wáng bú zhòng zhòng zhù qín wáng fù jī kē bèi bā
提秦王，不中，中柱。秦王复击轲，被八
chuāng
创。

kē zì zhī shì bú jiù yǐ zhù ér xiào jī jù yǐ mà
轲自知事不就，倚柱而笑，箕踞以骂
yuē shì suǒ yǐ bù chéng zhě nǎi yù yǐ shēng jié zhī bì
曰："事所以不成者，乃欲以生劫之，必
dé yuē qì yǐ bào tài zǐ yě
得约契以报太子也。"

zuǒ yòu jì qián zhǎn jīng kē qín wáng mù xuàn liáng
左右既前，斩荆轲。秦王目眩良
jiǔ
久。

sū wǔ zhuàn
苏武传

dōnghàn bān gù
东汉·班固

wǔ zì zǐ qīng shào yǐ fù rèn xiōng dì bìng wéi láng
武字子卿，少以父任，兄弟并为郎，
shāo qiān zhì yí zhōng jiù jiàn shí hàn lián fá hú shuò tōng shǐ
稍迁至移中厩监。时汉连伐胡，数通使

xiāng kuī guān xiōng nú liú hàn shǐ guō jí lù chōng guó děng qián
相窥观。匈奴留汉使郭吉、路充国等前
hòu shí yú bèi xiōng nú shǐ lái hàn yì liú zhī yǐ xiāng dàng
后十余辈,匈奴使来,汉亦留之以相当。
tiān hàn yuán nián jū dī hóu chán yú chū lì kǒng hàn xí zhī
天汉元年,且鞮侯单于初立,恐汉袭之,
nǎi yuē hàn tiān zǐ wǒ zhàng rén háng yě jìn guī hàn shǐ
乃曰:"汉天子我丈人行也。"尽归汉使
lù chōng guó děng wǔ dì jiā qí yì nǎi qiǎn wǔ yǐ zhōng láng
路充国等。武帝嘉其义,乃遣武以中郎
jiàng shǐ chí jié sòng xiōng nú shǐ liú zài hàn zhě yīn hòu lù chán
将使持节送匈奴使留在汉者,因厚赂单
yú dá qí shàn yì
于,答其善意。

wǔ yǔ fù zhōng láng jiàng zhāng shèng jí jiǎ lì cháng huì děng
武与副中郎将张胜及假吏常惠等
mù shì chì hòu bǎi yú rén jù jì zhì xiōng nú zhì bì wèi
募士斥候百余人俱。既至匈奴,置币遗
chán yú chán yú yì jiāo fēi hàn suǒ wàng yě fāng yù fā
单于;单于益骄,非汉所望也。方欲发
shǐ sòng wǔ děng huì gōu wáng yǔ cháng shuǐ yú cháng děng móu fǎn
使送武等,会缑王与长水虞常等谋反
xiōng nú zhōng gōu wáng zhě hún yé wáng zǐ zǐ yě yǔ hún
匈奴中。缑王者,昆邪王姊子也,与昆
yé wáng jù xiáng hàn hòu suí zhuó yě hóu mò hú zhōng jí wèi
邪王俱降汉,后随浞野侯没胡中,及卫

lǜ suǒ jiàng xiáng zhě yīn xiāng yǔ móu jié chán yú mǔ yān zhī
律所将降者，阴相与谋，劫单于母阏氏
guī hàn huì wǔ děng zhì xiōng nú yú cháng zài hàn shí sù
归汉。会武等至匈奴。虞常在汉时，素
yǔ fù zhāng shèng xiāng zhī sī hòu shèng yuē wén hàn tiān zǐ
与副张胜相知，私候胜曰："闻汉天子
shèn yuàn wèi lǜ cháng néng wèi hàn fú nǔ shè shā zhī wú mǔ
甚怨卫律，常能为汉伏弩射杀之，吾母
yǔ dì zài hàn xìng méng qí shǎng cì zhāng shèng xǔ zhī yǐ
与弟在汉，幸蒙其赏赐。"张胜许之，以
huò wù yǔ cháng hòu yuè yú chán yú chū liè dú yān zhī
货物与常。后月余，单于出猎，独阏氏
zǐ dì zài yú cháng děng qī shí yú rén yù fā qí yì rén
子弟在。虞常等七十余人欲发，其一人
yè wáng gào zhī chán yú zǐ dì fā bīng yǔ zhàn gōu wáng děng
夜亡告之。单于子弟发兵与战，缑王等
jiē sǐ yú cháng shēng dé
皆死，虞常生得。

chán yú shǐ wèi lǜ zhì qí shì zhāng shèng wén zhī kǒng
单于使卫律治其事。张胜闻之，恐
qián yǔ fā yǐ zhuàng yù wǔ wǔ yuē shì rú cǐ cǐ
前语发，以状语武。武曰："事如此，此
bì jí wǒ jiàn fàn nǎi sǐ zhòng fù guó yù zì shā
必及我，见犯乃死，重负国！"欲自杀，
shèng huì gòng zhǐ zhī yú cháng guǒ yǐn zhāng shèng chán yú
胜、惠共止之。虞常果引张胜。单于

nù zhào zhū guì rén yì yù shā hàn shǐ zhě zuǒ yī zhì zī
怒，召诸贵人议，欲杀汉使者。左伊秩訾
yuē jí móu chán yú hé yǐ fù jiā yí jiē xiáng zhī
曰：“即谋单于，何以复加？宜皆降之。”
chán yú shǐ wèi lǜ zhào wǔ shòu cí wǔ wèi huì děng qū
单于使卫律召武受辞。武谓惠等：“屈
jié rǔ mìng suī shēng hé miàn mù yǐ guī hàn yǐn pèi dāo
节辱命，虽生，何面目以归汉？”引佩刀
zì cì wèi lǜ jīng zì bào chí wǔ chí zhào yī záo dì
自刺。卫律惊，自抱持武。驰召医，凿地
wéi kǎn zhì yūn huǒ fù wǔ qí shàng dǎo qí bèi yǐ chū
为坎，置煴火，覆武其上，蹈其背，以出
xuè wǔ qì jué bàn rì fù xī huì děng kū yú guī
血。武气绝，半日复息。惠等哭，舆归
yíng chán yú zhuàng qí jié zhāo xī qiǎn rén hòu wèn wǔ ér
营。单于壮其节，朝夕遣人候问武，而
shōu xì zhāng shèng
收系张胜。

wǔ yì yù chán yú shǐ shǐ xiǎo wǔ huì lùn yú cháng
武益愈，单于使使晓武，会论虞常，
yù yīn cǐ shí xiáng wǔ jiàn zhǎn yú cháng yǐ lǜ yuē hàn
欲因此时降武。剑斩虞常已，律曰：“汉
shǐ zhāng shèng móu shā chán yú jìn chén dāng sǐ chán yú mù xiáng
使张胜谋杀单于近臣，当死；单于募降
zhě shè zuì jǔ jiàn yù jī zhī shèng qǐng xiáng lǜ wèi
者，赦罪。”举剑欲击之，胜请降。律谓

wǔ yuē fù yǒu zuì dāng xiāng zuò wǔ yuē běn wú
武曰："副有罪，当相坐。"武曰："本无
móu yòu fēi qīn shǔ hé wèi xiāng zuò fù jǔ jiàn nǐ zhī
谋，又非亲属，何谓相坐？"复举剑拟之，
wǔ bú dòng lǜ yuē sū jūn lǜ qián fù hàn guī xiōng
武不动。律曰："苏君，律前负汉归匈
nú xìng méng dà ēn cì hào chēng wáng yōng zhòng shù wàn mǎ
奴，幸蒙大恩，赐号称王，拥众数万，马
chù mí shān fù guì rú cǐ sū jūn jīn rì xiáng míng rì
畜弥山，富贵如此。苏君今日降，明日
fù rán kōng yǐ shēn gāo cǎo yě shuí fù zhī zhī wǔ bú
复然。空以身膏草野，谁复知之？"武不
yìng lǜ yuē jūn yīn wǒ xiáng yǔ jūn wéi xiōng dì jīn
应。律曰："君因我降，与君为兄弟；今
bù tīng wú jì hòu suī fù yù jiàn wǒ shàng kě dé hū
不听吾计，后虽复欲见我，尚可得乎？"
wǔ mà lǜ yuē rǔ wéi rén chén zǐ bú gù ēn yì pàn
武骂律曰："女为人臣子，不顾恩义，畔
zhǔ bèi qīn wéi xiáng lǔ yú mán yí hé yǐ rǔ wéi jiàn
主背亲，为降虏于蛮夷，何以女为见？
qiě chán yú xìn rǔ shǐ jué rén sǐ shēng bù píng xīn chí zhèng
且单于信女，使决人死生，不平心持正，
fǎn yù dòu liǎng zhǔ guān huò bài nán yuè shā hàn shǐ zhě tú
反欲斗两主观祸败。南越杀汉使者，屠
wéi jiǔ jùn wǎn wáng shā hàn shǐ zhě tóu xuán běi què cháo xiǎn
为九郡；宛王杀汉使者，头县北阙；朝鲜

shā hàn shǐ zhě jí shí zhū miè dú xiōng nú wèi ěr ruò
杀汉使者，即时诛灭。独匈奴未耳。若
zhī wǒ bù xiáng míng yù lìng liǎng guó xiāng gōng xiōng nú zhī huò
知我不降明，欲令两国相攻，匈奴之祸，
cóng wǒ shǐ yǐ lǜ zhī wǔ zhōng bù kě xié bái chán yú
从我始矣！”律知武终不可胁，白单于。
chán yú yù yì yù xiáng zhī nǎi yōu wǔ zhì dà jiào zhōng jué
单于愈益欲降之。乃幽武置大窖中，绝
bù yǐn shí tiān yù xuě wǔ wò niè xuě yǔ zhān máo bìng
不饮食。天雨雪。武卧，啮雪与旃毛并
yàn zhī shù rì bù sǐ xiōng nú yǐ wéi shén nǎi xǐ wǔ
咽之，数日不死。匈奴以为神，乃徙武
běi hǎi shàng wú rén chù shǐ mù dī dī rǔ nǎi dé guī
北海上无人处，使牧羝。羝乳，乃得归。
bié qí guān shǔ cháng huì děng gè zhì tā suǒ
别其官属常惠等，各置他所。

wǔ jì zhì hǎi shàng lǐn shí bú zhì jué yě shǔ jǔ
武既至海上，廪食不至，掘野鼠去
cǎo shí ér shí zhī zhàng hàn jié mù yáng wò qǐ cāo chí
草实而食之。杖汉节牧羊，卧起操持，
jié máo jìn luò jī wǔ liù nián chán yú dì wū jiān wáng yì
节旄尽落。积五六年，单于弟於靬王弋
shè hǎi shàng wǔ néng wǎng fǎng zhuó qíng gōng nǔ wū jiān wáng
射海上。武能网纺缴，檠弓弩，於靬王
ài zhī jǐ qí yī shí sān suì yú wáng bìng cì wǔ mǎ
爱之，给其衣食。三岁余，王病，赐武马

chù fú nì qióng lú wáng sǐ hòu rén zhòng xǐ qù qí
畜、服匿、穹庐。王死后，人众徙去。其
dōng dīng líng dào wǔ niú yáng wǔ fù qióng è
冬，丁令盗武牛羊，武复穷厄。

chū wǔ yǔ lǐ líng jù wéi shì zhōng wǔ shǐ xiōng nú
初，武与李陵俱为侍中。武使匈奴
míng nián líng xiáng bù gǎn qiú wǔ jiǔ zhī chán yú shǐ líng
明年，陵降，不敢求武。久之，单于使陵
zhì hǎi shàng wèi wǔ zhì jiǔ shè yuè yīn wèi wǔ yuē chán
至海上，为武置酒设乐。因谓武曰："单
yú wén líng yǔ zǐ qīng sù hòu gù shǐ líng lái shuì zú xià xū
于闻陵与子卿素厚，故使陵来说足下，虚
xīn yù xiāng dài zhōng bù dé guī hàn kōng zì kǔ wú rén zhī
心欲相待。终不得归汉，空自苦亡人之
dì xìn yì ān suǒ xiàn hū qián zhǎng jūn wéi fèng chē cóng
地，信义安所见乎？前长君为奉车，从
zhì yōng yù yáng gōng fú niǎn xià chú chù zhù zhé yuán hé dà
至雍棫阳宫，扶辇下除，触柱折辕，劾大
bú jìng fú jiàn zì wěn cì qián èr bǎi wàn yǐ zàng rú qīng
不敬，伏剑自刎，赐钱二百万以葬。孺卿
cóng cí hé dōng hòu tǔ huàn jì yǔ huáng mén fù mǎ zhēng chuán
从祠河东后土，宦骑与黄门驸马争船，
tuī duò fù mǎ hé zhōng nì sǐ huàn jì wáng zhào shǐ rú qīng
推堕驸马河中，溺死，宦骑亡，诏使孺卿
zhú bǔ bù dé huáng kǒng yǐn yào ér sǐ lái shí tài fū
逐捕，不得，惶恐饮药而死。来时太夫

rén yǐ bú xìng líng sòng zàng zhì yáng líng zǐ qīng fù nián shào
人已不幸，陵送葬至阳陵。子卿妇年少，
wén yǐ gēng jià yǐ dú yǒu nǚ dì èr rén liǎng nǚ yì nán
闻已更嫁矣。独有女弟二人，两女一男，
jīn fù shí yú nián cún wáng bù kě zhī rén shēng rú zhāo
今复十余年，存亡不可知。人生如朝
lù hé jiǔ zì kǔ rú cǐ líng shǐ xiáng shí hū hū rú
露，何久自苦如此？陵始降时，忽忽如
kuáng zì tòng fù hàn jiā yǐ lǎo mǔ xì bǎo gōng zǐ qīng
狂，自痛负汉；加以老母系保宫。子卿
bú yù xiáng hé yǐ guò líng qiě bì xià chūn qiū gāo fǎ
不欲降，何以过陵？且陛下春秋高，法
lìng wú cháng dà chén wú zuì yí miè zhě shù shí jiā ān wēi
令亡常，大臣亡罪夷灭者数十家，安危
bù kě zhī zǐ qīng shàng fù shuí wèi hū yuàn tīng líng jì
不可知。子卿尚复谁为乎？愿听陵计，
wù fù yǒu yún
勿复有云！”

wǔ yuē wǔ fù zǐ wú gōng dé jiē wéi bì xià suǒ
武曰：“武父子亡功德，皆为陛下所
chéng jiù wèi liè jiàng jué tōng hóu xiōng dì qīn jìn cháng yuàn
成就，位列将，爵通侯，兄弟亲近，常愿
gān nǎo tú dì jīn dé shā shēn zì xiào suī méng fǔ yuè tāng
肝脑涂地。今得杀身自效，虽蒙斧钺汤
huò chéng gān lè zhī chén shì jūn yóu zǐ shì fù yě
镬，诚甘乐之。臣事君，犹子事父也。

zǐ wèi fù sǐ wú suǒ hèn yuàn wú fù zài yán líng yǔ
子为父死，亡所恨，愿无复再言。”陵与
wǔ yǐn shù rì fù yuē zǐ qīng yī tīng líng yán wǔ
武饮数日，复曰：“子卿，壹听陵言。”武
yuē zì fèn yǐ sǐ jiǔ yǐ wáng bì yù xiáng wǔ qǐng bì
曰：“自分已死久矣！王必欲降武，请毕
jīn rì zhī huān xiào sǐ yú qián líng jiàn qí zhì chéng kuì
今日之欢，效死于前！”陵见其至诚，喟
rán tàn yuē jiē hū yì shì líng yǔ wèi lǜ zhī zuì shàng
然叹曰：“嗟呼，义士！陵与卫律之罪上
tōng yú tiān yīn qì xià zhān jīn yǔ wǔ jué qù
通于天！”因泣下霑衿，与武决去。

líng wù zì cì wǔ shǐ qí qī cì wǔ niú yáng shù shí
陵恶自赐武，使其妻赐武牛羊数十
tóu hòu líng fù zhì běi hǎi shàng yù wǔ ōu tuō bǔ dé
头。后陵复至北海上，语武：“区脱捕得
yún zhōng shēng kǒu yán tài shǒu yǐ xià lì mín jiē bái fú yuē
云中生口，言太守以下吏民皆白服，曰：
shàngbēng wǔ wén zhī nán xiàng háo kū ǒu xuè dàn xī
‘上崩。’”武闻之，南乡号哭，欧血，旦夕
lín shù yuè
临数月。

zhāo dì jí wèi shù nián xiōng nú yǔ hàn hé qīn
昭帝即位，数年，匈奴与汉和亲。
hàn qiú wǔ děng xiōng nú guǐ yán wǔ sǐ hòu hàn shǐ fù
汉求武等。匈奴诡言武死。后汉使复

zhì xiōng nú cháng huì qǐng qí shǒu zhě yǔ jù dé yè jiàn hàn
至匈奴。常惠请其守者与俱，得夜见汉
shǐ jù zì chén dào jiào shǐ zhě wèi chán yú yán tiān zǐ
使，具自陈道。教使者谓单于言：“天子
shè shàng lín zhōng dé yàn zú yǒu xì bó shū yán wǔ děng zài
射上林中，得雁，足有系帛书，言武等在
mǒu zé zhōng shǐ zhě dà xǐ rú huì yǔ yǐ ràng chán yú
某泽中。”使者大喜，如惠语以让单于。
chán yú shì zuǒ yòu ér jīng xiè hàn shǐ yuē wǔ děng shí
单于视左右而惊，谢汉使曰：“武等实
zài yú shì lǐ líng zhì jiǔ hè wǔ yuē jīn zú xià huán
在。”于是李陵置酒贺武曰：“今足下还
guī yáng míng yú xiōng nú gōng xiǎn yú hàn shì suī gǔ zhú bó
归，扬名于匈奴，功显于汉室，虽古竹帛
suǒ zǎi dān qīng suǒ huà hé yǐ guò zǐ qīng líng suī nú
所载，丹青所画，何以过子卿！陵虽驽
qiè lìng hàn qiě shì líng zuì quán qí lǎo mǔ shǐ dé fèn dà
怯，令汉且贳陵罪，全其老母，使得奋大
rǔ zhī jī zhì shù jī hū cáo kē zhī méng cǐ líng sù xī
辱之积志，庶几乎曹柯之盟。此陵宿昔
zhī suǒ bú wàng yě shōu zú líng jiā wéi shì dà lù líng
之所不忘也！收族陵家，为世大戮，陵
shàng fù hé gù hū yǐ yǐ lìng zǐ qīng zhī wú xīn ěr
尚复何顾乎？已矣！令子卿知吾心耳！
yì yù zhī rén yī bié cháng jué líng qǐ wǔ gē yuē
异域之人，壹别长绝！”陵起舞，歌曰：

jìng wàn lǐ xī dù shà mù wéi jūn jiàng xī fèn xiōng nú
“径万里兮度沙幕，为君将兮奋匈奴。
lù qióng jué xī shǐ rèn cuī shì zhòng miè xī míng yǐ tuí lǎo
路穷绝兮矢刃摧，士众灭兮名已隤。老
mǔ yǐ sǐ suī yù bào ēn jiāng ān guī
母已死，虽欲报恩将安归？”

líng qì xià shù háng yīn yǔ wǔ jué chán yú zhào huì
陵泣下数行，因与武决。单于召会
wǔ guān shǔ qián yǐ xiáng jí wù gù fán suí wǔ huán zhě jiǔ
武官属，前以降及物故，凡随武还者九
rén wǔ yǐ shǐ yuán liù nián chūn zhì jīng shī zhào wǔ fèng yí
人。武以始元六年春至京师，诏武奉一
tài láo yè wǔ dì yuán miào bài wéi diǎn shǔ guó zhì zhōng èr
太牢谒武帝园庙，拜为典属国，秩中二
qiān shí cì qián èr bǎi wàn gōng tián èr qǐng zhái yì qū
千石，赐钱二百万，公田二顷，宅一区。
cháng huì xú shèng zhào zhōng gēn jiē bài wéi zhōng láng cì bó
常惠、徐圣、赵终根皆拜为中郎，赐帛
gè èr bǎi pǐ qí yú liù rén lǎo guī jiā cì qián rén shí
各二百匹。其余六人，老归家，赐钱人十
wàn fù zhōngshēn cháng huì hòu zhì yòu jiāng jūn fēng liè hóu
万，复终身。常惠后至右将军，封列侯，
zì yǒu zhuàn wǔ liú xiōng nú fán shí jiǔ suì shǐ yǐ qiáng
自有传。武留匈奴凡十九岁，始以强
zhuàng chū jí huán xū fà jìn bái
壮出，及还，须发尽白。

dìng guǐ
订鬼

dōnghàn wángchōng
东汉·王充

fán tiān dì zhī jiān yǒu guǐ fēi rén sǐ jīng shén wéi
凡天地之间，有鬼，非人死精神为
zhī yě jiē rén sī niàn cún xiǎng zhī suǒ zhì yě zhì zhī hé
之也，皆人思念存想之所致也。致之何
yóu yóu yú jí bìng rén bìng zé yōu jù yōu jù jiàn guǐ
由？由于疾病。人病则忧惧，忧惧见鬼
chū fán rén bú bìng zé bú wèi jù gù dé bìng qǐn rèn
出。凡人不病则不畏惧。故得病寝衽，
wèi jù guǐ zhì wèi jù zé cún xiǎng cún xiǎng zé mù xū
畏惧鬼至。畏惧则存想，存想则目虚
jiàn
见。

hé yǐ xiào zhī zhuàn yuē bó lè xué xiàng mǎ gù
何以效之？传曰：“伯乐学相马，顾
wán suǒ jiàn wú fēi mǎ zhě sòng zhī páo dīng xué jiě niú
玩所见，无非马者。宋之庖丁学解牛，
sān nián bú jiàn shēng niú suǒ jiàn jiē sǐ niú yě èr zhě yòng
三年不见生牛，所见皆死牛也。”二者用
jīng zhì yǐ sī niàn cún xiǎng zì jiàn yì wù yě rén bìng
精至矣！思念存想，自见异物也。人病

jiàn guǐ yóu bó lè zhī jiàn mǎ páo dīng zhī jiàn niú yě
见鬼，犹伯乐之见马，庖丁之见牛也。
bó lè páo dīng suǒ jiàn fēi mǎ yǔ niú zé yì zhī fú bìng
伯乐、庖丁所见非马与牛，则亦知夫病
zhě suǒ jiàn fēi guǐ yě
者所见非鬼也。

bìng zhě kùn jù shēn tǐ tòng zé wèi guǐ chí chuí zhàng
病者困剧，身体痛，则谓鬼持箠杖
ōu jī zhī ruò jiàn guǐ bǎ chuí suǒ shéng mò lì shǒu qí
殴击之，若见鬼把椎、锁、绳纆，立守其
páng bìng tòng kǒng jù wàng jiàn zhī yě chū jí wèi jīng jiàn
旁。病痛恐惧，妄见之也。初疾畏惊，见
guǐ zhī lái jí kùn kǒng sǐ jiàn guǐ zhī nù shēn zì jí tòng
鬼之来；疾困恐死，见鬼之怒；身自疾痛，
jiàn guǐ zhī jī jiē cún xiǎng xū zhì wèi bì yǒu qí shí yě
见鬼之击：皆存想虚致，未必有其实也。

fú jīng niàn cún xiǎng huò xiè yú mù huò xiè yú kǒu
夫精念存想，或泄于目，或泄于口，
huò xiè yú ěr xiè yú mù mù jiàn qí xíng xiè yú ěr
或泄于耳。泄于目，目见其形；泄于耳，
ěr wén qí shēng xiè yú kǒu kǒu yán qí shì zhòu rì zé
耳闻其声；泄于口，口言其事。昼日则
guǐ xiàn mù wò zé mèng wén dú wò kōng shì zhī zhōng ruò
鬼见，暮卧则梦闻。独卧空室之中，若
yǒu suǒ wèi jù zé mèng jiàn fú rén jù àn qí shēn kū yǐ
有所畏惧，则梦见夫人据案其身哭矣。

jiào jiàn wò wén jù yòng jīng shén wèi jù cún xiǎng tóng yì shí
觉见卧闻，俱用精神；畏惧存想，同一实
yě
也。

chū shī biǎo
出师表

sān guó zhū gě liàng
三国·诸葛亮

xiān dì chuàng yè wèi bàn ér zhōng dào bēng cú jīn tiān
先帝创业未半而中道崩殂，今天
xià sān fēn yì zhōu pí bì cǐ chéng wēi jí cún wáng zhī qiū
下三分，益州疲弊，此诚危急存亡之秋
yě rán shì wèi zhī chén bú xiè yú nèi zhōng zhì zhī shì wàng
也。然侍卫之臣不懈于内，忠志之士忘
shēn yú wài zhě gài zhuī xiān dì zhī shū yù yù bào zhī yú
身于外者，盖追先帝之殊遇，欲报之于
bì xià yě chéng yí kāi zhāng shèng tīng yǐ guāng xiān dì yí
陛下也。诚宜开张圣听，以光先帝遗
dé huī hóng zhì shì zhī qì bù yí wàng zì fěi bó yǐn yù
德，恢弘志士之气，不宜妄自菲薄，引喻
shī yì yǐ sè zhōng jiàn zhī lù yě
失义，以塞忠谏之路也。

gōng zhōng fǔ zhōng jù wéi yì tǐ zhì fá zāng pǐ bù
宫中府中，俱为一体，陟罚臧否，不

yí yì tóng ruò yǒu zuò jiān fàn kē jí wéi zhōng shàn zhě yí
宜异同。若有作奸犯科及为忠善者，宜
fù yǒu sī lùn qí xíng shǎng yǐ zhāo bì xià píng míng zhī lǐ
付有司论其刑赏，以昭陛下平明之理，
bù yí piān sī shǐ nèi wài yì fǎ yě
不宜偏私，使内外异法也。

shì zhōng shì láng guō yōu zhī fèi yī dǒng yǔn děng
侍中、侍郎郭攸之、费祎、董允等，
cǐ jiē liáng shí zhì lǜ zhōng chún shì yǐ xiān dì jiǎn bá yǐ
此皆良实，志虑忠纯，是以先帝简拔以
wèi bì xià yú yǐ wéi gōng zhōng zhī shì shì wú dà xiǎo
遗陛下。愚以为宫中之事，事无大小，
xī yǐ zī zhī rán hòu shī xíng bì néng bì bǔ quē lòu yǒu
悉以咨之，然后施行，必能裨补阙漏，有
suǒ guǎng yì
所广益。

jiāng jūn xiàng chǒng xìng xíng shū jūn xiǎo chàng jūn shì
将军向宠，性行淑均，晓畅军事。
shì yòng yú xī rì xiān dì chēng zhī yuē néng shì yǐ zhòng yì
试用于昔日，先帝称之曰能，是以众议
jǔ chǒng wéi dū yú yǐ wéi yíng zhōng zhī shì xī yǐ zī
举宠为督。愚以为营中之事，悉以咨
zhī bì néng shǐ háng zhèn hé mù yōu liè dé suǒ
之，必能使行阵和睦，优劣得所。

qīn xián chén yuǎn xiǎo rén cǐ xiān hàn suǒ yǐ xīng lóng
亲贤臣，远小人，此先汉所以兴隆

yě qīn xiǎo rén yuǎn xián chén cǐ hòu hàn suǒ yǐ qīng tuí
也；亲小人，远贤臣，此后汉所以倾颓
yě xiān dì zài shí měi yǔ chén lùn cǐ shì wèi cháng bú
也。先帝在时，每与臣论此事，未尝不
tàn xī tòng hèn yú huán líng yě shì zhōng shàng shū zhǎng
叹息痛恨于桓、灵也。侍中、尚书、长
shǐ cān jūn cǐ xī zhēn liáng sǐ jié zhī chén yuàn bì xià
史、参军，此悉贞良死节之臣。愿陛下
qīn zhī xìn zhī zé hàn shì zhī lóng kě jì rì ér dài yě
亲之信之，则汉室之隆，可计日而待也。

chén běn bù yī gōng gēng yú nán yáng gǒu quán xìng mìng
臣本布衣，躬耕于南阳，苟全性命
yú luàn shì bù qiú wén dá yú zhū hóu xiān dì bù yǐ chén
于乱世，不求闻达于诸侯。先帝不以臣
bēi bǐ wěi zì wǎng qū sān gù chén yú cǎo lú zhī zhōng zī
卑鄙，猥自枉屈，三顾臣于草庐之中，咨
chén yǐ dāng shì zhī shì yóu shì gǎn jī suì xǔ xiān dì yǐ
臣以当世之事，由是感激，遂许先帝以
qū chí hòu zhí qīng fù shòu rèn yú bài jūn zhī jì fèng
驱驰。后值倾覆，受任于败军之际，奉
mìng yú wēi nàn zhī jiān ěr lái èr shí yòu yī nián yǐ
命于危难之间，尔来二十有一年矣。

xiān dì zhī chén jǐn shèn gù lín bēng jì chén yǐ dà shì
先帝知臣谨慎，故临崩寄臣以大事
yě shòu mìng yǐ lái sù yè yōu tàn kǒng tuō fù bú xiào
也。受命以来，夙夜忧叹，恐托付不效，

yǐ shāng xiān dì zhī míng gù wǔ yuè dù lú shēn rù bù máo
以伤先帝之明，故五月渡泸，深入不毛。
jīn nán fāng yǐ dìng bīng jiǎ yǐ zú dāng jiǎng shuài sān jūn běi
今南方已定，兵甲已足，当奖率三军，北
dìng zhōng yuán shù jié nú dùn rǎng chú jiān xiōng xīng fù hàn
定中原，庶竭驽钝，攘除奸凶，兴复汉
shì huán yú jiù dū cǐ chén suǒ yǐ bào xiān dì ér zhōng bì
室，还于旧都。此臣所以报先帝而忠陛
xià zhī zhí fèn yě zhì yú zhēn zhuó sǔn yì jìn jìn zhōng
下之职分也。至于斟酌损益，进尽忠
yán zé yōu zhī yī yǔn zhī rèn yě
言，则攸之、祎、允之任也。

yuàn bì xià tuō chén yǐ tǎo zéi xīng fù zhī xiào bú
愿陛下托臣以讨贼兴复之效，不
xiào zé zhì chén zhī zuì yǐ gào xiān dì zhī líng ruò wú
效，则治臣之罪，以告先帝之灵。若无
xīng dé zhī yán zé zé yōu zhī yī yǔn děng zhī màn yǐ
兴德之言，则责攸之、祎、允等之慢，以
zhāng qí jiù bì xià yì yí zì móu yǐ zī zōu shàn dào
彰其咎。陛下亦宜自谋，以咨诹善道，
chá nà yǎ yán shēn zhuī xiān dì yí zhào chén bù shēng shòu ēn
察纳雅言，深追先帝遗诏。臣不胜受恩
gǎn jī
感激。

jīn dāng yuǎn lí lín biǎo tì líng bù zhī suǒ yán
今当远离，临表涕零，不知所言。

lóng zhōng duì

隆中对

xī jìn chénshòu
西晋·陈寿

liàng gōng gēng lǒng mǔ hào wéi liáng fǔ yín shēn
亮躬耕陇亩，好为《梁父吟》。身
cháng bā chǐ měi zì bǐ yú guǎnzhòng yuè yì shí rén mò zhī
长八尺，每自比于管仲、乐毅，时人莫之
xǔ yě wéi bó líng cuī zhōu píng yǐng chuān xú shù yuán zhí yǔ
许也。惟博陵崔州平、颍川徐庶元直与
liàng yǒu shàn wèi wéi xìn rán
亮友善，谓为信然。

shí xiān zhǔ tún xīn yě xú shù jiàn xiān zhǔ xiān zhǔ
时先主屯新野。徐庶见先主，先主
qì zhī wèi xiān zhǔ yuē zhū gě kǒng míng zhě wò lóng yě
器之，谓先主曰："诸葛孔明者，卧龙也，
jiāng jūn qǐ yuàn jiàn zhī hū xiān zhǔ yuē jūn yǔ jù
将军岂愿见之乎？"先主曰："君与俱
lái shù yuē cǐ rén kě jiù jiàn bù kě qū zhì yě
来。"庶曰："此人可就见，不可屈致也。
jiāng jūn yí wǎng jià gù zhī
将军宜枉驾顾之。"

yóu shì xiān zhǔ suì yì liàng fán sān wǎng nǎi jiàn
由是先主遂诣亮，凡三往，乃见。

yīn bǐng rén yuē hàn shì qīng tuí jiān chén qiè mìng zhǔ shàng
因屏人曰："汉室倾颓，奸臣窃命，主上
méng chén gū bù duó dé liàng lì yù shēn dà yì yú tiān
蒙尘。孤不度德量力，欲信大义于天
xià ér zhì shù qiǎn duǎn suì yòng chāng jué zhì yú jīn rì
下；而智术浅短，遂用猖蹶，至于今日。
rán zhì yóu wèi yǐ jūn wèi jì jiāng ān chū
然志犹未已，君谓计将安出？"

liàng dá yuē zì dǒng zhuó yǐ lái háo jié bìng qǐ
亮答曰："自董卓已来，豪杰并起，
kuà zhōu lián jùn zhě bù kě shēng shǔ cáo cāo bǐ yú yuán shào
跨州连郡者不可胜数。曹操比于袁绍，
zé míng wēi ér zhòng guǎ rán cāo suì néng kè shào yǐ ruò wéi
则名微而众寡。然操遂能克绍，以弱为
qiáng zhě fēi wéi tiān shí yì yì rén móu yě jīn cāo yǐ
强者，非惟天时，抑亦人谋也。今操已
yōng bǎi wàn zhī zhòng xié tiān zǐ ér lìng zhū hóu cǐ chéng bù
拥百万之众，挟天子而令诸侯，此诚不
kě yǔ zhēng fēng sūn quán jù yǒu jiāng dōng yǐ lì sān shì
可与争锋。孙权据有江东，已历三世，
guó xiǎn ér mín fù xián néng wéi zhī yòng cǐ kě yǐ wéi yuán
国险而民附，贤能为之用，此可以为援
ér bù kě tú yě jīng zhōu běi jù hàn miǎn lì jìn nán
而不可图也。荆州北据汉、沔，利尽南
hǎi dōng lián wú kuài xī tōng bā shǔ cǐ yòng wǔ zhī guó
海，东连吴会，西通巴蜀，此用武之国，

ér qí zhǔ bù néng shǒu cǐ dài tiān suǒ yǐ zī jiāng jūn jiāng
而其主不能守，此殆天所以资将军，将

jūn qǐ yǒu yì hū yì zhōu xiǎn sài wò yě qiān lǐ tiān
军岂有意乎？益州险塞，沃野千里，天

fǔ zhī tǔ gāo zǔ yīn zhī yǐ chéng dì yè liú zhāng àn
府之土，高祖因之以成帝业。刘璋暗

ruò zhāng lǔ zài běi mín yīn guó fù ér bù zhī cún xù zhì
弱，张鲁在北，民殷国富而不知存恤，智

néng zhī shì sī dé míng jūn jiāng jūn jì dì shì zhī zhòu xìn
能之士思得明君。将军既帝室之胄，信

yì zhù yú sì hǎi zǒng lǎn yīng xióng sī xián rú kě ruò
义著于四海，总揽英雄，思贤如渴。若

kuà yǒu jīng yì bǎo qí yán zǔ xī hé zhū róng nán fǔ
跨有荆、益，保其岩阻，西和诸戎，南抚

yí yuè wài jié hǎo sūn quán nèi xiū zhèng lǐ tiān xià yǒu
夷越，外结好孙权，内修政理，天下有

biàn zé mìng yí shàng jiàng jiàng jīng zhōu zhī jūn yǐ xiàng wǎn luò
变，则命一上将将荆州之军以向宛、洛，

jiāng jūn shēn shuài yì zhōu zhī zhòng chū yú qín chuān bǎi xìng shú
将军身率益州之众出于秦川，百姓孰

gǎn bù dān shí hú jiāng yǐ yíng jiāng jūn zhě hū chéng rú
敢不箪食壶浆，以迎将军者乎？诚如

shì zé bà yè kě chéng hàn shì kě xīng yǐ
是，则霸业可成，汉室可兴矣。”

xiān zhǔ yuē shàn yú shì yǔ liàng qíng hǎo rì mì
先主曰：“善！”于是与亮情好日密。

guān yǔ zhāng fēi děng bú yuè xiān zhǔ jiě zhī yuē gū zhī
关羽、张飞等不悦，先主解之曰：“孤之
yǒu kǒng míng yóu yú zhī yǒu shuǐ yě yuàn zhū jūn wù fù
有孔明，犹鱼之有水也。愿诸君勿复
yán yǔ fēi nǎi zhǐ
言！”羽、飞乃止。

chén qíng biǎo

陈情表

xī jìn lǐ mì
西晋·李密

chén mì yán chén yǐ xiǎn xìn sù zāo mǐn xiōng shēng
臣密言：臣以险衅，夙遭闵凶。生
hái liù yuè cí fù jiàn bèi xíng nián sì suì jiù duó mǔ
孩六月，慈父见背；行年四岁，舅夺母
zhì zǔ mǔ liú mǐn chén gū ruò gōng qīn fǔ yǎng chén shào
志。祖母刘悯臣孤弱，躬亲抚养。臣少
duō jí bìng jiǔ suì bù xíng líng dīng gū kǔ zhì yú chéng lì
多疾病，九岁不行，零丁孤苦，至于成立。
jì wú shū bó zhōng xiǎn xiōng dì mén shuāi zuò bó wǎn yǒu ér
既无叔伯，终鲜兄弟，门衰祚薄，晚有儿
xī wài wú jī gōng qiǎng jìn zhī qīn nèi wú yìng mén wǔ chǐ
息。外无期功强近之亲，内无应门五尺
zhī tóng qióng qióng jié lì xíng yǐng xiāng diào ér liú sù yīng
之僮。茕茕孑立，形影相吊。而刘夙婴

jí bìng cháng zài chuáng rù chén shì tāng yào wèi céng fèi lí
疾病，常在床蓐，臣侍汤药，未曾废离。

dài fèng shèng cháo mù yù qīng huà qián tài shǒu chén kuí
逮奉圣朝，沐浴清化。前太守臣逵
chá chén xiào lián hòu cì shǐ chén róng jǔ chén xiù cái chén
察臣孝廉，后刺史臣荣，举臣秀才。臣
yǐ gōng yǎng wú zhǔ cí bú fù mìng zhào shū tè xià bài
以供养无主，辞不赴命。诏书特下，拜
chén láng zhōng xún méng guó ēn chú chén xiǎn mǎ wěi yǐ wēi
臣郎中，寻蒙国恩，除臣洗马，猥以微
jiàn dāng shì dōng gōng fēi chén yǔn shǒu suǒ néng shàng bào chén
贱，当侍东宫，非臣陨首所能上报。臣
jù yǐ biǎo wén cí bú jiù zhí zhào shū qiè jùn zé chén
具以表闻，辞不就职。诏书切峻，责臣
bū màn jùn xiàn bī pò cuī chén shàng dào zhōu sī lín mén
逋慢。郡县逼迫，催臣上道；州司临门，
jí yú xīng huǒ chén yù fèng zhào bēn chí zé liú bìng rì
急于星火。臣欲奉诏奔驰，则刘病日
dǔ yù gǒu shùn sī qíng zé gào sù bù xǔ chén zhī jìn
笃；欲苟顺私情，则告诉不许：臣之进
tuì shí wéi láng bèi
退，实为狼狈。

fú wéi shèng cháo yǐ xiào zhì tiān xià fán zài gù lǎo
伏惟圣朝以孝治天下，凡在故老，
yóu méng jīn yù kuàng chén gū kǔ tè wéi yóu shèn qiě chén
犹蒙矜育，况臣孤苦，特为尤甚。且臣

shào shì wěi cháo lì zhí láng shǔ běn tú huàn dá bù jīn míng
少仕伪朝，历职郎署，本图宦达，不矜名
jié jīn chén wáng guó jiàn fú zhì wēi zhì lòu guò méng bá
节。今臣亡国贱俘，至微至陋，过蒙拔
zhuó chǒng mìng yōu wò qǐ gǎn pán huán yǒu suǒ xī jì dàn
擢，宠命优渥，岂敢盘桓，有所希冀。但
yǐ liú rì bó xī shān qì xī yān yān rén mìng wēi qiǎn zhāo
以刘日薄西山，气息奄奄，人命危浅，朝
bú lǜ xī chén wú zǔ mǔ wú yǐ zhì jīn rì zǔ mǔ
不虑夕。臣无祖母，无以至今日；祖母
wú chén wú yǐ zhōng yú nián zǔ sūn èr rén gēng xiāng wéi
无臣，无以终余年，祖孙二人，更相为
mìng shì yǐ qū qū bù néng fèi yuǎn
命，是以区区不能废远。

chén mì jīn nián sì shí yǒu sì zǔ mǔ liú jīn nián jiǔ
臣密今年四十有四，祖母刘今年九
shí yòu liù shì chén jìn jié yú bì xià zhī rì cháng bào yǎng
十有六，是臣尽节于陛下之日长，报养
liú zhī rì duǎn yě wū niǎo sī qíng yuàn qǐ zhōng yǎng chén
刘之日短也。乌鸟私情，愿乞终养。臣
zhī xīn kǔ fēi dú shǔ zhī rén shì jí èr zhōu mù bó suǒ jiàn
之辛苦，非独蜀之人士及二州牧伯所见
míng zhī huáng tiān hòu tǔ shí suǒ gòng jiàn yuàn bì xià jīn mǐn
明知，皇天后土实所共鉴。愿陛下矜悯
yú chéng tīng chén wēi zhì shù liú jiǎo xìng bǎo zú yú nián
愚诚，听臣微志。庶刘侥幸，保卒余年。

chénshēng dāng yǔn shǒu sǐ dāng jié cǎo chén bú shēng quǎn mǎ
臣生当陨首，死当结草。臣不胜犬马
bù jù zhī qíng jǐn bài biǎo yǐ wén
怖惧之情，谨拜表以闻。

lán tíng jí xù 兰亭集序

dōng jìn wáng xī zhī
东晋·王羲之

yǒng hé jiǔ nián suì zài guǐ chǒu mù chūn zhī chū huì
永和九年，岁在癸丑，暮春之初，会
yú kuài jī shān yīn zhī lán tíng xiū xì shì yě qún xián bì
于会稽山阴之兰亭，修禊事也。群贤毕
zhì shào zhǎng xián jí cǐ dì yǒu chóng shān jùn lǐng mào lín
至，少长咸集。此地有崇山峻岭，茂林
xiū zhú yòu yǒu qīng liú jī tuān yìng dài zuǒ yòu yǐn yǐ
修竹，又有清流激湍，映带左右。引以
wéi liú shāng qū shuǐ liè zuò qí cì suī wú sī zhú guǎn xián
为流觞曲水，列坐其次，虽无丝竹管弦
zhī shèng yì shāng yì yǒng yì zú yǐ chàng xù yōu qíng shì
之盛，一觞一咏，亦足以畅叙幽情。是
rì yě tiān lǎng qì qīng huì fēng hé chàng yǎng guān yǔ zhòu
日也，天朗气清，惠风和畅。仰观宇宙
zhī dà fǔ chá pǐn lèi zhī shèng suǒ yǐ yóu mù chěng huái
之大，俯察品类之盛，所以游目骋怀，

zú yǐ jí shì tīng zhī yú xìn kě lè yě
足以极视听之娱，信可乐也。

fú rén zhī xiāng yǔ fǔ yǎng yí shì huò qǔ zhū huái
夫人之相与，俯仰一世。或取诸怀
bào wù yán yí shì zhī nèi huò yīn jì suǒ tuō fàng làng xíng
抱，悟言一室之内；或因寄所托，放浪形
hái zhī wài suī qū shě wàn shū jìng zào bù tóng dāng qí
骸之外。虽趣舍万殊，静躁不同，当其
xīn yú suǒ yù zàn dé yú jǐ kuài rán zì zú zēng bù zhī
欣于所遇，暂得于己，快然自足，曾不知
lǎo zhī jiāng zhì jí qí suǒ zhī jì juàn qíng suí shì qiān gǎn
老之将至；及其所之既倦，情随事迁，感
kǎi xì zhī yǐ xiàng zhī suǒ xīn fǔ yǎng zhī jiān yǐ wéi
慨系之矣。向之所欣，俯仰之间，已为
chén jì yóu bù néng bù yǐ zhī xīng huái kuàng xiū duǎn suí huà
陈迹，犹不能不以之兴怀，况修短随化，
zhōng qī yú jìn gǔ rén yún sǐ shēng yì dà yǐ qǐ
终期于尽。古人云："死生亦大矣。"岂
bú tòng zāi
不痛哉！

měi lǎn xī rén xīng gǎn zhī yóu ruò hé yí qì wèi
每览昔人兴感之由，若合一契，未
cháng bù lín wén jiē dào bù néng yù zhī yú huái gù zhī yì
尝不临文嗟悼，不能喻之于怀。固知一
sǐ shēng wéi xū dàn qí péng shāng wéi wàng zuò hòu zhī shì
死生为虚诞，齐彭殇为妄作。后之视

jīn yì yóu jīn zhī shì xī bēi fú gù liè xù shí rén
今，亦犹今之视昔，悲夫！故列叙时人，
lù qí suǒ shù suī shì shū shì yì suǒ yǐ xīng huái qí zhì
录其所述，虽世殊事异，所以兴怀，其致
yī yě hòu zhī lǎn zhě yì jiāng yǒu gǎn yú sī wén
一也。后之览者，亦将有感于斯文。

gān jiāng mò yé

干将莫邪

dōng jìn gān bǎo
东晋·干宝

chǔ gān jiāng mò yé wèi chǔ wáng zuò jiàn sān nián nǎi
楚干将、莫邪为楚王作剑，三年乃
chéng wáng nù yù shā zhī jiàn yǒu cí xióng qī qī
成。王怒，欲杀之。剑有雌雄。其妻
chóng shēn dāng chǎn fū yù qī yuē wú wèi wáng zuò jiàn
重身当产。夫语妻曰：“吾为王作剑，
sān nián nǎi chéng wáng nù wǎng bì shā wǒ rǔ ruò shēng
三年乃成。王怒，往必杀我。汝若生
zǐ shì nán dà gào zhī yuē chū hù wàng nán shān sōng
子是男，大，告之曰：‘出户望南山，松
shēng shí shàng jiàn zài qí bèi yú shì jí jiāng cí jiàn wǎng
生石上，剑在其背。’”于是即将雌剑往
jiàn chǔ wáng wáng dà nù shǐ xiàng zhī jiàn yǒu èr yì xióng
见楚王。王大怒，使相之，剑有二，一雄

yì cí cí lái xióng bù lái wáng nù jí shā zhī
一雌，雌来雄不来。王怒，即杀之。

mò yé zǐ míng chì bǐ hòu zhuàng nǎi wèn qí mǔ
莫邪子名赤，比后壮，乃问其母
yuē wú fù suǒ zài mǔ yuē rǔ fù wèi chǔ wáng zuò
曰："吾父所在？"母曰："汝父为楚王作
jiàn sān nián nǎi chéng wáng nù shā zhī qù shí zhǔ wǒ
剑，三年乃成，王怒，杀之。去时嘱我：
yù rǔ zǐ chū hù wàng nán shān sōng shēng shí shàng jiàn zài
'语汝子：出户望南山，松生石上，剑在
qí bèi yú shì zǐ chū hù nán wàng bú jiàn yǒu shān dàn
其背。'"于是子出户南望，不见有山，但
dǔ táng qián sōng zhù xià shí dǐ zhī shàng jí yǐ fǔ pò qí
睹堂前松柱下石低之上。即以斧破其
bèi dé jiàn rì yè sī yù bào chǔ wáng
背，得剑。日夜思欲报楚王。

wáng mèng jiàn yì ér méi jiān guǎng chǐ yán yù bào
王梦见一儿，眉间广尺，言欲报
chóu wáng jí gòu zhī qiān jīn ér wén zhī wáng qù rù
仇。王即购之千金。儿闻之，亡去，入
shān xíng gē kè yǒu féng zhě wèi zǐ nián shào hé kū
山行歌。客有逢者，谓："子年少，何哭
zhī shèn bēi yé yuē wú gān jiāng mò yé zǐ yě chǔ
之甚悲耶？"曰："吾干将、莫邪子也，楚
wáng shā wú fù wú yù bào zhī kè yuē wén wáng gòu
王杀吾父，吾欲报之！"客曰："闻王购

zǐ tóu qiān jīn jiāng zǐ tóu yǔ jiàn lái wèi zǐ bào zhī
子头千金，将子头与剑来，为子报之。”
ér yuē xìng shèn jí zì wěn liǎng shǒu pěng tóu jí jiàn fèng
儿曰：“幸甚！”即自刎，两手捧头及剑奉
zhī lì jiāng kè yuē bú fù zǐ yě yú shì shī nǎi
之，立僵。客曰：“不负子也。”于是尸乃
pū
仆。

kè chí tóu wǎng jiàn chǔ wáng wáng dà xǐ kè yuē
客持头往见楚王，王大喜。客曰：
cǐ nǎi yǒng shì tóu yě dāng yú tāng huò zhǔ zhī wáng rú
“此乃勇士头也，当于汤镬煮之。”王如
qí yán zhǔ tóu sān rì sān xī bú làn tóu chuō chū tāng
其言。煮头三日三夕不烂，头踔出汤
zhōng zhì mù dà nù kè yuē cǐ ér tóu bú làn yuàn
中，踬目大怒。客曰：“此儿头不烂，愿
wáng zì wǎng lín shì zhī shì bì làn yě wáng jí lín zhī
王自往临视之，是必烂也。”王即临之。
kè yǐ jiàn nǐ wáng wáng tóu suí zhuì tāng zhōng kè yì zì nǐ
客以剑拟王，王头随坠汤中；客亦自拟
jǐ tóu tóu fù zhuì tāng zhōng sān shǒu jù làn bù kě shí
己头，头复坠汤中。三首俱烂，不可识
bié nǎi fēn qí tāng ròu zàng zhī
别，乃分其汤肉葬之。

lǐ jì

李寄

dōng jìn gān bǎo

东晋·干宝

dōng yuè mǐn zhōng yǒu yōng lǐng gāo shù shí lǐ qí xī
东越闽中有庸岭，高数十里。其西
běi xí zhōng yǒu dà shé cháng qī bā zhàng dà shí yú wéi
北隰中，有大蛇，长七八丈，大十余围，
tǔ sú cháng jù dōng yě dū wèi jí shǔ chéng zhǎng lì duō
土俗常惧。东冶都尉及属城长吏，多
yǒu sǐ zhě jì yǐ niú yáng gù bù dé huò huò yǔ rén
有死者。祭以牛羊，故不得祸。或与人
mèng huò xià yù wū zhù yù dé dàn tóng nǚ nián shí èr sān
梦，或下谕巫祝，欲得啖童女年十二三
zhě dū wèi lìng zhǎng bìng gòng huàn zhī rán qì lì bù
者。都尉令长，并共患之。然气厉不
xī gòng qǐng qiú rén jiā shēng bì zǐ jiān yǒu zuì jiā nǚ yǎng
息。共请求人家生婢子，兼有罪家女养
zhī zhì bā yuè zhāo jì sòng shé xué kǒu shé chū tūn niè
之。至八月朝祭，送蛇穴口。蛇出吞啮
zhī lěi nián rú cǐ yǐ yòng jiǔ nǚ
之。累年如此，已用九女。

ěr shí yù fù mù suǒ wèi dé qí nǚ jiāng lè xiàn
尔时，预复募索，未得其女。将乐县

lǐ dàn jiā yǒu liù nǚ wú nán qí xiǎo nǚ míng jì yìng mù
李诞，家有六女，无男。其小女名寄，应募
yù xíng fù mǔ bù tīng jì yuē fù mǔ wú xiàng wéi
欲行。父母不听。寄曰：“父母无相，惟
shēng liù nǚ wú yǒu yì nán suī yǒu rú wú nǚ wú tí yíng
生六女，无有一男，虽有如无。女无缇萦
jì fù mǔ zhī gōng jì bù néng gōng yǎng tú fèi yī shí shēng
济父母之功，既不能供养，徒费衣食，生
wú suǒ yì bù rú zǎo sǐ mài jì zhī shēn kě dé shǎo qián
无所益，不如早死。卖寄之身，可得少钱，
yǐ gōng fù mǔ qǐ bú shàn yé fù mǔ cí lián zhōng bù tīng
以供父母，岂不善耶？”父母慈怜，终不听
qù jì zì qián xíng bù kě jìn zhǐ jì nǎi gào qǐng hǎo jiàn
去。寄自潜行，不可禁止。寄乃告请好剑
jí zé shé quǎn zhì bā yuè zhāo biàn yì miào zhōng zuò huái jiàn
及咋蛇犬。至八月朝，便诣庙中坐，怀剑
jiāng quǎn xiān jiāng shù shí mǐ cí yòng mì chǎo guàn zhī yǐ zhì
将犬。先将数石米餈，用蜜麨灌之，以置
xué kǒu shé biàn chū tóu dà rú qūn mù rú èr chǐ jìng wén
穴口。蛇便出，头大如囷，目如二尺镜，闻
cí xiāng qì xiān dàn shí zhī jì biàn fàng quǎn quǎn jiù niè zé
餈香气，先啖食之。寄便放犬，犬就啮咋，
jì cóng hòu zhuó dé shù chuāng chuāng tòng jí shé yīn yǒng chū
寄从后斫得数创。疮痛急，蛇因踊出，
zhì tíng ér sǐ jì rù shì xué dé qí jiǔ nǚ dú lóu xī
至庭而死。寄入视穴，得其九女髑髅，悉

jǔ chū zhà yán yuē rǔ cáo qiè ruò wèi shé suǒ shí shèn kě
举出，咤言曰：“汝曹怯弱，为蛇所食，甚可
āi mǐn yú shì jì nǚ huǎn bù ér guī
哀愍！”于是寄女缓步而归。

yuè wáng wén zhī pìn jì nǚ wéi hòu bài qí fù wéi
越王闻之，聘寄女为后，拜其父为
jiāng lè lìng mǔ jí zǐ jiē yǒu shǎng cì zì shì dōng yě wú
将乐令，母及姊皆有赏赐。自是东冶无
fù yāo xié zhī wù qí gē yáo zhì jīn cún yān
复妖邪之物，其歌谣至今存焉。

wǔ liǔ xiān shēngzhuàn
五柳先生传

dōng jìn táo yuānmíng
东晋·陶渊明

xiān shēng bù zhī hé xǔ rén yě yì bù xiáng qí xìng
先生不知何许人也，亦不详其姓
zì zhái biān yǒu wǔ liǔ shù yīn yǐ wéi hào yān xián jìng
字，宅边有五柳树，因以为号焉。闲静
shǎo yán bú mù róng lì hào dú shū bù qiú shèn jiě měi
少言，不慕荣利。好读书，不求甚解；每
yǒu huì yì biàn xīn rán wàng shí xìng shì jiǔ jiā pín bù
有会意，便欣然忘食。性嗜酒，家贫不
néngcháng dé qīn jiù zhī qí rú cǐ huò zhì jiǔ ér zhāo
能常得。亲旧知其如此，或置酒而招

zhī zào yǐn zhé jìn qī zài bì zuì jì zuì ér tuì zēng
之；造饮辄尽，期在必醉。既醉而退，曾

bú lìn qíng qù liú huán dǔ xiāo rán bú bì fēng rì duǎn
不吝情去留。环堵萧然，不蔽风日；短

hè chuān jié dān piáo lǚ kōng yàn rú yě cháng zhù wén zhāng
褐穿结，箪瓢屡空，晏如也。常著文章

zì yú pō shì jǐ zhì wàng huái dé shī yǐ cǐ zì zhōng
自娱，颇示己志。忘怀得失，以此自终。

zàn yuē qián lóu zhī qī yǒu yán bù qī qī yú pín
赞曰：黔娄之妻有言：“不戚戚于贫

jiàn bù jí jí yú fù guì qí yán zī ruò rén zhī chóu
贱，不汲汲于富贵。”其言兹若人之俦

hū xián shāng fù shī yǐ lè qí zhì wú huái shì zhī mín
乎？衔觞赋诗，以乐其志，无怀氏之民

yú gé tiān shì zhī mín yú
欤？葛天氏之民欤？

táo huā yuán jì

桃花源记

dōng jìn táo yuānmíng
东晋·陶渊明

jìn tài yuán zhōng wǔ líng rén bǔ yú wéi yè yuán xī
晋太元中，武陵人捕鱼为业，缘溪

xíng wàng lù zhī yuǎn jìn hū féng táo huā lín jiā àn shù
行，忘路之远近。忽逢桃花林，夹岸数

bǎi bù zhōng wú zá shù fāng cǎo xiān měi luò yīng bīn fēn
百步，中无杂树，芳草鲜美，落英缤纷。
yú rén shèn yì zhī fù qián xíng yù qióng qí lín
渔人甚异之。复前行，欲穷其林。

lín jìn shuǐ yuán biàn dé yì shān shān yǒu xiǎo kǒu fǎng
林尽水源，便得一山，山有小口，仿
fú ruò yǒu guāng biàn shě chuán cóng kǒu rù chū jí xiá
佛若有光。便舍船，从口入。初极狭，
cái tōng rén fù xíng shù shí bù huò rán kāi lǎng tǔ dì
才通人。复行数十步，豁然开朗。土地
píng kuàng wū shè yǎn rán yǒu liáng tián měi chí sāng zhú zhī shǔ
平旷，屋舍俨然，有良田美池桑竹之属。
qiān mò jiāo tōng jī quǎn xiāng wén qí zhōng wǎng lái zhòng zuò
阡陌交通，鸡犬相闻。其中往来种作，
nán nǚ yī zhuó xī rú wài rén huáng fà chuí tiáo bìng yí
男女衣着，悉如外人。黄发垂髫，并怡
rán zì lè
然自乐。

jiàn yú rén nǎi dà jīng wèn suǒ cóng lái jù dá
见渔人，乃大惊，问所从来。具答
zhī biàn yāo huán jiā shè jiǔ shā jī zuò shí cūn zhōng wén
之。便要还家，设酒杀鸡作食。村中闻
yǒu cǐ rén xián lái wèn xùn zì yún xiān shì bì qín shí
有此人，咸来问讯。自云先世避秦时
luàn shuài qī zǐ yì rén lái cǐ jué jìng bú fù chū yān suì
乱，率妻子邑人来此绝境，不复出焉，遂

yǔ wài rén jiàn gé wèn jīn shì hé shì nǎi bù zhī yǒu
与外人间隔。问今是何世，乃不知有
hàn wú lùn wèi jìn cǐ rén yī yī wèi jù yán suǒ wén
汉，无论魏晋。此人一一为具言所闻，
jiē tàn wǎn yú rén gè fù yán zhì qí jiā jiē chū jiǔ
皆叹惋。余人各复延至其家，皆出酒
shí tíng shù rì cí qù cǐ zhōng rén yù yún bù zú
食。停数日，辞去。此中人语云：“不足
wèi wài rén dào yě
为外人道也。”

jì chū dé qí chuán biàn fú xiàng lù chù chù zhì
既出，得其船，便扶向路，处处志
zhī jí jùn xià yì tài shǒu shuō rú cǐ tài shǒu jí
之。及郡下，诣太守，说如此。太守即
qiǎn rén suí qí wǎng xún xiàng suǒ zhì suì mí bú fù dé
遣人随其往，寻向所志，遂迷，不复得
lù
路。

nán yáng liú zǐ jì gāo shàng shì yě wén zhī xīn
南阳刘子骥，高尚士也，闻之，欣
rán guī wǎng wèi guǒ xún bìng zhōng hòu suì wú wèn jīn
然规往。未果，寻病终。后遂无问津
zhě
者。

guī qù lái xī cí bìng xù

归去来兮辞（并序）

dōng jìn táo yuānmíng

东晋·陶渊明

yú jiā pín gēng zhí bù zú yǐ zì jǐ yòu zhì yíng shì
余家贫，耕植不足以自给。幼稚盈室，
píng wú chǔ sù shēngshēng suǒ zī wèi jiàn qí shù qīn gù duō quàn
瓶无储粟，生生所资，未见其术。亲故多劝
yú wéi zhǎng lì tuō rán yǒu huái qiú zhī mǐ tú huì yǒu sì fāng
余为长吏，脱然有怀，求之靡途。会有四方
zhī shì zhū hóu yǐ huì ài wéi dé jiā shū yǐ yú pín kǔ suì jiàn
之事，诸侯以惠爱为德，家叔以余贫苦，遂见
yòng yú xiǎo yì yú shí fēng bō wèi jìng xīn dàn yuǎn yì péng zé
用于小邑。于时风波未静，心惮远役。彭泽
qù jiā bǎi lǐ gōng tián zhī lì zú yǐ wéi jiǔ gù biàn qiú zhī
去家百里，公田之利，足以为酒，故便求之。
jí shǎo rì juàn rán yǒu guī yú zhī qíng hé zé zhì xìng zì
及少日，眷然有归欤之情。何则？质性自
rán fēi jiǎo lì suǒ dé jī dòng suī qiè wéi jǐ jiāo bìng cháng
然，非矫厉所得；饥冻虽切，违己交病。尝
cóng rén shì jiē kǒu fù zì yì yú shì chàng rán kāng kǎi shēn kuì
从人事，皆口腹自役；于是怅然慷慨，深愧
píngshēng zhī zhì yóu wàng yì rěn dāng liǎn cháng xiāo shì xún chéng
平生之志。犹望一稔，当敛裳宵逝。寻程

shì mèi sàng yú wǔ chāng qíng zài jùn bēn zì miǎn qù zhí zhòng qiū
氏妹丧于武昌，情在骏奔，自免去职。仲秋
zhì dōng zài guān bā shí yú rì yīn shì shùn xīn mìng piān yuē
至冬，在官八十余日。因事顺心，命篇曰
guī qù lái xī yǐ sì suì shí yī yuè yě
《归去来兮》。乙巳岁十一月也。

guī qù lái xī tián yuán jiāng wú hú bù guī jì
归去来兮！田园将芜胡不归？既
zì yǐ xīn wéi xíng yì xī chóuchàng ér dú bēi wù yǐ wǎng
自以心为形役，奚惆怅而独悲？悟已往
zhī bú jiàn zhī lái zhě zhī kě zhuī shí mí tú qí wèi
之不谏，知来者之可追。实迷途其未
yuǎn jué jīn shì ér zuó fēi
远，觉今是而昨非。

zhōu yáo yáo yǐ qīng yáng fēng piāo piāo ér chuī yī wèn
舟遥遥以轻飏，风飘飘而吹衣。问
zhēng fū yǐ qián lù hèn chén guāng zhī xī wēi nǎi zhān héng
征夫以前路，恨晨光之熹微。乃瞻衡
yǔ zài xīn zài bēn tóng pú huān yíng zhì zǐ hòu mén
宇，载欣载奔。僮仆欢迎，稚子候门。
sān jìng jiù huāng sōng jú yóu cún xié yòu rù shì yǒu jiǔ
三径就荒，松菊犹存。携幼入室，有酒
yíng zūn yǐn hú shāng yǐ zì zhuó miǎn tíng kē yǐ yí yán
盈樽。引壶觞以自酌，眄庭柯以怡颜。
yǐ nán chuāng yǐ jì ào shěn róng xī zhī yì ān yuán rì
倚南窗以寄傲，审容膝之易安。园日

shè yǐ chéng qù mén suī shè ér cháng guān cè fú lǎo yǐ
涉以成趣，门虽设而常关。策扶老以
liú qì shí jiǎo shǒu ér xiá guān yún wú xīn yǐ chū xiù
流憩，时矫首而遐观。云无心以出岫，
niǎo juàn fēi ér zhī huán jǐng yì yì yǐ jiāng rù fǔ gū sōng
鸟倦飞而知还。景翳翳以将入，抚孤松
ér pán huán
而盘桓。

guī qù lái xī qǐng xī jiāo yǐ jué yóu shì yǔ wǒ
归去来兮，请息交以绝游。世与我
ér xiāng wéi fù jià yán xī yān qiú yuè qīn qī zhī qíng
而相违，复驾言兮焉求？悦亲戚之情
huà lè qín shū yǐ xiāo yōu nóng rén gào yú yǐ chūn jí
话，乐琴书以消忧。农人告余以春及，
jiāng yǒu shì yú xī chóu huò mìng jīn chē huò zhào gū zhōu
将有事于西畴。或命巾车，或棹孤舟。
jì yǎo tiǎo yǐ xún hè yì qí qū ér jīng qiū mù xīn xīn
既窈窕以寻壑，亦崎岖而经丘。木欣欣
yǐ xiàng róng quán juān juān ér shǐ liú shàn wàn wù zhī dé
以向荣，泉涓涓而始流。善万物之得
shí gǎn wú shēng zhī xíng xiū
时，感吾生之行休。

yǐ yǐ hū yù xíng yǔ nèi fù jǐ shí hé bù wěi
已矣乎！寓形宇内复几时，曷不委
xīn rèn qù liú hú wéi hū huáng huáng yù hé zhī fù guì
心任去留？胡为乎遑遑欲何之？富贵

fēi wú yuàn dì xiāng bù kě qī huái liáng chén yǐ gū wǎng huò
非吾愿，帝乡不可期。怀良辰以孤往，或
zhí zhàng ér yún zǐ dēng dōng gāo yǐ shū xiào lín qīng liú ér
植杖而耘耔。登东皋以舒啸，临清流而
fù shī liáo chéng huà yǐ guī jìn lè fú tiān mìng fù xī yí
赋诗。聊乘化以归尽，乐夫天命复奚疑？

sī xīn
私心

nán cháo sòng fàn yè
南朝宋·范晔

lún fèng gōng jìn jié yán shì wú suǒ yī wéi zhū zǐ
伦奉公尽节，言事无所依违。诸子
huò shí jiàn zhǐ zhé chì qiǎn zhī lì rén zòu jì jí biàn yí
或时谏止，辄叱遣之，吏人奏记及便宜
zhě yì bìng fēng shàng qí wú sī ruò cǐ xìng zhì què shǎo
者，亦并封上，其无私若此。性质悫，少
wén cǎi zài wèi yǐ zhēn bái chēng shí rén fāng zhī qián cháo gòng
文采，在位以贞白称，时人方之前朝贡
yǔ rán shǎo yùn jiè bù xiū wēi yí yì yǐ cǐ jiàn qīng
禹。然少蕴藉，不修威仪，亦以此见轻。
huò wèn lún yuē gōng yǒu sī hū duì yuē xī rén yǒu
或问伦曰：“公有私乎？”对曰：“昔人有
yǔ wú qiān lǐ mǎ zhě wú suī bú shòu měi sān gōng yǒu suǒ
与吾千里马者，吾虽不受，每三公有所

xuǎn jǔ xīn bù néng wàng ér yì zhōng bú yòng yě wú xiōng
选举，心不能忘，而亦终不用也。吾兄
zǐ cháng bìng yí yè shí wǎng tuì ér ān qǐn wú zǐ yǒu
子常病，一夜十往，退而安寝；吾子有
jí suī bù xǐng shì ér jìng xī bù mián ruò shì zhě qǐ
疾，虽不省视而竟夕不眠。若是者，岂
kě wèi wú sī hū
可谓无私乎？”

qiángxiàng lìng
强项令

náncháosòng fàn yè
南朝宋·范晔

dǒng xuān zì shào píng chén liú yǔ rén yě
董宣，字少平，陈留圉人也。……
hòu tè zhēng wéi luò yáng lìng shí hú yáng gōng zhǔ cāng tóu bái
后特征为洛阳令。时湖阳公主苍头白
rì shā rén yīn nì zhǔ jiā lì bù néng dé jí zhǔ chū
日杀人，因匿主家，吏不能得。及主出
xíng ér yǐ nú cān shèng xuān yú xià mén tíng hòu zhī nǎi
行，而以奴骖乘。宣于夏门亭候之，乃
zhù chē kòu mǎ yǐ dāo huà dì dà yán shǔ zhǔ zhī shī chì
驻车叩马，以刀画地，大言数主之失，叱
nú xià chē yīn gé shā zhī zhǔ jí huán gōng sù dì dì
奴下车，因格杀之。主即还宫诉帝。帝

dà nù zhào xuān yù chuí shā zhī xuān kòu tóu yuē yuàn
大怒，召宣，欲箠杀之。宣叩头曰：“愿
qǐ yì yán ér sǐ dì yuē yù hé yán xuān yuē
乞一言而死。”帝曰：“欲何言？”宣曰：
bì xià shèng dé zhōng xīng ér zòng nú shā liáng rén jiāng hé
“陛下圣德中兴，而纵奴杀良人，将何
yǐ lǐ tiān xià hū chén bù xū chuí qǐng dé zì shā jí
以理天下乎？臣不须箠，请得自杀。”即
yǐ tóu jī yíng liú xuè bèi miàn dì lìng xiǎo huáng mén chí
以头击楹，流血被面。帝令小黄门持
zhī shǐ xuān kòu tóu xiè zhǔ xuān bù cóng qiǎng shǐ dùn zhī
之，使宣叩头谢主，宣不从，强使顿之，
xuān liǎng shǒu jù dì zhōng bù kěn fǔ zhǔ yuē wén shū wéi
宣两手据地，终不肯俯。主曰：“文叔为
bái yī shí cáng wáng nì sǐ lì bù gǎn zhì mén jīn wéi
白衣时，臧亡匿死，吏不敢至门。今为
tiān zǐ wēi bù néng xíng yí lìng hū dì xiào yuē tiān zǐ
天子，威不能行一令乎？”帝笑曰：“天子
bù yǔ bái yī tóng yīn chì qiáng xiàng lìng chū cì qián
不与白衣同。”因敕：“强项令出！”赐钱
sān shí wàn xuān xī yǐ bān zhū lì yóu shì bó jī háo
三十万。宣悉以班诸吏。由是搏击豪
qiáng mò bú zhèn lì jīng shī hào wéi wò hǔ gē zhī
强，莫不震栗。京师号为“卧虎”。歌之
yuē fú gǔ bù míng dǒng shào píng
曰：“枹鼓不鸣董少平。”

zài xiàn wǔ nián nián qī shí sì zú yú guān zhào
在县五年。年七十四，卒于官。诏
qiǎn shǐ zhě lín shì wéi jiàn bù bèi fù shī qī zǐ duì kū
遣使者临视，唯见布被覆尸，妻子对哭，
yǒu dà mài shù hú bì chē yí shèng dì shāng zhī yuē
有大麦数斛，敝车一乘。帝伤之，曰：
dǒng xuān lián jié sǐ nǎi zhī zhī yǐ xuān cháng wéi èr qiān
“董宣廉洁，死乃知之。”以宣尝为二千
shí cì ài shòu zàng yǐ dà fū lǐ
石，赐艾绶，葬以大夫礼。

sì zhī
四 知

nán cháo sòng fàn yè
南朝宋·范晔

yáng zhèn zì bó qǐ hóng nóng huà yīn rén yě zhèn shào
杨震字伯起，弘农华阴人也。震少
hào xué míng jīng bó lǎn wú bù qióng jiū zhū rú wéi zhī
好学，明经博览，无不穷究。诸儒为之
yǔ yuē guān xī kǒng zǐ yáng bó qǐ
语曰：“关西孔子杨伯起。”

dà jiāng jūn dèng zhì wén qí xián ér bì zhī jǔ mào
大将军邓骘闻其贤而辟之，举茂
cái sì qiān jīng zhōu cì shǐ dōng lái tài shǒu dāng zhī jùn
才，四迁荆州刺史、东莱太守。当之郡，
dào jīng chāng yì gù suǒ jǔ jīng zhōu mào cái wáng mì wéi chāng
道经昌邑，故所举荆州茂才王密为昌

yì lìng yè jiàn zhì yè huái jīn shí jīn yǐ wèi zhèn zhèn
邑令，谒见，至夜怀金十斤以遗震。震
yuē gù rén zhī jūn jūn bù zhī gù rén hé yě mì
曰：“故人知君，君不知故人，何也？”密
yuē mù yè wú zhī zhě zhèn yuē tiān zhī shén zhī
曰：“暮夜无知者。”震曰：“天知，神知，
wǒ zhī zǐ zhī hé wèi wú zhī mì kuì ér chū
我知，子知。何谓无知！”密愧而出。

hòu zhuǎn zhuō jùn tài shǒu xìng gōng lián bú shòu sī
后转涿郡太守。性公廉，不受私
yè zǐ sūn cháng shū shí bù xíng gù jiù zhǎng zhě huò yù lìng
谒。子孙常蔬食步行，故旧长者或欲令
wèi kāi chǎn yè zhèn bù kěn yuē shǐ hòu shì chēng wéi qīng
为开产业，震不肯，曰：“使后世称为清
bái lì zǐ sūn yǐ cǐ yí zhī bú yì hòu hū
白吏子孙，以此遗之，不亦厚乎！”

zhāng héng zhuàn
张衡传
nán cháo sòng fàn yè
南朝宋·范晔

zhāng héng zì píng zǐ nán yáng xī è rén yě héng shào
张衡字平子，南阳西鄂人也。衡少
shàn zhǔ wén yóu yú sān fǔ yīn rù jīng shī guān tài xué
善属文，游于三辅，因入京师，观太学，

suì tōng wǔ jīng guàn liù yì suī cái gāo yú shì ér wú
遂通五经，贯六艺。虽才高于世，而无
jiāo shàng zhī qíng cháng cóng róng dàn jìng bú hào jiāo jiē sú
骄尚之情。常从容淡静，不好交接俗
rén yǒng yuán zhōng jǔ xiào lián bù xíng lián bì gōng fǔ bú
人。永元中，举孝廉不行，连辟公府不
jiù shí tiān xià chéng píng rì jiǔ zì wáng hóu yǐ xià mò bù
就。时天下承平日久，自王侯以下莫不
yú chǐ héng nǎi nǐ bān gù liǎng dū zuò èr jīng
逾侈。衡乃拟班固《两都》作《二京
fù yīn yǐ fěng jiàn jīng sī fù huì shí nián nǎi chéng
赋》，因以讽谏。精思傅会，十年乃成。
dà jiāng jūn dèng zhì qí qí cái lěi zhào bú yìng
大将军邓骘奇其才，累召不应。

héng shàn jī qiǎo yóu zhì sī yú tiān wén yīn yáng lì
衡善机巧，尤致思于天文阴阳历
suàn ān dì yǎ wén héng shàn shù xué gōng chē tè zhēng bài láng
算。安帝雅闻衡善术学，公车特征拜郎
zhōng zài qiān wéi tài shǐ lìng suì nǎi yán hé yīn yáng miào
中，再迁为太史令。遂乃研核阴阳，妙
jìn xuán jī zhī zhèng zuò hún tiān yí zhù líng xiàn suàn
尽璇机之正，作浑天仪，著《灵宪》《算
wǎng lùn yán shèn xiáng míng
罔论》，言甚详明。

shùn dì chū zài zhuǎn fù wéi tài shǐ lìng héng bú mù
顺帝初，再转复为太史令。衡不慕

dāng shì suǒ jū zhī guān zhé jī nián bù xǐ zì qù shǐ
当世，所居之官辄积年不徙。自去史
zhí wǔ zǎi fù huán
职，五载复还。

yáng jiā yuán nián fù zào hòu fēng dì dòng yí yǐ jīng
阳嘉元年，复造候风地动仪。以精
tóng zhù chéng yuán jìng bā chǐ hé gài lóng qǐ xíng sì jiǔ
铜铸成，员径八尺，合盖隆起，形似酒
zūn shì yǐ zhuàn wén shān guī niǎo shòu zhī xíng zhōng yǒu dū
尊，饰以篆文山龟鸟兽之形。中有都
zhù páng xíng bā dào shī guān fā jī wài yǒu bā lóng shǒu
柱，傍行八道，施关发机。外有八龙，首
xián tóng wán xià yǒu chán chú zhāng kǒu chéng zhī qí yá jī
衔铜丸，下有蟾蜍，张口承之。其牙机
qiǎo zhì jiē yǐn zài zūn zhōng fù gài zhōu mì wú jì rú
巧制，皆隐在尊中，覆盖周密无际。如
yǒu dì dòng zūn zé zhèn lóng jī fā tǔ wán ér chán chú xián
有地动，尊则振龙，机发吐丸，而蟾蜍衔
zhī zhèn shēng jī yáng sì zhě yīn cǐ jué zhī suī yì lóng
之。振声激扬，伺者因此觉知。虽一龙
fā jī ér qī shǒu bú dòng xún qí fāng miàn nǎi zhī zhèn zhī
发机，而七首不动，寻其方面，乃知震之
suǒ zài yàn zhī yǐ shì hé qì ruò shén zì shū diǎn suǒ
所在。验之以事，合契若神。自书典所
jì wèi zhī yǒu yě cháng yì lóng jī fā ér dì bù jué
记，未之有也。尝一龙机发而地不觉

dòng jīng shī xué zhě xián guài qí wú zhēng hòu shù rì yì
动，京师学者咸怪其无征。后数日驿
zhì guǒ dì zhèn lǒng xī yú shì jiē fú qí miào zì cǐ
至，果地震陇西，于是皆服其妙。自此
yǐ hòu nǎi lìng shǐ guān jì dì dòng suǒ cóng fāng qǐ
以后，乃令史官记地动所从方起。

shí zhèng shì jiàn sǔn quán yí yú xià héng yīn shàng shū
时政事渐损，权移于下，衡因上疏
chén shì hòu qiān shì zhōng dì yǐn zài wéi wò fěng yì zuǒ
陈事。后迁侍中，帝引在帷幄，讽议左
yòu cháng wèn héng tiān xià suǒ jí wù zhě huàn guān jù qí
右。尝问衡天下所疾恶者。宦官惧其
huǐ jǐ jiē gòng mù zhī héng nǎi guǐ duì ér chū yān shù
毁己，皆共目之，衡乃诡对而出。阉竖
kǒng zhōng wéi qí huàn suì gòng chán zhī héng cháng sī tú shēn zhī
恐终为其患，遂共谗之。衡常思图身之
shì yǐ wéi jí xiōng yǐ fú yōu wēi nán míng nǎi zuò sī
事，以为吉凶倚伏，幽微难明，乃作《思
xuán fù yǐ xuān jì qíng zhì
玄赋》以宣寄情志。

yǒng hé chū chū wéi hé jiān xiàng shí guó wáng jiāo
永和初，出为河间相。时国王骄
shē bù zūn diǎn xiàn yòu duō háo yòu gòng wéi bù guǐ héng
奢，不遵典宪；又多豪右，共为不轨。衡
xià chē zhì wēi yán zhěng fǎ dù yīn zhī jiān dǎng míng xìng
下车，治威严，整法度，阴知奸党名姓，

yì shí shōu qín shàng xià sù rán chēng wéi zhèng lǐ shì shì
一时收禽，上下肃然，称为政理。视事
sān nián shàng shū qǐ hái gǔ zhēng bài shàng shū nián liù shí
三年，上书乞骸骨，征拜尚书。年六十
èr yǒng hé sì nián zú
二，永和四年卒。

chén tài qiū yǔ yǒu qī
陈太丘与友期

náncháosòng liú yì qìng
南朝宋·刘义庆

chén tài qiū yǔ yǒu qī xíng qī rì zhōng guò zhōng bú
陈太丘与友期行，期日中，过中不
zhì tài qiū shě qù qù hòu nǎi zhì yuán fāng shí nián qī
至，太丘舍去，去后乃至。元方时年七
suì mén wài xì kè wèn yuán fāng zūn jūn zài fǒu dá
岁，门外戏。客问元方：“尊君在不？”答
yuē dài jūn jiǔ bú zhì yǐ qù yǒu rén biàn nù fēi
曰：“待君久不至，已去。”友人便怒：“非
rén zāi yǔ rén qī xíng xiāng wěi ér qù yuán fāng yuē
人哉！与人期行，相委而去。”元方曰：
jūn yǔ jiā jūn qī rì zhōng rì zhōng bú zhì zé shì wú
“君与家君期日中。日中不至，则是无
xìn duì zǐ mà fù zé shì wú lǐ yǒu rén cán xià chē
信；对子骂父，则是无礼。”友人惭，下车

yǐn zhī yuán fāng rù mén bú gù
引之，元方入门不顾。

yǒng xuě
咏雪
nánchāosòng liú yì qìng
南朝宋·刘义庆

xiè tài fù hán xuě rì nèi jí yǔ ér nǚ jiǎng lùn wén
谢太傅寒雪日内集，与儿女讲论文
yì é ér xuě zhòu gōng xīn rán yuē bái xuě fēn fēn hé
义。俄而雪骤，公欣然曰：“白雪纷纷何
suǒ sì xiōng zǐ hú ér yuē sǎ yán kōng zhōng chā kě
所似？”兄子胡儿曰：“撒盐空中差可
nǐ xiōng nǚ yuē wèi ruò liǔ xù yīn fēng qǐ gōng dà
拟。”兄女曰：“未若柳絮因风起。”公大
xiào lè jí gōng dà xiōng wú yì nǚ zuǒ jiāng jūn wáng níng zhī
笑乐。即公大兄无奕女，左将军王凝之
qī yě
妻也。

chéng chuán
乘船
nánchāosòng liú yì qìng
南朝宋·刘义庆

huà xīn wáng lǎng jù chéng chuán bì nàn yǒu yì rén yù
华歆、王朗俱乘船避难，有一人欲
yī fù xīn zhé nàn zhī lǎng yuē xìng shàng kuān hé wéi
依附，歆辄难之。朗曰：“幸尚宽，何为

bù kě hòu zéi zhuī zhì wáng yù shě suǒ xié rén xīn
不可？”后贼追至，王欲舍所携人。歆
yuē běn suǒ yǐ yí zhèng wèi cǐ ěr jì yǐ nà qí zì
曰：“本所以疑，正为此耳。既以纳其自
tuō nìng kě yǐ jí xiāng qì yé suì xié zhěng rú chū shì
托，宁可以急相弃邪！”遂携拯如初。世
yǐ cǐ dìng huà wáng zhī yōu liè
以此定华、王之优劣。

zhōu chù
周处

náncháosòng liú yì qìng
南朝宋·刘义庆

zhōu chù nián shào shí xiōng qiáng xiá qì wèi xiāng lǐ suǒ
周处年少时，凶强侠气，为乡里所
huàn yòu yì xīng shuǐ zhōng yǒu jiāo shān zhōng yǒu zhān jì hǔ
患。又义兴水中有蛟，山中有邅迹虎，
bìng jiē bào fàn bǎi xìng yì xīng rén wèi wéi sān hèng ér
并皆暴犯百姓。义兴人谓为“三横”，而
chù yóu jù huò shuì chù shā hǔ zhǎn jiāo shí jì sān hèng wéi
处尤剧。或说处杀虎斩蛟，实冀三横唯
yú qí yī chù jí cì shā hǔ yòu rù shuǐ jī jiāo jiāo
余其一。处即刺杀虎，又入水击蛟，蛟
huò fú huò mò xíng shù shí lǐ chù yǔ zhī jù jīng sān rì
或浮或没，行数十里，处与之俱，经三日

sān yè xiāng lǐ jiē wèi yǐ sǐ gēng xiāng qìng jìng shā jiāo
三夜，乡里皆谓已死，更相庆。竟杀蛟
ér chū wén lǐ rén xiāng qìng shǐ zhī wèi rén qíng suǒ huàn yǒu
而出，闻里人相庆，始知为人情所患，有
zì gǎi yì nǎi rù wú xún èr lù píng yuán bú zài zhèng
自改意。乃入吴寻二陆。平原不在，正
jiàn qīng hé jù yǐ qíng gào bìng yún yù zì xiū gǎi ér nián
见清河，具以情告，并云欲自修改而年
yǐ cuō tuó zhōng wú suǒ chéng qīng hé yuē gǔ rén guì
已蹉跎，终无所成。清河曰：“古人贵
zhāo wén xī sǐ kuàng jūn qián tú shàng kě qiě rén huàn zhì
朝闻夕死，况君前途尚可。且人患志
zhī bú lì yì hé yōu lìng míng bù zhāng yé chù suì gǎi
之不立，亦何忧令名不彰邪？”处遂改
lì zhōng wéi zhōng chén
励，终为忠臣。

rén qín jù wáng
人琴俱亡

nán cháo sòng liú yì qìng
南朝宋·刘义庆

wáng zǐ yóu zǐ jìng jù bìng dǔ ér zǐ jìng xiān wáng
王子猷、子敬俱病笃，而子敬先亡。
zǐ yóu wèn zuǒ yòu hé yǐ dōu bù wén xiāo xī cǐ yǐ
子猷问左右：“何以都不闻消息？此已

sàng yǐ　yǔ shí liǎo bù bēi　biàn suǒ yú lái bēn sāng　dōu
丧矣。”语时了不悲。便索舆来奔丧，都
bù kū　zǐ jìng sù hào qín　biàn jìng rù zuò líng chuáng shàng
不哭。子敬素好琴，便径入坐灵床上，
qǔ zǐ jìng qín tán　xián jì bù tiáo　zhì dì yún　zǐ jìng
取子敬琴弹，弦既不调，掷地云：“子敬
zǐ jìng　rén qín jù wáng　yīn tòng jué liáng jiǔ　yuè yú yì
子敬，人琴俱亡。”因恸绝良久，月余亦
zú
卒。

dá xiè zhōng shū shū
答谢中书书

nán cháo liáng　táo hóng jǐng
南朝梁·陶弘景

shān chuān zhī měi　gǔ lái gòng tán　gāo fēng rù yún
山川之美，古来共谈。高峰入云，
qīng liú jiàn dǐ　liǎng àn shí bì　wǔ sè jiāo huī　qīng lín
清流见底。两岸石壁，五色交辉。青林
cuì zhú　sì shí jù bèi　xiǎo wù jiāng xiē　yuán niǎo luàn míng
翠竹，四时俱备。晓雾将歇，猿鸟乱鸣；
xī rì yù tuí　chén lín jìng yuè　shí shì yù jiè zhī xiān
夕日欲颓，沉鳞竞跃。实是欲界之仙
dū　zì kāng lè yǐ lái　wèi fù yǒu néng yù qí qí zhě
都。自康乐以来，未复有能与其奇者。

yǔ zhū yuán sī shū

与朱元思书

náncháoliáng wú jūn

南朝梁·吴均

fēng yān jù jìng tiān shān gòng sè cóng liú piāo dàng
风烟俱净，天山共色。从流飘荡，
rèn yì dōng xī zì fù yáng zhì tóng lú yì bǎi xǔ lǐ qí
任意东西。自富阳至桐庐一百许里，奇
shān yì shuǐ tiān xià dú jué
山异水，天下独绝。

shuǐ jiē piǎo bì qiān zhàng jiàn dǐ yóu yú xì shí
水皆缥碧，千丈见底。游鱼细石，
zhí shì wú ài jí tuān shèn jiàn měng làng ruò bēn
直视无碍。急湍甚箭，猛浪若奔。

jiā àn gāo shān jiē shēng hán shù fù shì jìng shàng hù
夹岸高山，皆生寒树，负势竞上，互
xiāng xuān miǎo zhēng gāo zhí zhǐ qiān bǎi chéng fēng quán shuǐ jī
相轩邈，争高直指，千百成峰。泉水激
shí líng líng zuò xiǎng hǎo niǎo xiāng míng yīng yīng chéng yùn chán
石，泠泠作响；好鸟相鸣，嘤嘤成韵。蝉
zé qiān zhuǎn bù qióng yuán zé bǎi jiào wú jué yuān fēi lì tiān
则千转不穷，猿则百叫无绝。鸢飞戾天
zhě wàng fēng xī xīn jīng lún shì wù zhě kuī gǔ wàng fǎn
者，望峰息心；经纶世务者，窥谷忘反。

héng kē shàng bì zài zhòu yóu hūn shū tiáo jiāo yìng yǒu shí jiàn
横柯上蔽，在昼犹昏；疏条交映，有时见
rì
日。

sān xiá
三峡
běi wèi lì dàoyuán
北魏·郦道元

zì sān xiá qī bǎi lǐ zhōng liǎng àn lián shān lüè wú
自三峡七百里中，两岸连山，略无
quē chù chóng yán dié zhàng yǐn tiān bì rì zì fēi tíng wǔ
阙处。重岩叠嶂，隐天蔽日，自非亭午
yè fēn bú jiàn xī yuè
夜分，不见曦月。

zhì yú xià shuǐ xiāng líng yán sù zǔ jué huò wáng mìng
至于夏水襄陵，沿溯阻绝。或王命
jí xuān yǒu shí zhāo fā bái dì mù dào jiāng líng qí jiān qiān
急宣，有时朝发白帝，暮到江陵，其间千
èr bǎi lǐ suī chéng bēn yù fēng bù yǐ jí yě
二百里，虽乘奔御风，不以疾也。

chūn dōng zhī shí zé sù tuān lǜ tán huí qīng dào yǐng
春冬之时，则素湍绿潭，回清倒影。
jué yǎn duō shēng guài bǎi xuán quán pù bù fēi shù qí jiān
绝巘多生怪柏，悬泉瀑布，飞漱其间。

qīng róng jùn mào liáng duō qù wèi
清荣峻茂，良多趣味。

měi zhì qíng chū shuāng dàn lín hán jiàn sù cháng yǒu gāo
每至晴初霜旦，林寒涧肃，常有高
yuán cháng xiào zhǔ yǐn qī yì kōng gǔ chuán xiǎng āi zhuǎn jiǔ
猿长啸，属引凄异，空谷传响，哀转久
jué gù yú zhě gē yuē bā dōng sān xiá wū xiá cháng yuán
绝。故渔者歌曰：“巴东三峡巫峡长，猿
míng sān shēng lèi zhān cháng
鸣三声泪沾裳。”

āi jiāng nán fù xù
哀江南赋序

běi zhōu yǔ xìn
北周·庾信

yuè yǐ wù chén zhī nián jiàn hài zhī yuè dà dào yí
粤以戊辰之年，建亥之月，大盗移
guó jīn líng wǎ jiě yú nǎi cuàn shēn huāng gǔ gōng sī tú
国，金陵瓦解。余乃窜身荒谷，公私涂
tàn huà yáng bēn mìng yǒu qù wú guī zhōng xīng dào xiāo qióng
炭。华阳奔命，有去无归，中兴道销，穷
yú jiǎ xū sān rì kū yú dū tíng sān nián qiú yú bié guǎn
于甲戌，三日哭于都亭，三年囚于别馆。
tiān dào zhōu xīng wù jí bù fǎn fù xiè zhī dàn bēi shēn
天道周星，物极不反。傅燮之但悲身

shì wú chù qiú shēng yuán ān zhī měi niàn wáng shì zì rán liú
世，无处求生；袁安之每念王室，自然流
tì xī huán jūn shān zhī zhì shì dù yuán kǎi zhī píng shēng
涕。昔桓君山之志事，杜元凯之平生，
bìng yǒu zhù shū xián néng zì xù pān yuè zhī wén cǎi shǐ
并有著书，咸能自序。潘岳之文采，始
shù jiā fēng lù jī zhī cí fù xiān chén shì dé xìn nián
述家风；陆机之辞赋，先陈世德。信年
shǐ èr máo jí féng sāng luàn miǎo shì liú lí zhì yú mù
始二毛，即逢丧乱，藐是流离，至于暮
chǐ yān gē yuǎn bié bēi bú zì shēng chǔ lǎo xiāng
齿。《燕歌》远别，悲不自胜；楚老相
féng qì jiāng hé jí wèi nán shān zhī yǔ hū jiàn qín tíng
逢，泣将何及！畏南山之雨，忽践秦庭；
ràng dōng hǎi zhī bīn suì cān zhōu sù xià tíng piāo bó gāo
让东海之滨，遂餐周粟。下亭漂泊，高
qiáo jī lǚ chǔ gē fēi qǔ lè zhī fāng lǔ jiǔ wú wàng yōu
桥羁旅；楚歌非取乐之方，鲁酒无忘忧
zhī yòng zhuī wéi cǐ fù liáo yǐ jì yán bù wú wēi kǔ
之用。追为此赋，聊以记言，不无危苦
zhī cí wéi yǐ bēi āi wéi zhǔ
之辞，惟以悲哀为主。

rì mù tú yuǎn rén jiān hé shì jiāng jūn yí qù
日暮途远，人间何世？将军一去，
dà shù piāo líng zhuàng shì bù huán hán fēng xiāo sè jīng bì
大树飘零；壮士不还，寒风萧瑟。荆璧

nì zhù shòu lián chéng ér jiàn qī zǎi shū héng jiē pěng zhū pán
睨柱，受连城而见欺；载书横阶，捧珠盘
ér bú dìng zhōng yí jūn zǐ rù jiù nán guān zhī qiú jì
而不定。锺仪君子，入就南冠之囚；季
sūn xíng rén liú shǒu xī hé zhī guǎn shēn bāo xū zhī dùn
孙行人，留守西河之馆。申包胥之顿
dì suì zhī yǐ shǒu cài wēi gōng zhī lèi jìn jiā zhī yǐ
地，碎之以首；蔡威公之泪尽，加之以
xuè diào tái yí liǔ fēi yù guān zhī kě wàng huá tíng hè
血。钓台移柳，非玉关之可望；华亭鹤
lì qǐ hé qiáo zhī kě wén
唳，岂河桥之可闻！

sūn cè yǐ tiān xià wéi sān fēn zhòng cái yì lǚ xiàng
孙策以天下为三分，众才一旅；项
jí yòng jiāng dōng zhī zǐ dì rén wéi bā qiān suì nǎi fēn liè
籍用江东之子弟，人惟八千；遂乃分裂
shān hé zǎi gē tiān xià qǐ yǒu bǎi wàn yì shī yì zhāo
山河，宰割天下。岂有百万义师，一朝
juǎn jiǎ shān yí zhǎn fá rú cǎo mù yān jiāng huái wú yá
卷甲；芟夷斩伐，如草木焉！江淮无涯
àn zhī zǔ tíng bì wú fān lí zhī gù tóu huì jī liǎn
岸之阻，亭壁无藩篱之固。头会箕敛
zhě hé zòng dì jiāo chú yōu jí qín zhě yīn lì chéng biàn
者，合从缔交；锄耰棘矜者，因利乘便。
jiāng fēi jiāng biǎo wáng qì zhōng yú sān bǎi nián hū shì zhī bìng
将非江表王气，终于三百年乎？是知并

tūn liù hé bù miǎn zhǐ dào zhī zāi hùn yì chē shū wú jiù
吞六合，不免轵道之灾；混一车书，无救
píng yáng zhī huò wū hū shān yuè bēng tuí jì lǚ wēi wáng
平阳之祸。呜呼！山岳崩颓，既履危亡
zhī yùn chūn qiū dié dài bì yǒu qù gù zhī bēi tiān yì
之运；春秋迭代，必有去故之悲。天意
rén shì kě yǐ qī chuàng shāng xīn zhě yǐ kuàng fù zhōu jí
人事，可以凄怆伤心者矣。况复舟楫
lù qióng xīng hàn fēi chéng chá kě shàng fēng biāo dào zǔ péng
路穷，星汉非乘槎可上；风飙道阻，蓬
lái wú kě dào zhī qī qióng zhě yù dá qí yán láo zhě xū
莱无可到之期。穷者欲达其言，劳者须
gē qí shì lù shì héng wén ér fǔ zhǎng shì suǒ gān xīn
歌其事。陆士衡闻而抚掌，是所甘心；
zhāng píng zǐ jiàn ér lòu zhī gù qí yí yǐ
张平子见而陋之，固其宜矣。

国学经典诵读

古文选

下

蔡艳红　选编

中州古籍出版社

·郑州·

téng wáng gé xù bìng shī

滕王阁序（并诗）

táng wáng bó
唐·王勃

yù zhāng gù jùn hóng dū xīn fǔ xīng fēn yì zhěn dì
豫章故郡，洪都新府；星分翼轸，地
jiē héng lú jīn sān jiāng ér dài wǔ hú kòng mán jīng ér yǐn
接衡庐。襟三江而带五湖，控蛮荆而引
ōu yuè wù huá tiān bǎo lóng guāng shè niú dǒu zhī xū rén
瓯越。物华天宝，龙光射牛斗之墟；人
jié dì líng xú rú xià chén fān zhī tà xióng zhōu wù liè
杰地灵，徐孺下陈蕃之榻。雄州雾列，
jùn cǎi xīng chí tái huáng zhěn yí xià zhī jiāo bīn zhǔ jìn dōng
俊采星驰。台隍枕夷夏之交，宾主尽东
nán zhī měi dū dū yán gōng zhī yǎ wàng qǐ jǐ yáo lín
南之美。都督阎公之雅望，棨戟遥临；
yǔ wén xīn zhōu zhī yì fàn chān wéi zàn zhù shí xún xiū
宇文新州之懿范，襜帷暂驻。十旬休
jià shèng yǒu rú yún qiān lǐ féng yíng gāo péng mǎn zuò téng
假，胜友如云；千里逢迎，高朋满座。腾
jiāo qǐ fèng mèng xué shì zhī cí zōng zǐ diàn qīng shuāng wáng
蛟起凤，孟学士之词宗；紫电青霜，王
jiāng jūn zhī wǔ kù jiā jūn zuò zǎi lù chū míng qū tóng
将军之武库。家君作宰，路出名区。童

zǐ hé zhī gōng féng shèng jiàn
子何知，躬逢胜饯。

shí wéi jiǔ yuè xù shǔ sān qiū lǎo shuǐ jìn ér hán tán qīng yān guāng níng ér mù shān zǐ yǎn cān fēi yú shàng lù fǎng fēng jǐng yú chóng ē lín dì zǐ zhī cháng zhōu dé tiān rén zhī jiù guǎn céng luán sǒng cuì shàng chū chóng xiāo fēi gé liú dān xià lín wú dì hè tīng fú zhǔ qióng dǎo yǔ zhī yíng huí guì diàn lán gōng jí gāng luán zhī tǐ shì
时维九月，序属三秋。潦水尽而寒潭清，烟光凝而暮山紫。俨骖𬴂于上路，访风景于崇阿。临帝子之长洲，得天人之旧馆。层峦耸翠，上出重霄；飞阁流丹，下临无地。鹤汀凫渚，穷岛屿之萦回；桂殿兰宫，即冈峦之体势。

pī xiù tà fǔ diāo méng shān yuán kuàng qí yíng shì chuān zé yū qí hài zhǔ lǘ yán pū dì zhōng míng dǐng shí zhī jiā gě jiàn mí jīn qīng què huáng lóng zhī zhú yún xiāo yǔ jì cǎi chè qū míng luò xiá yǔ gū wù qí fēi qiū shuǐ gòng cháng tiān yí sè yú zhōu chàng wǎn xiǎng qióng péng lí zhī bīn yàn zhèn jīng hán shēng duàn héng yáng zhī pǔ
披绣闼，俯雕甍，山原旷其盈视，川泽纡其骇瞩。闾阎扑地，钟鸣鼎食之家；舸舰迷津，青雀黄龙之舳。云销雨霁，彩彻区明。落霞与孤鹜齐飞，秋水共长天一色。渔舟唱晚，响穷彭蠡之滨；雁阵惊寒，声断衡阳之浦。

yáo jīn fǔ chàng yì xīng chuán fēi shuǎng lài fā ér
遥襟甫畅，逸兴遄飞。爽籁发而
qīng fēng shēng xiān gē níng ér bái yún è suī yuán lǜ zhú
清风生，纤歌凝而白云遏。睢园绿竹，
qì líng péng zé zhī zūn yè shuǐ zhū huá guāng zhào lín chuān zhī
气凌彭泽之樽；邺水朱华，光照临川之
bǐ sì měi jù èr nán bìng qióng dì miǎn yú zhōng tiān
笔。四美具，二难并。穷睇眄于中天，
jí yú yóu yú xiá rì tiān gāo dì jiǒng jué yǔ zhòu zhī wú
极娱游于暇日。天高地迥，觉宇宙之无
qióng xìng jìn bēi lái shí yíng xū zhī yǒu shù wàng cháng ān
穷；兴尽悲来，识盈虚之有数。望长安
yú rì xià mù wú kuài yú yún jiān dì shì jí ér nán míng
于日下，目吴会于云间。地势极而南溟
shēn tiān zhù gāo ér běi chén yuǎn guān shān nán yuè shuí bēi
深，天柱高而北辰远。关山难越，谁悲
shī lù zhī rén píng shuǐ xiāng féng jìn shì tā xiāng zhī kè
失路之人；萍水相逢，尽是他乡之客。
huái dì hūn ér bú jiàn fèng xuān shì yǐ hé nián
怀帝阍而不见，奉宣室以何年？

jiē hū shí yùn bù jì mìng tú duō chuǎn féng táng
嗟乎！时运不齐，命途多舛。冯唐
yì lǎo lǐ guǎng nán fēng qū jiǎ yì yú cháng shā fēi wú
易老，李广难封。屈贾谊于长沙，非无
shèng zhǔ cuàn liáng hóng yú hǎi qū qǐ fá míng shí suǒ lài
圣主；窜梁鸿于海曲，岂乏明时？所赖

jūn zǐ jiàn jī dá rén zhī mìng lǎo dāng yì zhuàng nìng yí
君子见机，达人知命。老当益壮，宁移
bái shǒu zhī xīn qióng qiě yì jiān bú zhuì qīng yún zhī zhì
白首之心；穷且益坚，不坠青云之志。
zhuó tān quán ér jué shuǎng chǔ hé zhé yǐ yóu huān běi hǎi
酌贪泉而觉爽，处涸辙以犹欢。北海
suī shē fú yáo kě jiē dōng yú yǐ shì sāng yú fēi wǎn
虽赊，扶摇可接；东隅已逝，桑榆非晚。
mèngcháng gāo jié kōng yú bào guó zhī qíng ruǎn jí chāngkuáng
孟尝高洁，空余报国之情；阮籍猖狂，
qǐ xiào qióng tú zhī kū
岂效穷途之哭？

bó sān chǐ wēi mìng yí jiè shū shēng wú lù qǐng
勃，三尺微命，一介书生。无路请
yīng děngzhōng jūn zhī ruò guàn yǒu huái tóu bǐ mù zōng què zhī
缨，等终军之弱冠；有怀投笔，慕宗悫之
cháng fēng shě zān hù yú bǎi líng fèng chén hūn yú wàn lǐ
长风。舍簪笏于百龄，奉晨昏于万里；
fēi xiè jiā zhī bǎo shù jiē mèng shì zhī fāng lín tā rì qū
非谢家之宝树，接孟氏之芳邻。他日趋
tíng tāo péi lǐ duì jīn zī pěng mèi xǐ tuō lóng mén yáng
庭，叨陪鲤对；今兹捧袂，喜托龙门。杨
yì bù féng fǔ líng yún ér zì xī zhōng qī jì yù zòu liú
意不逢，抚凌云而自惜；钟期既遇，奏流
shuǐ yǐ hé cán
水以何惭？

wū hū shèng dì bù cháng shèng yán nán zài lán tíng

鸣呼！胜地不常，盛筵难再；兰亭

yǐ yǐ zǐ zé qiū xū lín bié zèng yán xìng chéng ēn yú

已矣，梓泽丘墟。临别赠言，幸承恩于

wěi jiàn dēng gāo zuò fù shì suǒ wàng yú qún gōng gǎn jié

伟饯；登高作赋，是所望于群公。敢竭

bǐ huái gōng shū duǎn yǐn yì yán jūn fù sì yùn jù chéng

鄙怀，恭疏短引，一言均赋，四韵俱成。

qǐng sǎ pān jiāng gè qīng lù hǎi yún ěr

请洒潘江，各倾陆海云尔！

téngwáng gāo gé lín jiāng zhǔ pèi yù míng luán bà gē wǔ

滕王高阁临江渚，佩玉鸣銮罢歌舞。

huà dòng zhāo fēi nán pǔ yún zhū lián mù juǎn xī shān yǔ

画栋朝飞南浦云，珠帘暮卷西山雨。

xián yún tán yǐng rì yōu yōu wù huàn xīng yí jǐ dù qiū

闲云潭影日悠悠，物换星移几度秋。

gé zhōng dì zǐ jīn hé zài jiàn wài cháng jiāng kōng zì liú

阁中帝子今何在？槛外长江空自流。

shānzhōng yǔ péi xiù cái dí shū

山中与裴秀才迪书

táng wáng wéi

唐·王维

jìn là yuè xià jǐng qì hé chàng gù shān shū kě guò

近腊月下，景气和畅，故山殊可过。

zú xià fāng wēn jīng wěi bù gǎn xiāng fán zhé biàn wǎng shān zhōng
足下方温经，猥不敢相烦，辄便往山中，
qì gǎn pèi sì yǔ shān sēng fàn qì ér qù
憩感配寺，与山僧饭讫而去。

běi shè xuán bà qīng yuè yìng guō yè dēng huà zǐ
北涉玄灞，清月映郭。夜登华子
gāng wǎng shuǐ lún lián yǔ yuè shàng xià hán shān yuǎn huǒ míng
冈，辋水沦涟，与月上下。寒山远火，明
miè lín wài shēn xiàng hán quǎn fèi shēng rú bào cūn xū yè
灭林外。深巷寒犬，吠声如豹。村墟夜
chōng fù yǔ shū zhōng xiāng jiàn cǐ shí dú zuò tóng pú jìng
舂，复与疏钟相间。此时独坐，僮仆静
mò duō sī nǎng xī xié shǒu fù shī bù zè jìng lín qīng liú
默，多思曩昔携手赋诗，步仄径，临清流
yě
也。

dāng dài chūn zhōng cǎo mù màn fā chūn shān kě wàng qīng
当待春中，草木蔓发，春山可望，轻
tiáo chū shuǐ bái ōu jiǎo yì lù shī qīng gāo mài lǒng zhāo
鲦出水，白鸥矫翼，露湿青皋，麦陇朝
gòu sī zhī bù yuǎn tǎng néng cóng wǒ yóu hū fēi zǐ tiān
雊，斯之不远，傥能从我游乎？非子天
jī qīng miào zhě qǐ néng yǐ cǐ bù jí zhī wù xiāng yāo rán
机清妙者，岂能以此不急之务相邀？然
shì zhōng yǒu shēn qù yǐ wú hū yīn tuó huáng bò rén
是中有深趣矣！无忽。因驮黄檗人

wǎng bù yī shānzhōng rén wáng wéi bái
往，不一。山中人王维白。

huáng hè lóu
黄鹤楼

táng yán bó lǐ
唐·阎伯理

zhōu chéng xī nán yú yǒu huáng hè lóu zhě tú
州城西南隅，有黄鹤楼者。《图
jīng yún fèi yī dēng xiān cháng jià huáng hè fǎn qì yú
经》云："费祎登仙，尝驾黄鹤返憩于
cǐ suì yǐ míng lóu shì liè shén xiān zhī zhuàn jì cún
此，遂以名楼。"事列《神仙》之传，迹存
shù yì zhī zhì guān qí sǒng gòu wēi é gāo biāo lóng
《述异》之志。观其耸构巍峨，高标巃
zōng shàng yǐ hé hàn xià lín jiāng liú chóng yán yì guǎn sì
嵸，上倚河汉，下临江流；重檐翼馆，四
tà xiá chǎng zuò kuī jǐng yì fǔ pāi yún yān yì jīng wú xíng
闼霞敞；坐窥井邑，俯拍云烟：亦荆吴形
shèng zhī zuì yě
胜之最也。

shī shuō

师说

táng hán yù

唐·韩愈

gǔ zhī xué zhě bì yǒu shī shī zhě suǒ yǐ chuán dào
古之学者必有师。师者，所以传道
shòu yè jiě huò yě rén fēi shēng ér zhī zhī zhě shú néng wú
受业解惑也。人非生而知之者，孰能无
huò huò ér bù cóng shī qí wéi huò yě zhōng bù jiě yǐ
惑？惑而不从师，其为惑也，终不解矣。
shēng hū wú qián qí wén dào yě gù xiān hū wú wú cóng ér
生乎吾前，其闻道也固先乎吾，吾从而
shī zhī shēng hū wú hòu qí wén dào yě yì xiān hū wú wú
师之；生乎吾后，其闻道也亦先乎吾，吾
cóng ér shī zhī wú shī dào yě fú yōng zhī qí nián zhī xiān
从而师之。吾师道也，夫庸知其年之先
hòu shēng yú wú hū shì gù wú guì wú jiàn wú zhǎng wú
后生于吾乎？是故无贵无贱，无长无
shào dào zhī suǒ cún shī zhī suǒ cún yě
少，道之所存，师之所存也。

jiē hū shī dào zhī bù chuán yě jiǔ yǐ yù rén
嗟乎！师道之不传也久矣！欲人
zhī wú huò yě nán yǐ gǔ zhī shèng rén qí chū rén yě yuǎn
之无惑也难矣！古之圣人，其出人也远

yǐ yóu qiě cóng shī ér wèn yān jīn zhī zhòng rén qí xià shèng
矣，犹且从师而问焉；今之众人，其下圣
rén yě yì yuǎn yǐ ér chǐ xué yú shī shì gù shèng yì
人也亦远矣，而耻学于师。是故圣益
shèng yú yì yú shèng rén zhī suǒ yǐ wéi shèng yú rén zhī
圣，愚益愚。圣人之所以为圣，愚人之
suǒ yǐ wéi yú qí jiē chū yú cǐ hū ài qí zǐ zé
所以为愚，其皆出于此乎？爱其子，择
shī ér jiào zhī yú qí shēn yě zé chǐ shī yān huò yǐ
师而教之；于其身也，则耻师焉，惑矣。
bǐ tóng zǐ zhī shī shòu zhī shū ér xí qí jù dòu zhě fēi
彼童子之师，授之书而习其句读者，非
wú suǒ wèi chuán qí dào jiě qí huò zhě yě jù dòu zhī bù
吾所谓传其道解其惑者也。句读之不
zhī huò zhī bù jiě huò shī yān huò fǒu yān xiǎo xué ér
知，惑之不解，或师焉，或不焉，小学而
dà yí wú wèi jiàn qí míng yě wū yī yuè shī bǎi gōng zhī
大遗，吾未见其明也。巫医乐师百工之
rén bù chǐ xiāng shī shì dà fū zhī zú yuē shī yuē dì
人，不耻相师。士大夫之族，曰师曰弟
zǐ yún zhě zé qún jù ér xiào zhī wèn zhī zé yuē
子云者，则群聚而笑之。问之，则曰：
bǐ yǔ bǐ nián xiāng ruò yě dào xiāng sì yě wèi bēi zé zú
“彼与彼年相若也，道相似也，位卑则足
xiū guān shèng zé jìn yú wū hū shī dào zhī bú fù
羞，官盛则近谀。”呜呼！师道之不复，

kě zhī yǐ wū yī yuè shī bǎi gōng zhī rén jūn zǐ bù
可知矣。巫医乐师百工之人，君子不
chǐ jīn qí zhì nǎi fǎn bù néng jí qí kě guài yě yú
齿，今其智乃反不能及，其可怪也欤！

shèng rén wú cháng shī kǒng zǐ shī tán zǐ cháng hóng
圣人无常师。孔子师郯子、苌弘、
shī xiāng lǎo dān tán zǐ zhī tú qí xián bù jí kǒng zǐ
师襄、老聃。郯子之徒，其贤不及孔子。
kǒng zǐ yuē sān rén xíng zé bì yǒu wǒ shī shì gù dì
孔子曰：三人行，则必有我师。是故弟
zǐ bú bì bù rú shī shī bú bì xián yú dì zǐ wén dào
子不必不如师，师不必贤于弟子，闻道
yǒu xiān hòu shù yè yǒu zhuān gōng rú shì ér yǐ
有先后，术业有专攻，如是而已。

lǐ shì zǐ pán nián shí qī hào gǔ wén liù yì jīng
李氏子蟠，年十七，好古文，六艺经
zhuàn jiē tōng xí zhī bù jū yú shí xué yú yú yú jiā
传皆通习之，不拘于时，学于余。余嘉
qí néng xíng gǔ dào zuò shī shuō yǐ yí zhī
其能行古道，作《师说》以贻之。

mǎ shuō

马说

táng hán yù

唐·韩愈

shì yǒu bó lè rán hòu yǒu qiān lǐ mǎ qiān lǐ mǎ

世有伯乐，然后有千里马。千里马

cháng yǒu ér bó lè bù cháng yǒu gù suī yǒu míng mǎ zhǐ

常有，而伯乐不常有。故虽有名马，祇

rǔ yú nú lì rén zhī shǒu pián sǐ yú cáo lì zhī jiān bù

辱于奴隶人之手，骈死于槽枥之间，不

yǐ qiān lǐ chēng yě

以千里称也。

mǎ zhī qiān lǐ zhě yì shí huò jìn sù yì shí sì

马之千里者，一食或尽粟一石。食

mǎ zhě bù zhī qí néng qiān lǐ ér sì yě shì mǎ yě suī

马者不知其能千里而食也。是马也，虽

yǒu qiān lǐ zhī néng shí bù bǎo lì bù zú cái měi bú wài

有千里之能，食不饱，力不足，才美不外

xiàn qiě yù yǔ cháng mǎ děng bù kě dé ān qiú qí néng qiān

见，且欲与常马等不可得，安求其能千

lǐ yě

里也？

cè zhī bù yǐ qí dào sì zhī bù néng jìn qí cái

策之不以其道，食之不能尽其材，

míng zhī ér bù néng tōng qí yì zhí cè ér lín zhī yuē
鸣之而不能通其意，执策而临之，曰：
tiān xià wú mǎ wū hū qí zhēn wú mǎ yé qí zhēn
“天下无马！”呜呼！其真无马邪？其真
bù zhī mǎ yě
不知马也。

bǔ shé zhě shuō
捕蛇者说

táng liǔ zōngyuán
唐·柳宗元

yǒng zhōu zhī yě chǎn yì shé hēi zhì ér bái zhāng chù
永州之野产异蛇，黑质而白章；触
cǎo mù jìn sǐ yǐ niè rén wú yù zhī zhě rán dé ér
草木，尽死；以啮人，无御之者。然得而
xī zhī yǐ wéi ěr kě yǐ yǐ dà fēng luán wǎn lòu lì
腊之以为饵，可以已大风、挛踠、瘘、疠，
qù sǐ jī shā sān chóng qí shǐ tài yī yǐ wáng mìng jù
去死肌，杀三虫。其始，太医以王命聚
zhī suì fù qí èr mù yǒu néng bǔ zhī zhě dàng qí zū
之，岁赋其二，募有能捕之者，当其租
rù yǒng zhī rén zhēng bēn zǒu yān
入。永之人争奔走焉。

yǒu jiǎng shì zhě zhuān qí lì sān shì yǐ wèn zhī
有蒋氏者，专其利三世矣。问之，

zé yuē wú zǔ sǐ yú shì wú fù sǐ yú shì jīn wú
则曰："吾祖死于是，吾父死于是。今吾
sì wéi zhī shí èr nián jī sǐ zhě shuò yǐ yán zhī mào
嗣为之十二年，几死者数矣。"言之，貌
ruò shèn qī zhě
若甚戚者。

yú bēi zhī qiě yuē ruò dú zhī hū yú jiāng gào
余悲之，且曰："若毒之乎？余将告
yú lì shì zhě gēng ruò yì fù ruò fù zé hé rú
于莅事者，更若役，复若赋，则何如？"

jiǎng shì dà qī wāng rán chū tì yuē jūn jiāng āi ér
蒋氏大戚，汪然出涕曰："君将哀而
shēng zhī hū zé wú sī yì zhī bú xìng wèi ruò fù wú fù
生之乎？则吾斯役之不幸，未若复吾赋
bú xìng zhī shèn yě xiàng wú bù wéi sī yì zé jiǔ yǐ bìng
不幸之甚也。向吾不为斯役，则久已病
yǐ zì wú shì sān shì jū shì xiāng jī yú jīn liù shí suì
矣。自吾氏三世居是乡，积于今六十岁
yǐ ér xiāng lín zhī shēng rì cù dān qí dì zhī chū jié qí
矣，而乡邻之生日蹙，殚其地之出，竭其
lú zhī rù háo hū ér zhuǎn xǐ jī kě ér dùn bó chù fēng
庐之入，号呼而转徙，饥渴而顿踣，触风
yǔ fàn hán shǔ hū xū dú lì wǎngwǎng ér sǐ zhě xiāng jiè
雨，犯寒暑，呼嘘毒疠，往往而死者相藉
yě nǎng yǔ wú zǔ jū zhě jīn qí shì shí wú yī yān
也。曩与吾祖居者，今其室十无一焉；

yǔ wú fù jū zhě jīn qí shì shí wú èr sān yān yǔ wú
与吾父居者，今其室十无二三焉；与吾
jū shí èr nián zhě jīn qí shì shí wú sì wǔ yān fēi sǐ
居十二年者，今其室十无四五焉。非死
zé xǐ ěr ér wú yǐ bǔ shé dú cún hàn lì zhī lái
则徙尔。而吾以捕蛇独存。悍吏之来
wú xiāng jiào xiāo hū dōng xī huī tū hū nán běi huá rán ér
吾乡，叫嚣乎东西，隳突乎南北，哗然而
hài zhě suī jī gǒu bù dé níng yān wú xún xún ér qǐ
骇者，虽鸡狗不得宁焉。吾恂恂而起，
shì qí fǒu ér wú shé shàng cún zé chí rán ér wò jǐn
视其缶，而吾蛇尚存，则弛然而卧。谨
sì zhī shí ér xiàn yān tuì ér gān shí qí tǔ zhī yǒu
食之，时而献焉。退而甘食其土之有，
yǐ jìn wú chǐ gài yí suì zhī fàn sǐ zhě èr yān qí
以尽吾齿。盖一岁之犯死者二焉；其
yú zé xī xī ér lè qǐ ruò wú xiāng lín zhī dàn dàn yǒu
余，则熙熙而乐。岂若吾乡邻之旦旦有
shì zāi jīn suī sǐ hū cǐ bǐ wú xiāng lín zhī sǐ zé yǐ
是哉！今虽死乎此，比吾乡邻之死则已
hòu yǐ yòu ān gǎn dú yé
后矣，又安敢毒邪？”

yú wén ér yù bēi kǒng zǐ yuē kē zhè měng yú
余闻而愈悲。孔子曰：“苛政猛于
hǔ yě wú cháng yí hū shì jīn yǐ jiǎng shì guān zhī yóu
虎也。”吾尝疑乎是，今以蒋氏观之，犹

xìn wū hū shú zhī fù liǎn zhī dú yǒu shèn shì shé zhě
信。呜呼！孰知赋敛之毒有甚是蛇者
hū gù wéi zhī shuō yǐ sì fú guān rén fēng zhě dé yān
乎！故为之说，以俟夫观人风者得焉。

duàn tài wèi yì shì zhuàng

段太尉逸事状

táng liǔ zōngyuán
唐·柳宗元

tài wèi shǐ wéi jīng zhōu cì shǐ shí fén yáng wáng yǐ fù
太尉始为泾州刺史时，汾阳王以副
yuán shuài jū pú wáng zǐ xī wéi shàng shū lǐng xíng yíng jié dù
元帅居蒲。王子晞为尚书，领行营节度
shǐ yù jūn bīn zhōu zòng shì zú wú lài bīn rén tōu shì
使，寓军邠州，纵士卒无赖。邠人偷嗜
bào è zhě shuài yǐ huò cuàn míng jūn wǔ zhōng zé sì zhì lì
暴恶者，率以货窜名军伍中，则肆志，吏
bù dé wèn rì qún xíng gài qǔ yú shì bú qiè zhé fèn
不得问。日群行丐取于市，不嗛，辄奋
jī zhé rén shǒu zú chuí fǔ lì wèng àng yíng dào shàng tǎn bì
击折人手足，椎釜鬲瓮盎盈道上，袒臂
xú qù zhì zhuàng shā yùn fù rén bīn níng jié dù shǐ bái
徐去，至撞杀孕妇人。邠宁节度使白
xiào dé yǐ wáng gù qī bù gǎn yán
孝德以王故，戚不敢言。

tài wèi zì zhōu yǐ zhuàng bái fǔ yuàn jì shì zhì
太尉自州以状白府，愿计事。至
zé yuē tiān zǐ yǐ shēng rén fù gōng lǐ gōng jiàn rén bèi bào
则曰："天子以生人付公理，公见人被暴
hài yīn tián rán qiě dà luàn ruò hé xiào dé yuē yuàn
害，因恬然；且大乱，若何？"孝德曰："愿
fèng jiào tài wèi yuē mǒu wéi jīng zhōu shèn shì shǎo shì
奉教。"太尉曰："某为泾州，甚适，少事。
jīn bù rěn rén wú kòu bào sǐ yǐ luàn tiān zǐ biān shì gōng
今不忍人无寇暴死，以乱天子边事。公
chéng yǐ dū yú hòu mìng mǒu zhě néng wèi gōng yǐ luàn shǐ gōng
诚以都虞候命某者，能为公已乱，使公
zhī rén bù dé hài xiào dé yuē xìng shèn rú tài wèi
之人不得害。"孝德曰："幸甚！"如太尉
qǐng
请。

jì shǔ yī yuè xī jūn shì shí qī rén rù shì qǔ
既署一月，晞军士十七人入市取
jiǔ yòu yǐ rèn cì jiǔ wēng huài niàng qì jiǔ liú gōu zhōng
酒，又以刃刺酒翁，坏酿器，酒流沟中。
tài wèi liè zú qǔ shí qī rén jiē duàn tóu zhù shuò shàng zhí
太尉列卒取十七人，皆断头注槊上，植
shì mén wài xī yì yíng dà zào jìn jiǎ xiào dé zhèn
市门外。晞一营大噪，尽甲。孝德震
kǒng zhào tài wèi yuē jiāng nài hé tài wèi yuē wú
恐，召太尉曰："将奈何？"太尉曰："无

shāng yě qǐng cí yú jūn xiào dé shǐ shù shí rén cóng tài
伤也。请辞于军。”孝德使数十人从太

wèi tài wèi jìn cí qù jiě pèi dāo xuǎn lǎo bì zhě yì
尉，太尉尽辞去。解佩刀，选老躄者一

rén chí mǎ zhì xī mén xià jiǎ zhě chū tài wèi xiào qiě
人持马，至晞门下。甲者出，太尉笑且

rù yuē shā yī lǎo zú hé jiǎ yě wú dài wú tóu lái
入曰：“杀一老卒，何甲也？吾戴吾头来

yǐ jiǎ zhě è yīn yù yuē shàng shū gù fù ruò shǔ
矣！”甲者愕。因谕曰：“尚书固负若属

yé fù yuán shuài gù fù ruò shǔ yé nài hé yù yǐ luàn
耶？副元帅固负若属耶？奈何欲以乱

bài guō shì wèi bái shàng shū chū tīng wǒ yán
败郭氏？为白尚书，出听我言。”

xī chū jiàn tài wèi tài wèi yuē fù yuán shuài xūn sè
晞出见太尉，太尉曰：“副元帅勋塞

tiān dì dāng wù shǐ zhōng jīn shàng shū zì zú wéi bào bào
天地，当务始终。今尚书恣卒为暴，暴

qiě luàn luàn tiān zǐ biān yù shuí guī zuì zuì qiě jí fù
且乱，乱天子边，欲谁归罪？罪且及副

yuán shuài jīn bīn rén è zǐ dì yǐ huò cuàn míng jūn jí zhōng
元帅。今邠人恶子弟以货窜名军籍中，

shā hài rén rú shì bù zhǐ jǐ rì bú dà luàn dà luàn yóu
杀害人如是不止，几日不大乱？大乱由

shàng shū chū rén jiē yuē shàng shū yǐ fù yuán shuài bù jí
尚书出，人皆曰尚书倚副元帅，不戢

shì rán zé guō shì gōng míng qí yú cún zhě jǐ hé yán
士。然则郭氏功名，其与存者几何？”言
wèi bì xī zài bài yuē gōng xìng jiào xī yǐ dào ēn shèn
未毕，晞再拜曰：“公幸教晞以道，恩甚
dà yuàn fèng jūn yǐ cóng gù chì zuǒ yòu yuē jiē jiě jiǎ
大，愿奉军以从。”顾叱左右曰：“皆解甲
sàn huán huǒ wǔ zhōng gǎn huá zhě sǐ tài wèi yuē wú
散还火伍中，敢哗者死！”太尉曰：“吾
wèi bū shí qǐng jiǎ shè cǎo jù jì shí yuē wú jí
未晡食，请假设草具。”既食，曰：“吾疾
zuò yuàn liú sù mén xià mìng chí mǎ zhě qù dàn rì lái
作，愿留宿门下。”命持马者去，旦日来。
suì wò jūn zhōng xī bù jiě yī jiè hòu zú jī tuò wèi tài
遂卧军中。晞不解衣，戒候卒击柝卫太
wèi dàn jù zhì xiào dé suǒ xiè bù néng qǐng gǎi guò
尉。旦，俱至孝德所，谢不能，请改过。
bīn zhōu yóu shì wú huò
邠州由是无祸。

xiān shì tài wèi zài jīng zhōu wéi yíng tián guān jīng dà
先是，太尉在泾州为营田官。泾大
jiàng jiāo lìng chén qǔ rén tián zì zhàn shù shí qǐng jǐ yǔ nóng
将焦令谌取人田，自占数十顷，给与农，
yuē qiě shú guī wǒ bàn shì suì dà hàn yě wú cǎo
曰：“且熟，归我半。”是岁大旱，野无草，
nóng yǐ gào chén chén yuē wǒ zhī rù shù ér yǐ bù zhī
农以告谌。谌曰：“我知入数而已，不知

hàn yě dū zé yì jí nóng qiě jī sǐ wú yǐ cháng jí
旱也。”督责益急，农且饥死，无以偿，即
gào tài wèi
告太尉。

tài wèi pàn zhuàng cí shèn xùn shǐ rén qiú yù chén
太尉判状，辞甚巽，使人求谕谌。
chén shèng nù zhào nóng zhě yuē wǒ wèi duàn mǒu yé hé gǎn
谌盛怒，召农者曰：“我畏段某耶？何敢
yán wǒ qǔ pàn pū bèi shàng yǐ dà zhàng jī èr shí chuí
言我！”取判铺背上，以大杖击二十，垂
sǐ yú lái tíng zhōng tài wèi dà qì yuē nǎi wǒ kùn
死，舆来庭中。太尉大泣曰：“乃我困
rǔ jí zì qǔ shuǐ xǐ qù xuè liè cháng yì chuāng shǒu zhù
汝！”即自取水洗去血，裂裳衣疮，手注
shàn yào dàn xī zì bǔ nóng zhě rán hòu shí qǔ qí mǎ
善药，旦夕自哺农者，然后食。取骑马
mài shì gǔ dài cháng shǐ wù zhī
卖，市谷代偿，使勿知。

huái xī yù jūn shuài yǐn shào róng gāng zhí shì yě rù
淮西寓军帅尹少荣，刚直士也。入
jiàn chén dà mà yuē rǔ chéng rén yé jīng zhōu yě rú
见谌，大骂曰：“汝诚人耶？泾州野如
zhě rén qiě jī sǐ ér bì dé gǔ yòu yòng dà zhàng jī wú
赭，人且饥死而必得谷，又用大杖击无
zuì zhě duàn gōng rén xìn dà rén yě ér rǔ bù zhī jìng
罪者。段公，仁信大人也，而汝不知敬。

jīn duàn gōng wéi yì mǎ jiàn mài shì gǔ rù rǔ rǔ yòu qǔ
今段公唯一马，贱卖市谷入汝，汝又取
bù chǐ fán wéi rén ào tiān zāi fàn dà rén jī wú zuì
不耻。凡为人傲天灾、犯大人、击无罪
zhě yòu qǔ rén zhě gǔ shǐ zhǔ rén chū wú mǎ rǔ jiāng hé
者，又取仁者谷，使主人出无马，汝将何
yǐ shì tiān dì shàng bú kuì nú lì yé chén suī bào kàng
以视天地，尚不愧奴隶耶？”谌虽暴抗，
rán wén yán zé dà kuì liú hàn bù néng shí yuē wú zhōng
然闻言则大愧，流汗不能食，曰：“吾终
bù kě yǐ jiàn duàn gōng yì xī zì hèn sǐ
不可以见段公！”一夕自恨死。

jí tài wèi zì jīng zhōu yǐ sī nóng zhēng jiè qí zú
及太尉自泾州以司农征，戒其族：
guò qí zhū cǐ xìng zhì huò bì shèn wù nà jí guò
“过岐，朱泚幸致货币，慎勿纳。”及过，
cǐ gù zhì dà líng sān bǎi pǐ tài wèi xù wéi wù jiān jù
泚固致大绫三百匹。太尉婿韦晤坚拒，
bù dé mìng zhì dū tài wèi nù yuē guǒ bú yòng wú
不得命。至都，太尉怒曰：“果不用吾
yán wù xiè yuē chǔ jiàn wú yǐ jù yě tài wèi yuē
言！”晤谢曰：“处贱无以拒也。”太尉曰：
rán zhōng bù yǐ zài wú dì yǐ rú sī nóng zhì shì táng
“然终不以在吾第。”以如司农治事堂，
qī zhī liáng mù shàng cǐ fǎn tài wèi zhōng lì yǐ gào cǐ
栖之梁木上。泚反，太尉终，吏以告泚，

cǐ qǔ shì qí gù fēng zhì jù cún

泚取视，其故封识具存。

tài wèi yì shì rú yòu

太尉逸事如右。

yuán hé jiǔ nián yuè rì yǒng zhōu sī mǎ yuán wài zhì tóng

元和九年月日，永州司马员外置同

zhèng yuán liǔ zōng yuán jǐn shàng shǐ guǎn jīn zhī chēng tài wèi dà

正员柳宗元谨上史馆。今之称太尉大

jié zhě chū rù yǐ wéi wǔ rén yì shí fèn bú lǜ sǐ yǐ

节者，出入以为武人一时奋不虑死，以

qǔ míng tiān xià bù zhī tài wèi zhī suǒ lì rú shì zōng yuán

取名天下，不知太尉之所立如是。宗元

cháng chū rù qí zhōu bīn tái jiān guò zhēn dìng běi shàng mǎ lǐng

尝出入岐周邠斄间，过真定，北上马岭，

lì tíng zhàng bǎo shù qiè hào wèn lǎo xiào tuì zú néng yán qí

历亭障堡戍，窃好问老校退卒，能言其

shì tài wèi wéi rén xǔ xǔ cháng dī shǒu gǒng shǒu xíng bù

事。太尉为人姁姁，常低首拱手行步，

yán qì bēi ruò wèi cháng yǐ sè dài wù rén shì zhī rú zhě

言气卑弱，未尝以色待物；人视之，儒者

yě yù bù kě bì dá qí zhì jué fēi ǒu rán zhě

也。遇不可，必达其志，决非偶然者。

huì zhōu cì shǐ cuī gōng lái yán xìn xíng zhí bèi dé tài wèi

会州刺史崔公来，言信行直，备得太尉

yí shì fù jiào wú yí huò kǒng shàng yì zhuì wèi jí tài shǐ

遗事，覆校无疑，或恐尚逸坠，未集太史

shì gǎn yǐ zhuàng sī yú zhí shì jǐn zhuàng
氏，敢以状私于执事。谨状。

xiǎo shí tán jì
小石潭记

táng liǔ zōngyuán
唐·柳宗元

cóng xiǎo qiū xī xíng bǎi èr shí bù gé huáng zhú wén
从小丘西行百二十步，隔篁竹，闻
shuǐ shēng rú míng pèi huán xīn lè zhī fá zhú qǔ dào xià
水声，如鸣佩环，心乐之。伐竹取道，下
jiàn xiǎo tán shuǐ yóu qīng liè quán shí yǐ wéi dǐ jìn àn
见小潭，水尤清冽。全石以为底，近岸，
quán shí dǐ yǐ chū wéi chí wéi yǔ wéi kān wéi yán
卷石底以出，为坻，为屿，为嵁，为岩。
qīng shù cuì màn méng luò yáo zhuì cēn cī pī fú
青树翠蔓，蒙络摇缀，参差披拂。

tán zhōng yú kě bǎi xǔ tóu jiē ruò kōng yóu wú suǒ
潭中鱼可百许头，皆若空游无所
yī rì guāng xià chè yǐng bù shí shàng yǐ rán bú dòng
依。日光下澈，影布石上，佁然不动，
chù ěr yuǎn shì wǎng lái xī hū sì yǔ yóu zhě xiāng lè
俶尔远逝，往来翕忽，似与游者相乐。

tán xī nán ér wàng dǒu zhé shé xíng míng miè kě jiàn
潭西南而望，斗折蛇行，明灭可见。

qí àn shì quǎn yá cī hù bù kě zhī qí yuán
其岸势犬牙差互，不可知其源。

zuò tán shàng sì miàn zhú shù huán hé jì liáo wú rén
坐潭上，四面竹树环合，寂寥无人，
qī shén hán gǔ qiǎo chuàng yōu suì yǐ qí jìng guò qīng bù
凄神寒骨，悄怆幽邃。以其境过清，不
kě jiǔ jū nǎi jì zhī ér qù
可久居，乃记之而去。

tóng yóu zhě wú wǔ líng gōng gǔ yú dì zōng xuán
同游者：吴武陵，龚古，余弟宗玄。
lì ér cóng zhě cuī shì èr xiǎo shēng yuē shù jǐ yuē fèng yī
隶而从者，崔氏二小生：曰恕己，曰奉壹。

qián zhī lǘ
黔之驴

táng liǔ zōngyuán
唐·柳宗元

qián wú lǘ yǒu hào shì zhě chuán zài yǐ rù zhì zé
黔无驴，有好事者船载以入。至则
wú kě yòng fàng zhī shān xià hǔ jiàn zhī páng rán dà wù
无可用，放之山下。虎见之，庞然大物
yě yǐ wéi shén bì lín jiān kuī zhī shāo chū jìn zhī yìn
也，以为神。蔽林间窥之，稍出近之，慭
yìn rán mò xiāng zhī
慭然，莫相知。

tā rì lǘ yì míng hǔ dà hài yuǎn dùn yǐ wéi
他日，驴一鸣，虎大骇，远遁，以为
qiě shì jǐ yě shèn kǒng rán wǎng lái shì zhī jué wú yì
且噬己也，甚恐。然往来视之，觉无异
néng zhě yì xí qí shēng yòu jìn chū qián hòu zhōng bù gǎn
能者。益习其声，又近出前后，终不敢
bó shāo jìn yì xiá dàng yǐ chōng mào lǘ bù shēng nù
搏。稍近益狎，荡倚冲冒。驴不胜怒，
dì zhī hǔ yīn xǐ jì zhī yuē jì zhǐ cǐ ěr yīn
蹄之。虎因喜，计之曰："技止此耳！"因
tiào liáng dà hǎn duàn qí hóu jìn qí ròu nǎi qù
跳踉大㘎，断其喉，尽其肉，乃去。

tóng ōu jì zhuàn

童区寄传

táng liǔ zōngyuán
唐·柳宗元

tóng jì zhě chēn zhōu ráo mù ér yě xíng mù qiě
童寄者，郴州荛牧儿也。行牧且
ráo èr háo zéi jié chí fǎn jiē bù náng qí kǒu qù yú
荛，二豪贼劫持，反接，布囊其口，去逾
sì shí lǐ zhī xū suǒ mài zhī jì wěi ér tí kǒng lì
四十里，之虚所卖之。寄伪儿啼，恐栗，
wéi ér héng zhuàng zéi yì zhī duì yǐn jiǔ zuì yì rén
为儿恒状。贼易之，对饮酒，醉。一人

qù wéi shì yì rén wò zhí rèn dào shàng tóng wēi sì qí
去为市；一人卧，植刃道上。童微伺其
shuì yǐ fù bèi rèn lì xià shàng dé jué yīn qǔ rèn shā
睡，以缚背刃，力下上，得绝；因取刃杀
zhī
之。

táo wèi jí yuǎn shì zhě huán dé tóng dà hài jiāng
逃未及远，市者还，得童，大骇，将
shā tóng jù yuē wéi liǎng láng tóng shú ruò wéi yì láng tóng
杀童。遽曰："为两郎僮，孰若为一郎僮
yé bǐ bù wǒ ēn yě láng chéng jiàn wán yǔ ēn wú suǒ
耶？彼不我恩也；郎诚见完与恩，无所
bù kě shì zhě liáng jiǔ jì yuē yǔ qí shā shì tóng shú
不可。"市者良久计曰："与其杀是僮，孰
ruò mài zhī yǔ qí mài ér fēn shú ruò wú dé zhuān yān
若卖之？与其卖而分，孰若吾得专焉？
xìng ér shā bǐ shèn shàn jí cáng qí shī chí tóng dǐ zhǔ
幸而杀彼，甚善！"即藏其尸，持童抵主
rén suǒ yù shù fù láo shèn yè bàn tóng zì zhuǎn yǐ fù
人所，愈束缚牢甚。夜半，童自转，以缚
jí lú huǒ shāo jué zhī suī chuāng shǒu wù dàn fù qǔ rèn shā
即炉火烧绝之，虽疮手勿惮；复取刃杀
shì zhě yīn dà háo yì xū jiē jīng tóng yuē wǒ
市者。因大号。一虚皆惊。童曰："我
ōu shì ér yě bù dāng wéi tóng zéi èr rén dé wǒ wǒ
区氏儿也，不当为僮。贼二人得我，我

xìng jiē shā zhī yǐ yuàn yǐ wén yú guān
幸皆杀之矣。愿以闻于官。”

xū lì bái zhōu zhōu bái dà fǔ dà fǔ zhào shì
虚吏白州，州白大府。大府召视
ér yòu yuàn ěr cì shǐ yán zhèng qí zhī liú wéi xiǎo lì
儿，幼愿耳。刺史颜证奇之，留为小吏，
bù kěn yǔ yī cháng lì hù huán zhī xiāng
不肯。与衣裳，吏护还之乡。

xiāng zhī xíng jié fù zhě cè mù mò gǎn guò qí mén
乡之行劫缚者，侧目莫敢过其门，
jiē yuē shì ér shǎo qín wǔ yáng èr suì ér tǎo shā èr
皆曰：“是儿少秦武阳二岁，而讨杀二
háo qǐ kě jìn yé
豪，岂可近耶？”

lòu shì míng
陋室铭

táng liú yǔ xī
唐·刘禹锡

shān bú zài gāo yǒu xiān zé míng shuǐ bú zài shēn
山不在高，有仙则名。水不在深，
yǒu lóng zé líng sī shì lòu shì wéi wú dé xīn tái hén
有龙则灵。斯是陋室，惟吾德馨。苔痕
shàng jiē lǜ cǎo sè rù lián qīng tán xiào yǒu hóng rú wǎng
上阶绿，草色入帘青。谈笑有鸿儒，往

lái wú bái dīng kě yǐ tiáo sù qín yuè jīn jīng wú sī
来无白丁。可以调素琴，阅金经。无丝
zhú zhī luàn ěr wú àn dú zhī láo xíng nán yáng zhū gě
竹之乱耳，无案牍之劳形。南阳诸葛
lú xī shǔ zǐ yún tíng kǒng zǐ yún hé lòu zhī yǒu
庐，西蜀子云亭。孔子云："何陋之有？"

ē páng gōng fù

阿房宫赋

táng dù mù
唐·杜牧

liù wáng bì sì hǎi yī shǔ shān wù ē páng chū
六王毕，四海一；蜀山兀，阿房出。
fù yà sān bǎi yú lǐ gé lí tiān rì lí shān běi gòu ér
覆压三百余里，隔离天日。骊山北构而
xī zhé zhí zǒu xián yáng èr chuān róng róng liú rù gōng qiáng
西折，直走咸阳。二川溶溶，流入宫墙。
wǔ bù yì lóu shí bù yì gé láng yāo màn huí yán yá gāo
五步一楼，十步一阁；廊腰缦回，檐牙高
zhuó gè bào dì shì gōu xīn dòu jiǎo pán pán yān qūn qūn
啄；各抱地势，钩心斗角。盘盘焉，囷囷
yān fēng fáng shuǐ guō chù bù zhī qí jǐ qiān wàn luò cháng
焉，蜂房水涡，矗不知其几千万落。长
qiáo wò bō wèi yún hé lóng fù dào xíng kōng bú jì hé
桥卧波，未云何龙？复道行空，不霁何

hóng gāo dī míng mí bù zhī xī dōng gē tái nuǎn xiǎng
虹？高低冥迷，不知西东。歌台暖响，
chūn guāng róng róng wǔ diàn lěng xiù fēng yǔ qī qī yí rì
春光融融；舞殿冷袖，风雨凄凄。一日
zhī nèi yì gōng zhī jiān ér qì hòu bù qí
之内，一宫之间，而气候不齐。

fēi pín yìng qiáng wáng zǐ huáng sūn cí lóu xià diàn niǎn
妃嫔媵嫱，王子皇孙，辞楼下殿，辇
lái yú qín zhāo gē yè xián wéi qín gōng rén míng xīng yíng
来于秦。朝歌夜弦，为秦宫人。明星荧
yíng kāi zhuāng jìng yě lǜ yún rǎo rǎo shū xiǎo huán yě wèi
荧，开妆镜也；绿云扰扰，梳晓鬟也；渭
liú zhǎng nì qì zhī shuǐ yě yān xié wù héng fén jiāo lán
流涨腻，弃脂水也；烟斜雾横，焚椒兰
yě léi tíng zhà jīng gōng chē guò yě lù lù yuǎn tīng yǎo
也。雷霆乍惊，宫车过也；辘辘远听，杳
bù zhī qí suǒ zhī yě yì jī yì róng jìn tài jí yán
不知其所之也。一肌一容，尽态极妍，
màn lì yuǎn shì ér wàng xìng yān yǒu bù dé jiàn zhě sān shí
缦立远视，而望幸焉。有不得见者三十
liù nián yān zhào zhī shōu cáng hán wèi zhī jīng yíng qí chǔ
六年。燕赵之收藏，韩魏之经营，齐楚
zhī jīng yīng jǐ shì jǐ nián piāo lüè qí rén yǐ dié rú
之精英，几世几年，剽掠其人，倚叠如
shān yí dàn bù néng yǒu shū lái qí jiān dǐng chēng yù
山。一旦不能有，输来其间。鼎铛玉

shí jīn kuài zhū lì qì zhì lǐ yǐ qín rén shì zhī yì
石，金块珠砾，弃掷逦迤，秦人视之，亦
bú shèn xī
不甚惜。

jiē hū yì rén zhī xīn qiān wàn rén zhī xīn yě
嗟乎！一人之心，千万人之心也。
qín ài fēn shē rén yì niàn qí jiā nài hé qǔ zhī jìn zī
秦爱纷奢，人亦念其家。奈何取之尽锱
zhū yòng zhī rú ní shā shǐ fù dòng zhī zhù duō yú nán
铢，用之如泥沙！使负栋之柱，多于南
mǔ zhī nóng fū jià liáng zhī chuán duō yú jī shàng zhī gōng
亩之农夫；架梁之椽，多于机上之工
nǚ dīng tóu lín lín duō yú zài yǔ zhī sù lì wǎ fèng cēn
女；钉头磷磷，多于在庾之粟粒；瓦缝参
cī duō yú zhōu shēn zhī bó lǚ zhí lán héng jiàn duō yú jiǔ
差，多于周身之帛缕；直栏横槛，多于九
tǔ zhī chéng guō guǎn xián ōu yǎ duō yú shì rén zhī yán yǔ
土之城郭；管弦呕哑，多于市人之言语。
shǐ tiān xià zhī rén bù gǎn yán ér gǎn nù dú fū zhī
使天下之人，不敢言而敢怒。独夫之
xīn rì yì jiāo gù shù zú jiào hán gǔ jǔ chǔ rén
心，日益骄固。戍卒叫，函谷举。楚人
yí jù kě lián jiāo tǔ
一炬，可怜焦土！

wū hū miè liù guó zhě liù guó yě fēi qín yě
呜呼！灭六国者六国也，非秦也。

zú qín zhě qín yě fēi tiān xià yě jiē fú shǐ liù guó
族秦者秦也，非天下也。嗟夫！使六国
gè ài qí rén zé zú yǐ jù qín shǐ qín fù ài liù guó
各爱其人，则足以拒秦；使秦复爱六国
zhī rén zé dì sān shì kě zhì wàn shì ér wéi jūn shuí dé
之人，则递三世可至万世而为君，谁得
ér zú miè yě qín rén bù xiá zì āi ér hòu rén āi
而族灭也？秦人不暇自哀，而后人哀
zhī hòu rén āi zhī ér bú jiàn zhī yì shǐ hòu rén ér fù
之；后人哀之而不鉴之，亦使后人而复
āi hòu rén yě
哀后人也。

zuì wēng tíng jì

醉翁亭记

běi sòng ōu yáng xiū
北宋·欧阳修

huán chú jiē shān yě qí xī nán zhū fēng lín hè yóu
环滁皆山也。其西南诸峰，林壑尤
měi wàng zhī wèi rán ér shēn xiù zhě láng yá yě shān xíng
美，望之蔚然而深秀者，琅琊也。山行
liù qī lǐ jiàn wén shuǐ shēng chán chán ér xiè chū yú liǎng fēng zhī
六七里，渐闻水声潺潺而泻出于两峰之
jiān zhě niàng quán yě fēng huí lù zhuǎn yǒu tíng yì rán lín
间者，酿泉也。峰回路转，有亭翼然临

yú quánshàng zhě zuì wēng tíng yě zuò tíng zhě shuí shān zhī
于泉上者，醉翁亭也。作亭者谁？山之
sēng zhì xiān yě míng zhī zhě shuí tài shǒu zì wèi yě
僧智仙也。名之者谁？太守自谓也。
tài shǒu yǔ kè lái yǐn yú cǐ yǐn shǎo zhé zuì ér nián yòu
太守与客来饮于此，饮少辄醉，而年又
zuì gāo gù zì hào yuē zuì wēng yě zuì wēng zhī yì bú zài
最高，故自号曰醉翁也。醉翁之意不在
jiǔ zài hū shān shuǐ zhī jiān yě shān shuǐ zhī lè dé zhī
酒，在乎山水之间也。山水之乐，得之
xīn ér yù zhī jiǔ yě
心而寓之酒也。

ruò fú rì chū ér lín fēi kāi yún guī ér yán xué
若夫日出而林霏开，云归而岩穴
míng huì míng biàn huà zhě shān jiān zhī zhāo mù yě yě fāng
暝，晦明变化者，山间之朝暮也。野芳
fā ér yōu xiāng jiā mù xiù ér fán yīn fēng shuāng gāo jié
发而幽香，佳木秀而繁阴，风霜高洁，
shuǐ luò ér shí chū zhě shān jiān zhī sì shí yě zhāo ér
水落而石出者，山间之四时也。朝而
wǎng mù ér guī sì shí zhī jǐng bù tóng ér lè yì wú qióng
往，暮而归，四时之景不同，而乐亦无穷
yě
也。

zhì yú fù zhě gē yú tú xíng zhě xiū yú shù qián
至于负者歌于途，行者休于树，前

zhě hū hòu zhě yìng yǔ lǚ tí xié wǎng lái ér bù jué
者呼，后者应，伛偻提携，往来而不绝
zhě chú rén yóu yě lín xī ér yú xī shēn ér yú féi
者，滁人游也。临溪而渔，溪深而鱼肥，
niàng quán wéi jiǔ quán xiāng ér jiǔ liè shān yáo yě sù zá rán
酿泉为酒，泉香而酒洌，山肴野蔌，杂然
ér qián chén zhě tài shǒu yàn yě yàn hān zhī lè fēi sī
而前陈者，太守宴也。宴酣之乐，非丝
fēi zhú shè zhě zhòng yì zhě shèng gōng chóu jiāo cuò qǐ zuò
非竹，射者中，弈者胜，觥筹交错，起坐
ér xuān huá zhě zhòng bīn huān yě cāng yán bái fà tuí rán
而喧哗者，众宾欢也。苍颜白发，颓然
hū qí jiān zhě tài shǒu zuì yě
乎其间者，太守醉也。

yǐ ér xī yáng zài shān rén yǐng sǎn luàn tài shǒu guī
已而夕阳在山，人影散乱，太守归
ér bīn kè cóng yě shù lín yīn yì míng shēng shàng xià yóu
而宾客从也。树林阴翳，鸣声上下，游
rén qù ér qín niǎo lè yě rán ér qín niǎo zhī shān lín zhī
人去而禽鸟乐也。然而禽鸟知山林之
lè ér bù zhī rén zhī lè rén zhī cóng tài shǒu yóu ér lè
乐，而不知人之乐；人知从太守游而乐，
ér bù zhī tài shǒu zhī lè qí lè yě zuì néng tóng qí lè
而不知太守之乐其乐也。醉能同其乐，
xǐng néng shù yǐ wén zhě tài shǒu yě tài shǒu wèi shuí lú
醒能述以文者，太守也。太守谓谁？庐

líng ōu yáng xiū yě
陵欧阳修也。

mài yóu wēng 卖油翁

běi sòng ōu yáng xiū
北宋·欧阳修

chén kāng sù gōng yáo zī shàn shè dāng shì wú shuāng gōng yì yǐ cǐ zì jīn cháng shè yú jiā pǔ yǒu mài yóu wēng shì dàn ér lì nì zhī jiǔ ér bú qù jiàn qí fā shǐ shí zhòng bā jiǔ dàn wēi hàn zhī
陈康肃公尧咨善射，当世无双，公亦以此自矜。尝射于家圃，有卖油翁释担而立，睨之，久而不去。见其发矢十中八九，但微颔之。

kāng sù wèn yuē rǔ yì zhī shè hū wú shè bú yì jīng hū wēng yuē wú tā dàn shǒu shú ěr kāng sù fèn rán yuē ěr ān gǎn qīng wú shè wēng yuē yǐ wǒ zhuó yóu zhī zhī nǎi qǔ yì hú lú zhì yú dì yǐ qián fù qí kǒu xú yǐ sháo zhuó yóu lì zhī zì qián kǒng rù ér
康肃问曰："汝亦知射乎？吾射不亦精乎？"翁曰："无他，但手熟尔。"康肃忿然曰："尔安敢轻吾射？"翁曰："以我酌油知之。"乃取一葫芦置于地，以钱覆其口，徐以杓酌油沥之，自钱孔入，而

qián bù shī yīn yuē wǒ yì wú tā wéi shǒu shú ěr
钱不湿。因曰：“我亦无他，惟手熟尔。”
kāng sù xiào ér qiǎn zhī
康肃笑而遣之。

qiū shēng fù
秋声赋

běi sòng ōu yáng xiū
北宋·欧阳修

ōu yáng zǐ fāng yè dú shū wén yǒu shēng zì xī nán lái
欧阳子方夜读书，闻有声自西南来
zhě sǒng rán ér tīng zhī yuē yì zāi chū xī lì yǐ
者，悚然而听之，曰：“异哉！”初淅沥以
xiāo sà hū bēn téng ér pēng pài rú bō tāo yè jīng fēng yǔ
萧飒，忽奔腾而砰湃；如波涛夜惊，风雨
zhòu zhì qí chù yú wù yě cōng cōng zhēngzhēng jīn tiě jiē
骤至。其触于物也，鏦鏦铮铮，金铁皆
míng yòu rú fù dí zhī bīng xián méi jí zǒu bù wén hào
鸣；又如赴敌之兵，衔枚疾走，不闻号
lìng dàn wén rén mǎ zhī xíng shēng
令，但闻人马之行声。

yú wèi tóng zǐ cǐ hé shēng yě rǔ chū shì
予谓童子：“此何声也？汝出视
zhī tóng zǐ yuē xīng yuè jiǎo jié míng hé zài tiān sì
之。”童子曰：“星月皎洁，明河在天，四

wú rén shēng shēng zài shù jiān
无人声，声在树间。”

yú yuē yī xī bēi zāi cǐ qiū shēng yě hú
余曰：“噫嘻，悲哉！此秋声也，胡
wéi ér lái zāi gài fú qiū zhī wéi zhuàng yě qí sè cǎn
为而来哉？盖夫秋之为状也：其色惨
dàn yān fēi yún liǎn qí róng qīng míng tiān gāo rì jīng qí
淡，烟霏云敛；其容清明，天高日晶；其
qì lì liè biān rén jī gǔ qí yì xiāo tiáo shān chuān jì
气栗冽，砭人肌骨；其意萧条，山川寂
liáo gù qí wéi shēng yě qī qī qiè qiè hū háo fèn fā
寥。故其为声也，凄凄切切，呼号奋发。
fēng cǎo lǜ rù ér zhēng mào jiā mù cōng lóng ér kě yuè cǎo
丰草绿缛而争茂，佳木葱茏而可悦；草
fú zhī ér sè biàn mù zāo zhī ér yè tuō qí suǒ yǐ cuī
拂之而色变，木遭之而叶脱。其所以摧
bài líng luò zhě nǎi qí yí qì zhī yú liè
败零落者，乃其一气之余烈。

fú qiū xíng guān yě yú shí wéi yīn yòu bīng xiàng
“夫秋，刑官也，于时为阴；又兵象
yě yú xíng wéi jīn shì wèi tiān dì zhī yì qì cháng yǐ sù
也，于行为金；是谓天地之义气，常以肃
shā ér wéi xīn tiān zhī yú wù chūn shēng qiū shí gù qí
杀而为心。天之于物，春生秋实。故其
zài yuè yě shāng shēng zhǔ xī fāng zhī yīn yí zé wéi qī yuè
在乐也，商声主西方之音，夷则为七月

zhī lǜ shāng shāng yě wù jì lǎo ér bēi shāng yí lù
之律。商，伤也，物既老而悲伤；夷，戮
yě wù guò chéng ér dāng shā
也，物过盛而当杀。

jiē hū cǎo mù wú qíng yǒu shí piāo líng rén
“嗟乎！草木无情，有时飘零。人
wéi dòng wù wéi wù zhī líng bǎi yōu gǎn qí xīn wàn shì
为动物，惟物之灵。百忧感其心，万事
láo qí xíng yǒu dòng yú zhōng bì yáo qí jīng ér kuàng sī
劳其形；有动于中，必摇其精。而况思
qí lì zhī suǒ bù jí yōu qí zhì zhī suǒ bù néng yí qí
其力之所不及，忧其智之所不能；宜其
wò rán dān zhě wéi gǎo mù yī rán hēi zhě wéi xīng xīng nài
渥然丹者为槁木，黟然黑者为星星。奈
hé yǐ fēi jīn shí zhī zhì yù yǔ cǎo mù ér zhēng róng niàn
何以非金石之质，欲与草木而争荣？念
shuí wéi zhī qiāng zéi yì hé hèn hū qiū shēng
谁为之戕贼，亦何恨乎秋声！”

tóng zǐ mò duì chuí tóu ér shuì dàn wén sì bì chóng
童子莫对，垂头而睡。但闻四壁虫
shēng jī jī rú zhù yú zhī tàn xī
声唧唧，如助予之叹息。

yǔ gāo sī jiàn shū

与高司谏书

běi sòng ōu yáng xiū

北宋·欧阳修

xiū dùn shǒu zài bài bái sī jiàn zú xià mǒu nián shí

修顿首再拜白司谏足下。某年十

qī shí jiā suí zhōu jiàn tiān shèng èr nián jìn shì jí dì bǎng

七时，家随州，见天圣二年进士及第榜，

shǐ shí zú xià xìng míng shì shí yú nián shào wèi yǔ rén

始识足下姓名。是时予年少，未与人

jiē yòu jū yuǎn fāng dàn wén jīn sòng shè rén xiōng dì yǔ yè

接，又居远方，但闻今宋舍人兄弟与叶

dào qīng zhèng tiān xiū shù rén zhě yǐ wén xué dà yǒu míng hào

道卿、郑天休数人者，以文学大有名，号

chēng dé rén ér zú xià cè qí jiān dú wú zhuó zhuó kě dào

称得人。而足下厕其间，独无卓卓可道

shuō zhě yú gù yí zú xià bù zhī hé rú rén yě qí

说者，予固疑足下，不知何如人也。其

hòu gēng shí yī nián yú zài zhì jīng shī zú xià yǐ wéi yù

后更十一年，予再至京师，足下已为御

shǐ lǐ xíng rán yóu wèi xiá yì shí zú xià zhī miàn dàn shí

史里行，然犹未暇一识足下之面；但时

shí yú yú yǒu yǐn shī lǔ wèn zú xià zhī xián fǒu ér shī

时于予友尹师鲁问足下之贤否。而师

lǔ shuō zú xià zhèng zhí yǒu xué wèn jūn zǐ rén yě yú yóu
鲁说足下正直有学问，君子人也。予犹
yí zhī fú zhèng zhí zhě bù kě qū qū yǒu xué wèn zhě
疑之。夫正直者不可屈曲；有学问者，
bì néng biàn shì fēi yǐ bù kě qū zhī jié yǒu néng biàn shì
必能辨是非；以不可屈之节，有能辨是
fēi zhī míng yòu wéi yán shì zhī guān ér fǔ yǎng mò mò wú
非之明，又为言事之官，而俯仰默默，无
yì zhòng rén shì guǒ xián zhě yé cǐ bù dé shǐ yú zhī bù
异众人，是果贤者耶？此不得使予之不
yí yě zì zú xià wéi jiàn guān lái shǐ dé xiāng shí kǎn
疑也。自足下为谏官来，始得相识。侃
rán zhèng sè lùn qián shì shì lì lì kě tīng bāo biǎn shì
然正色，论前世事，历历可听，褒贬是
fēi wú yī miù shuō yī chí cǐ biàn yǐ shì rén shú
非，无一谬说。噫！持此辩以示人，孰
bú ài zhī suī yú yì yí zú xià zhēn jūn zǐ yě shì
不爱之！虽予亦疑足下真君子也。是
yú zì wén zú xià zhī míng jí xiāng shí fán shí yǒu sì nián ér
予自闻足下之名及相识，凡十有四年而
sān yí zhī jīn zhě tuī qí shí jì ér jiào zhī rán hòu jué
三疑之。今者推其实迹而较之，然后决
zhī zú xià fēi jūn zǐ yě
知足下非君子也。

qián rì fàn xī wén biǎn guān hòu yǔ zú xià xiāng jiàn yú
前日范希文贬官后，与足下相见于

ān dào jiā zú xià dǐ qiào xī wén wéi rén yú shǐ wén
安道家。足下诋诮希文为人。予始闻

zhī yí shì xì yán jí jiàn shī lǔ yì shuō zú xià shēn fēi
之，疑是戏言；及见师鲁，亦说足下深非

xī wén suǒ wéi rán hòu qí yí suì jué xī wén píng shēng gāng
希文所为，然后其疑遂决。希文平生刚

zhèng hào xué tōng gǔ jīn qí lì cháo yǒu běn mò tiān xià suǒ
正，好学通古今，其立朝有本末，天下所

gòng zhī jīn yòu yǐ yán shì chù zǎi xiàng dé zuì zú xià jì
共知，今又以言事触宰相得罪，足下既

bù néng wèi biàn qí fēi gū yòu wèi yǒu shí zhě zhī zé jǐ
不能为辨其非辜，又畏有识者之责己，

suì suí ér dǐ zhī yǐ wéi dāng chù shì kě guài yě fú
遂随而诋之，以为当黜，是可怪也！夫

rén zhī xìng gāng guǒ nuò ruǎn bǐng zhī yú tiān bù kě miǎn
人之性，刚果懦软，禀之于天，不可勉

qiǎng suī shèng rén yì bù yǐ bù néng zé rén zhī bì néng jīn
强，虽圣人亦不以不能责人之必能。今

zú xià jiā yǒu lǎo mǔ shēn xī guān wèi jù jī hán ér gù
足下家有老母，身惜官位，惧饥寒而顾

lì lù bù gǎn yì wǔ zǎi xiàng yǐ jìn xíng huò cǐ nǎi yōng
利禄，不敢一忤宰相以近刑祸，此乃庸

rén zhī cháng qíng bú guò zuò yī bù cái jiàn guān ěr suī cháo
人之常情，不过作一不才谏官尔；虽朝

tíng jūn zǐ yì jiāng mǐn zú xià zhī bù néng ér bù zé yǐ
廷君子，亦将闵足下之不能，而不责以

bì néng yě jīn nǎi bù rán fǎn áng rán zì dé liǎo wú
必能也。今乃不然，反昂然自得，了无

kuì wèi biàn huǐ qí xián yǐ wéi dāng chù shù hū shì jǐ bù
愧畏，便毁其贤，以为当黜，庶乎饰己不

yán zhī guò fú lì suǒ bù gǎn wéi nǎi yú zhě zhī bú
言之过。夫力所不敢为，乃愚者之不

dài yǐ zhì wén qí guò cǐ jūn zǐ zhī zéi yě
逮；以智文其过，此君子之贼也。

qiě xī wén guǒ bù xián yé zì sān sì nián lái cóng
且希文果不贤耶？自三四年来，从

dà lǐ sì chéng zhì qián xíng yuán wài láng zuò dài zhì rì rì
大理寺丞至前行员外郎、作待制，日日

bèi gù wèn jīn bān háng zhōng wú yǔ bǐ zhě shì tiān zǐ zhòu
备顾问，今班行中无与比者，是天子骤

yòng bù xián zhī rén fú shǐ tiān zǐ dài bù xián yǐ wéi xián
用不贤之人。夫使天子待不贤以为贤，

shì cōng míng yǒu suǒ wèi jìn zú xià shēn wéi sī jiàn nǎi ěr
是聪明有所未尽。足下身为司谏，乃耳

mù zhī guān dāng qí zhòu yòng shí hé bù yì wéi tiān zǐ biàn
目之官，当其骤用时，何不一为天子辨

qí bù xián fǎn mò mò wú yì yǔ dài qí zì bài rán hòu
其不贤，反默默无一语，待其自败，然后

suí ér fēi zhī ruò guǒ xián yé zé jīn rì tiān zǐ yǔ
随而非之？若果贤耶？则今日天子与

zǎi xiàng yǐ wǔ yì zhú xián rén zú xià bù dé bù yán shì
宰相以忤意逐贤人，足下不得不言。是

zé zú xià yǐ xī wén wéi xián yì bù miǎn zé yǐ wéi bù
则足下以希文为贤，亦不免责；以为不
xián yì bù miǎn zé dà dǐ zuì zài mò mò ěr
贤，亦不免责。大抵罪在默默尔。

xī hàn shā xiāo wàng zhī yǔ wáng zhāng jì qí dāng shí zhī
昔汉杀萧望之与王章，计其当时之
yì bì bù kěn míng yán shā xián zhě yě bì yǐ shí xiǎn wáng
议，必不肯明言杀贤者也，必以石显、王
fèng wéi zhōng chén wàng zhī yǔ zhāng wéi bù xián ér bèi zuì yě
凤为忠臣，望之与章为不贤而被罪也。
jīn zú xià shì shí xiǎn wáng fèng guǒ zhōng yé wàng zhī yǔ
今足下视石显、王凤果忠耶？望之与
zhāng guǒ bù xián yé dāng shí yì yǒu jiàn chén bì bù kěn zì
章果不贤耶？当时亦有谏臣，必不肯自
yán wèi huò ér bú jiàn yì bì yuē dāng zhū ér bù zú jiàn
言畏祸而不谏，亦必曰当诛而不足谏
yě jīn zú xià shì zhī guǒ dāng zhū yé shì zhí kě qī
也。今足下视之，果当诛耶？是直可欺
dāng shí zhī rén ér bù kě qī hòu shì yě jīn zú xià yòu
当时之人，而不可欺后世也。今足下又
yù qī jīn rén ér bú jù hòu shì zhī bù kě qī yé kuàng
欲欺今人，而不惧后世之不可欺邪？况
jīn zhī rén wèi kě qī yě
今之人未可欺也！

fú yǐ jīn huáng dì jí wèi yǐ lái jìn yòng jiàn chén
伏以今皇帝即位已来，进用谏臣，

róng nà yán lùn rú cáo xiū gǔ liú yuè suī mò yóu bèi bāo
容纳言论，如曹修古、刘越，虽殁犹被褒
chēng jīn xī wén yǔ kǒng dào fǔ jiē zì jiàn zhèng zhuó yòng
称。今希文与孔道辅皆自谏诤擢用。
zú xià xìng shēng cǐ shí yù nà jiàn zhī shèng zhǔ rú cǐ yóu
足下幸生此时，遇纳谏之圣主如此，犹
bù gǎn yì yán hé yě qián rì yòu wén yù shǐ tái bǎng cháo
不敢一言，何也？前日又闻御史台榜朝
táng jiè bǎi guān bù dé yuè zhí yán shì shì kě yán zhě wéi
堂，戒百官不得越职言事，是可言者惟
jiàn chén ěr ruò zú xià yòu suì bù yán shì tiān xià wú dé
谏臣尔。若足下又遂不言，是天下无得
yán zhě yě zú xià zài qí wèi ér bù yán biàn dāng qù
言者也。足下在其位而不言，便当去
zhī wú fáng tā rén zhī kān qí rèn zhě yě
之，无妨他人之堪其任者也。

zuó rì ān dào biǎn guān shī lǔ dài zuì zú xià yóu
昨日安道贬官，师鲁待罪，足下犹
néng yǐ miàn mù jiàn shì dà fū chū rù cháo zhōng chēng jiàn guān
能以面目见士大夫，出入朝中，称谏官，
shì zú xià bú fù zhī rén jiān yǒu xiū chǐ shì ěr suǒ kě
是足下不复知人间有羞耻事尔！所可
xī zhě shèng cháo yǒu shì jiàn guān bù yán ér shǐ tā rén yán
惜者，圣朝有事，谏官不言而使他人言
zhī shū zài shǐ cè tā rì wéi cháo tíng xiū zhě zú xià
之，书在史册，他日为朝廷羞者，足下

yě chūn qiū zhī fǎ zé xián zhě bèi jīn mǒu qū qū
也。《春秋》之法，责贤者备。今某区区
yóu wàng zú xià zhī néng yì yán zhě bù rěn biàn jué zú xià
犹望足下之能一言者，不忍便绝足下，
ér bù yǐ xián zhě zé yě ruò yóu yǐ wèi xī wén bù xián
而不以贤者责也。若犹以谓希文不贤
ér dāng zhú zé yú jīn suǒ yán rú cǐ nǎi shì péng xié zhī
而当逐，则予今所言如此，乃是朋邪之
rén ěr yuàn zú xià zhí xié cǐ shū yú cháo shǐ zhèng yú zuì
人尔，愿足下直携此书于朝，使正予罪
ér zhū zhī shǐ tiān xià jiē shì rán zhī xī wén zhī dāng zhú
而诛之，使天下皆释然知希文之当逐，
yì jiàn chén zhī yí xiào yě
亦谏臣之一效也。

qián rì zú xià zài ān dào jiā zhào yú wǎng lùn xī wén
前日足下在安道家，召予往论希文
zhī shì shí zuò yǒu tā kè bù néng jìn suǒ huái gù zhé
之事。时坐有他客，不能尽所怀，故辄
bù qū qū fú wéi xìng chá bù xuān xiū zài bài
布区区，伏惟幸察，不宣。修再拜。

yuè yáng lóu jì

岳阳楼记

běi sòng fàn zhòng yān

北宋·范仲淹

qìng lì sì nián chūn téng zǐ jīng zhé shǒu bā líng jùn
庆历四年春，滕子京谪守巴陵郡。
yuè míng nián zhèng tōng rén hé bǎi fèi jù xīng nǎi chóng xiū
越明年，政通人和，百废具兴。乃重修
yuè yáng lóu zēng qí jiù zhì kè táng xián jīn rén shī fù yú
岳阳楼，增其旧制，刻唐贤今人诗赋于
qí shàng zhǔ yǔ zuò wén yǐ jì zhī
其上；属予作文以记之。

yǔ guān fú bā líng shèng zhuàng zài dòng tíng yì hú
予观夫巴陵胜状，在洞庭一湖。
xián yuǎn shān tūn cháng jiāng hào hào shāng shāng héng wú jì yá
衔远山，吞长江，浩浩汤汤，横无际涯；
zhāo huī xī yīn qì xiàng wàn qiān cǐ zé yuè yáng lóu zhī dà
朝晖夕阴，气象万千。此则岳阳楼之大
guān yě qián rén zhī shù bèi yǐ rán zé běi tōng wū xiá
观也，前人之述备矣。然则北通巫峡，
nán jí xiāo xiāng qiān kè sāo rén duō huì yú cǐ lǎn wù zhī
南极潇湘，迁客骚人，多会于此，览物之
qíng dé wú yì hū
情，得无异乎？

ruò fú yín yǔ fēi fēi lián yuè bù kāi yīn fēng nù
若夫霪雨霏霏，连月不开；阴风怒
háo zhuó làng pái kōng rì xīng yǐn yào shān yuè qián xíng shāng
号，浊浪排空；日星隐曜，山岳潜形；商
lǚ bù xíng qiáng qīng jí cuī bó mù míng míng hǔ xiào yuán
旅不行，樯倾楫摧；薄暮冥冥，虎啸猿
tí dēng sī lóu yě zé yǒu qù guó huái xiāng yōu chán wèi
啼。登斯楼也，则有去国怀乡，忧谗畏
jī mǎn mù xiāo rán gǎn jí ér bēi zhě yǐ
讥，满目萧然，感极而悲者矣！

zhì ruò chūn hé jǐng míng bō lán bù jīng shàng xià tiān
至若春和景明，波澜不惊；上下天
guāng yì bì wàn qǐng shā ōu xiáng jí jǐn lín yóu yǒng àn
光，一碧万顷；沙鸥翔集，锦鳞游泳；岸
zhǐ tīng lán yù yù qīng qīng ér huò cháng yān yì kōng hào
芷汀兰，郁郁青青。而或长烟一空，皓
yuè qiān lǐ fú guāng yuè jīn jìng yǐng chén bì yú gē hù
月千里，浮光跃金，静影沉璧，渔歌互
dá cǐ lè hé jí dēng sī lóu yě zé yǒu xīn kuàng shén
答，此乐何极！登斯楼也，则有心旷神
yí chǒng rǔ xié wàng bǎ jiǔ lín fēng qí xǐ yáng yáng zhě
怡，宠辱偕忘，把酒临风，其喜洋洋者
yǐ
矣。

jiē fú yǔ cháng qiú gǔ rén rén zhī xīn huò yì èr
嗟夫！予尝求古仁人之心，或异二

zhě zhī wéi hé zāi bù yǐ wù xǐ bù yǐ jǐ bēi jū
者之为，何哉？不以物喜，不以己悲；居
miào táng zhī gāo zé yōu qí mín chǔ jiāng hú zhī yuǎn zé yōu qí
庙堂之高则忧其民；处江湖之远则忧其
jūn shì jìn yì yōu tuì yì yōu rán zé hé shí ér lè
君。是进亦忧，退亦忧。然则何时而乐
yé qí bì yuē xiān tiān xià zhī yōu ér yōu hòu tiān xià
耶？其必曰：先天下之忧而忧，后天下
zhī lè ér lè hū yī wēi sī rén wú shuí yǔ guī
之乐而乐乎！噫！微斯人，吾谁与归？
shí liù nián jiǔ yuè shí wǔ rì
时六年九月十五日。

huánggāng zhú lóu jì
黄冈竹楼记

běi sòng wáng yǔ chēng
北宋·王禹偁

huánggāng zhī dì duō zhú dà zhě rú chuán zhú gōng
黄冈之地多竹，大者如椽。竹工
pò zhī kū qù qí jié yòng dài táo wǎ bǐ wū jiē rán
破之，刳去其节，用代陶瓦，比屋皆然，
yǐ qí jià lián ér gōngshěng yě
以其价廉而工省也。
zǐ chéng xī běi yú zhì dié pǐ huǐ zhēn mǎng huāng
子城西北隅，雉堞圮毁，蓁莽荒

huì yīn zuò xiǎo lóu èr jiān yǔ yuè bō lóu tōng yuǎn tūn
秽，因作小楼二间，与月波楼通。远吞
shān guāng píng yì jiāng lài yōu qù liáo xiòng bù kě jù zhuàng
山光，平挹江濑，幽阒辽夐，不可具状。
xià yí jí yǔ yǒu pù bù shēng dōng yí mì xuě yǒu suì yù
夏宜急雨，有瀑布声；冬宜密雪，有碎玉
shēng yí gǔ qín qín diào xū chàng yí yǒng shī shī yùn
声。宜鼓琴，琴调虚畅；宜咏诗，诗韵
qīng jué yí wéi qí zǐ shēng zhēng zhēng rán yí tóu hú shǐ
清绝；宜围棋，子声丁丁然；宜投壶，矢
shēng zhēng zhēng rán jiē zhú lóu zhī suǒ zhù yě
声铮铮然。——皆竹楼之所助也。

gōng tuì zhī xiá pī hè chǎng dài huà yáng jīn shǒu zhí
公退之暇，披鹤氅，戴华阳巾，手执
zhōu yì yí juàn fén xiāng mò zuò qīng qiǎn shì lǜ jiāng
《周易》一卷，焚香默坐，清遣世虑。江
shān zhī wài dì jiàn fēng fān shā niǎo yān yún zhú shù ér yǐ
山之外，第见风帆沙鸟、烟云竹树而已。
dài qí jiǔ lì xǐng chá yān xiē sòng xī yáng yíng sù yuè
待其酒力醒，茶烟歇，送夕阳，迎素月，
yì zhé jū zhī shèng gài yě bǐ qí yún luò xīng gāo zé
亦谪居之胜概也。彼齐云、落星，高则
gāo yǐ jǐng hán lì qiáo huá zé huá yǐ zhǐ yú zhù jì
高矣；井幹、丽谯，华则华矣，止于贮妓
nǚ cáng gē wǔ fēi sāo rén zhī shì wú suǒ bù qǔ
女，藏歌舞，非骚人之事，吾所不取。

wú wén zhú gōng yún zhú zhī wéi wǎ jǐn shí rěn
吾闻竹工云：“竹之为瓦，仅十稔；
ruò chóng fù zhī dé èr shí rěn yī wú yǐ zhì dào yǐ
若重覆之，得二十稔。”噫！吾以至道乙
wèi suì zì hàn lín chū chú shàng bǐng shēn yí guǎng líng dīng
未岁，自翰林出滁上；丙申，移广陵；丁
yǒu yòu rù xī yè wù xū suì chú rì yǒu qí ān zhī
酉，又入西掖。戊戌岁除日，有齐安之
mìng jǐ hài rùn sān yuè dào jùn sì nián zhī jiān bēn zǒu
命；己亥闰三月到郡。四年之间，奔走
bù xiá wèi zhī míng nián yòu zài hé chù qǐ jù zhú lóu zhī
不暇，未知明年又在何处，岂惧竹楼之
yì xiǔ hū xìng hòu zhī rén yǔ wǒ tóng zhì sì ér qì
易朽乎！幸后之人与我同志，嗣而葺
zhī shù sī lóu zhī bù xiǔ yě xián píng èr nián bā yuè shí
之，庶斯楼之不朽也。咸平二年八月十
wǔ rì jì
五日记。

liù guó lùn
六国论

běi sòng sū xún
北宋·苏洵

liù guó pò miè fēi bīng bú lì zhàn bú shàn bì zài
六国破灭，非兵不利，战不善，弊在

lù qín lù qín ér lì kuī pò miè zhī dào yě huò
赂秦。赂秦而力亏，破灭之道也。或
yuē liù guó hù sàng shuài lù qín yé yuē bú lù zhě
曰：“六国互丧，率赂秦耶？”曰：“不赂者
yǐ lù zhě sàng gài shī qiáng yuán bù néng dú wán gù yuē
以赂者丧，盖失强援，不能独完。故曰：
bì zài lù qín yě
弊在赂秦也。”

qín yǐ gōng qǔ zhī wài xiǎo zé huò yì dà zé dé
秦以攻取之外，小则获邑，大则得
chéng jiào qín zhī suǒ dé yǔ zhàn shèng ér dé zhě qí shí
城。较秦之所得，与战胜而得者，其实
bǎi bèi zhū hóu zhī suǒ wáng yǔ zhàn bài ér wáng zhě qí shí
百倍；诸侯之所亡，与战败而亡者，其实
yì bǎi bèi zé qín zhī suǒ dà yù zhū hóu zhī suǒ dà
亦百倍。则秦之所大欲，诸侯之所大
huàn gù bú zài zhàn yǐ sī jué xiān zǔ fù pù shuāng
患，固不在战矣。思厥先祖父，暴霜
lù zhǎn jīng jí yǐ yǒu chǐ cùn zhī dì zǐ sūn shì zhī
露，斩荆棘，以有尺寸之地。子孙视之
bú shèn xī jǔ yǐ yǔ rén rú qì cǎo jiè jīn rì gē
不甚惜，举以予人，如弃草芥。今日割
wǔ chéng míng rì gē shí chéng rán hòu dé yì xī ān qǐn
五城，明日割十城，然后得一夕安寝。
qǐ shì sì jìng ér qín bīng yòu zhì yǐ rán zé zhū hóu zhī
起视四境，而秦兵又至矣。然则诸侯之

dì yǒu xiàn bào qín zhī yù wú yàn fèng zhī mí fán qīn zhī
地有限，暴秦之欲无厌，奉之弥繁，侵之
yù jí gù bú zhàn ér qiáng ruò shèng fù yǐ pàn yǐ zhì
愈急。故不战而强弱胜负已判矣。至
yú diān fù lǐ gù yí rán gǔ rén yún yǐ dì shì
于颠覆，理固宜然。古人云：“以地事
qín yóu bào xīn jiù huǒ xīn bú jìn huǒ bú miè cǐ yán
秦，犹抱薪救火，薪不尽，火不灭。”此言
dé zhī
得之。

qí rén wèi cháng lù qín zhōng jì wǔ guó qiān miè hé
齐人未尝赂秦，终继五国迁灭，何
zāi yǔ yíng ér bú zhù wǔ guó yě wǔ guó jì sàng qí
哉？与嬴而不助五国也。五国既丧，齐
yì bù miǎn yǐ yān zhào zhī jūn shǐ yǒu yuǎn lüè néng shǒu
亦不免矣。燕赵之君，始有远略，能守
qí tǔ yì bú lù qín shì gù yān suī xiǎo guó ér hòu
其土，义不赂秦。是故燕虽小国而后
wáng sī yòng bīng zhī xiào yě zhì dān yǐ jīng qīng wéi jì
亡，斯用兵之效也。至丹以荆卿为计，
shǐ sù huò yān zhào cháng wǔ zhàn yú qín èr bài ér sān
始速祸焉。赵尝五战于秦，二败而三
shèng hòu qín jī zhào zhě zài lǐ mù lián què zhī jì mù
胜。后秦击赵者再，李牧连却之。洎牧
yǐ chán zhū hán dān wéi jùn xī qí yòng wǔ ér bù zhōng yě
以谗诛，邯郸为郡，惜其用武而不终也。

qiě yān zhào chǔ qín gé miè dài jìn zhī jì kě wèi zhì lì gū
且燕赵处秦革灭殆尽之际，可谓智力孤
wēi zhàn bài ér wáng chéng bù dé yǐ xiàng shǐ sān guó gè
危，战败而亡，诚不得已。向使三国各
ài qí dì qí rén wù fù yú qín cì kè bù xíng liáng jiàng
爱其地，齐人勿附于秦，刺客不行，良将
yóu zài zé shèng fù zhī shù cún wáng zhī lǐ dāng yǔ qín xiāng
犹在，则胜负之数，存亡之理，当与秦相
jiào huò wèi yì liáng
较，或未易量。

wū hū yǐ lù qín zhī dì fēng tiān xià zhī móu chén
鸣呼！以赂秦之地封天下之谋臣，
yǐ shì qín zhī xīn lǐ tiān xià zhī qí cái bìng lì xī xiàng
以事秦之心礼天下之奇才，并力西向，
zé wú kǒng qín rén shí zhī bù dé xià yàn yě bēi fú
则吾恐秦人食之不得下咽也。悲夫！
yǒu rú cǐ zhī shì ér wéi qín rén jī wēi zhī suǒ jié rì
有如此之势，而为秦人积威之所劫，日
xuē yuè gē yǐ qū yú wáng wéi guó zhě wú shǐ wéi jī wēi
削月割，以趋于亡。为国者无使为积威
zhī suǒ jié zāi
之所劫哉！

fú liù guó yǔ qín jiē zhū hóu qí shì ruò yú qín
夫六国与秦皆诸侯，其势弱于秦，
ér yóu yǒu kě yǐ bú lù ér shèng zhī zhī shì gǒu yǐ tiān
而犹有可以不赂而胜之之势。苟以天

xià zhī dà ér cóng liù guó pò wáng zhī gù shì shì yòu zài
下之大，而从六国破亡之故事，是又在
liù guó xià yǐ
六国下矣。

jì chéng tiān sì yè yóu
记承天寺夜游

běi sòng sū shì
北宋·苏轼

yuán fēng liù nián shí yuè shí èr rì yè jiě yī yù
元丰六年十月十二日夜，解衣欲
shuì yuè sè rù hù xīn rán qǐ xíng niàn wú yǔ wéi lè
睡，月色入户，欣然起行。念无与为乐
zhě suì zhì chéng tiān sì xún zhāng huái mín huái mín wèi qǐn
者，遂至承天寺，寻张怀民。怀民未寝，
xiāng yǔ bù yú zhōng tíng
相与步于中庭。

tíng xià rú jī shuǐ kōng míng shuǐ zhōng zǎo xìng jiāo héng
庭下如积水空明，水中藻荇交横，
gài zhú bǎi yǐng yě
盖竹柏影也。

hé yè wú yuè hé chù wú sōng bǎi dàn shǎo xián
何夜无月？何处无松柏？但少闲
rén rú wú liǎng rén ěr
人如吾两人耳。

shí zhōngshān jì

石钟山记

běi sòng sū shì

北宋·苏轼

shuǐ jīng yún péng lí zhī kǒu yǒu shí zhōng shān
《水经》云："彭蠡之口有石钟山
yān lì yuán yǐ wéi xià lín shēn tán wēi fēng gǔ làng shuǐ
焉。"郦元以为下临深潭，微风鼓浪，水
shí xiàng bó shēng rú hóng zhōng shì shuō yě rén cháng yí
石相搏，声如洪钟。是说也，人常疑
zhī jīn yǐ zhōng qìng zhì shuǐ zhōng suī dà fēng làng bù néng míng
之。今以钟磬置水中，虽大风浪不能鸣
yě ér kuàng shí hū zhì táng lǐ bó shǐ fǎng qí yí zōng
也，而况石乎！至唐李渤始访其遗踪，
dé shuāng shí yú tán shàng kòu ér líng zhī nán shēng hán hú
得双石于潭上，扣而聆之，南声函胡，
běi yīn qīng yuè fú zhǐ xiǎng téng yú yùn xú xiē zì yǐ
北音清越，桴止响腾，余韵徐歇。自以
wéi dé zhī yǐ rán shì shuō yě yú yóu yí zhī shí zhī
为得之矣。然是说也，余尤疑之。石之
kēng rán yǒu shēng zhě suǒ zài jiē shì yě ér cǐ dú yǐ zhōng
铿然有声者，所在皆是也，而此独以钟
míng hé zāi
名，何哉？

yuán fēng qī nián liù yuè dīng chǒu yú zì qí ān zhōu xíng
元丰七年六月丁丑，余自齐安舟行
shì lín rǔ ér zhǎng zǐ mài jiāng fù ráo zhī dé xīng wèi sòng
适临汝，而长子迈将赴饶之德兴尉，送
zhī zhì hú kǒu yīn dé guān suǒ wèi shí zhōng zhě sì sēng shǐ
之至湖口，因得观所谓石钟者。寺僧使
xiǎo tóng chí fǔ yú luàn shí jiān zé qí yī èr kòu zhī kōng
小童持斧，于乱石间择其一二扣之，硿
kōng yān yú gù xiào ér bú xìn yě zhì mù yè yuè míng
硿焉。余固笑而不信也。至暮夜月明，
dú yǔ mài chéng xiǎo zhōu zhì jué bì xià dà shí cè lì qiān
独与迈乘小舟，至绝壁下。大石侧立千
chǐ rú měng shòu qí guǐ sēn rán yù bó rén ér shān shàng qī
尺，如猛兽奇鬼，森然欲搏人，而山上栖
hú wén rén shēng yì jīng qǐ zhé zhé yún xiāo jiān yòu yǒu ruò
鹘，闻人声亦惊起，磔磔云霄间；又有若
lǎo rén ké qiě xiào yú shān gǔ zhōng zhě huò yuē cǐ guàn hè
老人咳且笑于山谷中者，或曰此鹳鹤
yě yú fāng xīn dòng yù huán ér dà shēng fā yú shuǐ shàng
也。余方心动欲还，而大声发于水上，
chēng hóng rú zhōng gǔ bù jué zhōu rén dà kǒng xú ér chá
噌吰如钟鼓不绝。舟人大恐。徐而察
zhī zé shān xià jiē shí xué xià bù zhī qí qiǎn shēn wēi bō
之，则山下皆石穴罅，不知其浅深，微波
rù yān hán dàn péng pài ér wéi cǐ yě zhōu huí zhì liǎng shān
入焉，涵淡澎湃而为此也。舟回至两山

jiān jiāng rù gǎng kǒu yǒu dà shí dāng zhōng liú kě zuò bǎi
间，将入港口，有大石当中流，可坐百
rén kōng zhōng ér duō qiào yǔ fēng shuǐ xiāng tūn tǔ yǒu kuǎn kǎn
人，空中而多窍，与风水相吞吐，有窾坎
tāng tà zhī shēng yǔ xiàng zhī chēng hóng zhě xiāng yìng rú yuè zuò
镗鞳之声，与向之噌吰者相应，如乐作
yān yīn xiào wèi mài yuē rǔ zhì zhī hū chēng hóng zhě
焉。因笑谓迈曰：“汝识之乎？噌吰者，
zhōu jǐng wáng zhī wú yì yě kuǎn kǎn tāng tà zhě wèi zhuāng zǐ
周景王之无射也；窾坎镗鞳者，魏庄子
zhī gē zhōng yě gǔ zhī rén bù yú qī yě
之歌钟也。古之人不余欺也！”

shì bú mù jiàn ěr wén ér yì duàn qí yǒu wú kě
事不目见耳闻，而臆断其有无，可
hū lì yuán zhī suǒ jiàn wén dài yǔ yú tóng ér yán zhī
乎？郦元之所见闻，殆与余同，而言之
bù xiáng shì dà fū zhōng bù kěn yǐ xiǎo zhōu yè bó jué bì zhī
不详；士大夫终不肯以小舟夜泊绝壁之
xià gù mò néng zhī ér yú gōng shuǐ shī suī zhī ér bù néng
下，故莫能知；而渔工水师虽知而不能
yán cǐ shì suǒ yǐ bù chuán yě ér lòu zhě nǎi yǐ fǔ
言。此世所以不传也。而陋者乃以斧
jīn kǎo jī ér qiú zhī zì yǐ wéi dé qí shí yú shì yǐ
斤考击而求之，自以为得其实。余是以
jì zhī gài tàn lì yuán zhī jiǎn ér xiào lǐ bó zhī lòu yě
记之，盖叹郦元之简，而笑李渤之陋也。

chì bì fù

赤壁赋

běi sòng sū shì

北宋·苏轼

rén xū zhī qiū qī yuè jì wàng sū zǐ yǔ kè fàn
壬戌之秋，七月既望，苏子与客泛
zhōu yóu yú chì bì zhī xià qīng fēng xú lái shuǐ bō bù
舟游于赤壁之下。清风徐来，水波不
xīng jǔ jiǔ zhǔ kè sòng míng yuè zhī shī gē yǎo tiǎo zhī
兴。举酒属客，诵明月之诗，歌窈窕之
zhāng shǎo yān yuè chū yú dōng shān zhī shàng pái huái yú dǒu
章。少焉，月出于东山之上，徘徊于斗
niú zhī jiān bái lù héng jiāng shuǐ guāng jiē tiān zòng yì wěi
牛之间。白露横江，水光接天。纵一苇
zhī suǒ rú líng wàn qǐng zhī máng rán hào hào hū rú píng xū
之所如，凌万顷之茫然。浩浩乎如冯虚
yù fēng ér bù zhī qí suǒ zhǐ piāo piāo hū rú yí shì dú
御风，而不知其所止；飘飘乎如遗世独
lì yǔ huà ér dēng xiān
立，羽化而登仙。

yú shì yǐn jiǔ lè shèn kòu xián ér gē zhī gē
于是饮酒乐甚，扣舷而歌之。歌
yuē guì zhào xī lán jiǎng jī kōng míng xī sù liú guāng miǎo
曰：“桂棹兮兰桨，击空明兮溯流光；渺

miǎo xī yǔ huái wàng měi rén xī tiān yì fāng kè yǒu chuī dòng
渺兮予怀，望美人兮天一方。”客有吹洞
xiāo zhě yǐ gē ér hè zhī qí shēng wū wū rán rú yuàn
箫者，倚歌而和之。其声呜呜然，如怨
rú mù rú qì rú sù yú yīn niǎo niǎo bù jué rú lǚ
如慕，如泣如诉；余音袅袅，不绝如缕。
wǔ yōu hè zhī qián jiāo qì gū zhōu zhī lí fù
舞幽壑之潜蛟，泣孤舟之嫠妇。

sū zǐ qiǎo rán zhèng jīn wēi zuò ér wèn kè yuē hé
苏子愀然，正襟危坐而问客曰：“何
wéi qí rán yě kè yuē yuè míng xīng xī wū què nán
为其然也？”客曰：“‘月明星稀，乌鹊南
fēi cǐ fēi cáo mèng dé zhī shī hū xī wàng xià kǒu dōng
飞’，此非曹孟德之诗乎？西望夏口，东
wàng wǔ chāng shān chuān xiāng liáo yù hū cāng cāng cǐ fēi mèng
望武昌，山川相缪，郁乎苍苍，此非孟
dé zhī kùn yú zhōu láng zhě hū fāng qí pò jīng zhōu xià jiāng
德之困于周郎者乎？方其破荆州，下江
líng shùn liú ér dōng yě zhú lú qiān lǐ jīng qí bì kōng
陵，顺流而东也，舳舻千里，旌旗蔽空，
shī jiǔ lín jiāng héng shuò fù shī gù yí shì zhī xióng yě ér
酾酒临江，横槊赋诗，固一世之雄也，而
jīn ān zài zāi kuàng wú yǔ zǐ yú qiáo yú jiāng zhǔ zhī
今安在哉？况吾与子渔樵于江渚之
shàng lǚ yú xiā ér yǒu mí lù jià yí yè zhī piān zhōu jǔ
上，侣鱼虾而友麋鹿，驾一叶之扁舟，举

páo zūn yǐ xiāng zhǔ jì fú yóu yú tiān dì miǎo cāng hǎi zhī
匏樽以相属。寄蜉蝣于天地，渺沧海之
yí sù āi wú shēng zhī xū yú xiàn cháng jiāng zhī wú qióng
一粟。哀吾生之须臾，羡长江之无穷。
xié fēi xiān yǐ áo yóu bào míng yuè ér cháng zhōng zhī bù kě
挟飞仙以遨游，抱明月而长终。知不可
hū zhòu dé tuō yí xiǎng yú bēi fēng
乎骤得，托遗响于悲风。”

sū zǐ yuē kè yì zhī fú shuǐ yǔ yuè hū shì
苏子曰：“客亦知夫水与月乎？逝
zhě rú sī ér wèi cháng wǎng yě yíng xū zhě rú bǐ ér zú
者如斯，而未尝往也；盈虚者如彼，而卒
mò xiāo zhǎng yě gài jiāng zì qí biàn zhě ér guān zhī zé tiān
莫消长也。盖将自其变者而观之，则天
dì zēng bù néng yǐ yí shùn zì qí bú biàn zhě ér guān zhī
地曾不能以一瞬；自其不变者而观之，
zé wù yǔ wǒ jiē wú jìn yě ér yòu hé xiàn hū qiě fú
则物与我皆无尽也，而又何羡乎！且夫
tiān dì zhī jiān wù gè yǒu zhǔ gǒu fēi wú zhī suǒ yǒu suī
天地之间，物各有主，苟非吾之所有，虽
yì háo ér mò qǔ wéi jiāng shàng zhī qīng fēng yǔ shān jiān zhī
一毫而莫取。惟江上之清风，与山间之
míng yuè ěr dé zhī ér wéi shēng mù yù zhī ér chéng sè
明月，耳得之而为声，目遇之而成色，
qǔ zhī wú jìn yòng zhī bù jié shì zào wù zhě zhī wú jìn
取之无禁，用之不竭，是造物者之无尽

zàng yě ér wú yǔ zǐ zhī suǒ gòng shì
藏也，而吾与子之所共适。”

kè xǐ ér xiào xǐ zhǎn gēng zhuó yáo hé jì jìn
客喜而笑，洗盏更酌。肴核既尽，
bēi pán láng jí xiāng yǔ zhěn jiè hū zhōu zhōng bù zhī dōng fāng
杯盘狼籍。相与枕藉乎舟中，不知东方
zhī jì bái
之既白。

huáng zhōu kuài zāi tíng jì
黄州快哉亭记

běi sòng sū zhé
北宋·苏辙

jiāng chū xī líng shǐ dé píng dì qí liú bēn fàng sì
江出西陵，始得平地，其流奔放肆
dà nán hé yuán xiāng běi hé hàn miǎn qí shì yì zhāng
大。南合沅、湘，北合汉、沔，其势益张。
zhì yú chì bì zhī xià bō liú jìn guàn yǔ hǎi xiāng ruò
至于赤壁之下，波流浸灌，与海相若。
qīng hé zhāng jūn mèng dé zhé jū qí ān jí qí lú zhī xī nán
清河张君梦得谪居齐安，即其庐之西南
wéi tíng yǐ lǎn guān jiāng liú zhī shèng ér yú xiōng zǐ zhān míng
为亭，以览观江流之胜；而余兄子瞻名
zhī yuē kuài zāi
之曰“快哉”。

gài tíng zhī suǒ jiàn nán běi bǎi lǐ dōng xī yí shè
盖亭之所见，南北百里，东西一舍，
tāo lán xiōng yǒng fēng yún kāi hé zhòu zé zhōu jí chū mò yú
涛澜汹涌，风云开阖。昼则舟楫出没于
qí qián yè zé yú lóng bēi xiào yú qí xià biàn huà shū
其前，夜则鱼龙悲啸于其下。变化倏
hū dòng xīn hài mù bù kě jiǔ shì jīn nǎi dé wán zhī
忽，动心骇目，不可久视。今乃得玩之
jī xí zhī shàng jǔ mù ér zú xī wàng wǔ chāng zhū shān
几席之上，举目而足。西望武昌诸山，
gāng líng qǐ fú cǎo mù háng liè yān xiāo rì chū yú fū
冈陵起伏，草木行列，烟消日出。渔夫
qiáo fǔ zhī shè jiē kě zhǐ shǔ cǐ qí suǒ yǐ wéi kuài
樵父之舍，皆可指数。此其所以为“快
zāi zhě yě zhì yú cháng zhōu zhī bīn gù chéng zhī xū
哉”者也。至于长洲之滨，故城之墟，
cáo mèng dé sūn zhòng móu zhī suǒ pì nì zhōu yú lù xùn zhī
曹孟德、孙仲谋之所睥睨，周瑜、陆逊之
suǒ chěng wù qí liú fēng yí jì yì zú yǐ chēng kuài shì
所骋骛。其流风遗迹，亦足以称快世
sú
俗。

xī chǔ xiāng wáng cóng sòng yù jǐng cuō yú lán tái zhī
昔楚襄王从宋玉、景差于兰台之
gōng yǒu fēng sà rán zhì zhě wáng pī jīn dāng zhī yuē kuài
宫，有风飒然至者，王披襟当之，曰：“快

zāi cǐ fēng guǎ rén suǒ yǔ shù rén gòng zhě yé sòng yù
哉此风！寡人所与庶人共者耶？”宋玉
yuē cǐ dú dà wáng zhī xióng fēng ěr shù rén ān dé gòng
曰：“此独大王之雄风耳，庶人安得共
zhī yù zhī yán gài yǒu fěng yān fú fēng wú cí xióng zhī
之！”玉之言，盖有讽焉。夫风无雌雄之
yì ér rén yǒu yù bú yù zhī biàn chǔ wáng zhī suǒ yǐ wéi
异，而人有遇不遇之变；楚王之所以为
lè yǔ shù rén zhī suǒ yǐ wéi yōu cǐ zé rén zhī biàn yě
乐，与庶人之所以为忧，此则人之变也，
ér fēng hé yù yān shì shēng yú shì shǐ qí zhōng bú zì
而风何与焉？士生于世，使其中不自
dé jiāng hé wǎng ér fēi bìng shǐ qí zhōng tǎn rán bù yǐ wù
得，将何往而非病？使其中坦然不以物
shāng xìng jiāng hé shì ér fēi kuài jīn zhāng jūn bù yǐ zhé wéi
伤性，将何适而非快？今张君不以谪为
huàn qiè kuài jì zhī yú gōng ér zì fàng shān shuǐ zhī jiān cǐ
患，窃会计之余功，而自放山水之间，此
qí zhōng yí yǒu yǐ guò rén zhě jiāng péng hù wèng yǒu wú suǒ
其中宜有以过人者。将蓬户瓮牖，无所
bú kuài ér kuàng hū zhuó cháng jiāng zhī qīng liú yì xī shān zhī
不快；而况乎濯长江之清流，挹西山之
bái yún qióng ěr mù zhī shèng yǐ zì shì yě zāi bù rán
白云，穷耳目之胜以自适也哉！不然，
lián shān jué hè cháng lín gǔ mù zhèn zhī yǐ qīng fēng zhào zhī
连山绝壑，长林古木，振之以清风，照之

yǐ míng yuè cǐ jiē sāo rén sī shì zhī suǒ yǐ bēi shāng qiáo
以明月，此皆骚人、思士之所以悲伤憔
cuì ér bù néngshēng zhě wū dǔ qí wéi kuài yě zāi
悴而不能胜者，乌睹其为快也哉！

yuán fēng liù nián shí yī yuè shuò rì zhào jùn sū zhé
元丰六年十一月朔日，赵郡苏辙
jì
记。

shāngzhòngyǒng
伤仲永

běi sòng wáng ān shí
北宋·王安石

jīn xī mín fāng zhòng yǒng shì lì gēng zhòng yǒng shēng
金溪民方仲永，世隶耕。仲永生
wǔ nián wèi cháng shí shū jù hū tí qiú zhī fù yì yān
五年，未尝识书具，忽啼求之。父异焉，
jiè páng jìn yǔ zhī jí shū shī sì jù bìng zì wéi qí míng
借旁近与之，即书诗四句，并自为其名。
qí shī yǐ yǎng fù mǔ shōu zú wéi yì chuán yì xiāng xiù cái
其诗以养父母、收族为意，传一乡秀才
guān zhī zì shì zhǐ wù zuò shī lì jiù qí wén lǐ jiē yǒu
观之。自是指物作诗立就，其文理皆有
kě guān zhě yì rén qí zhī shāo shāo bīn kè qí fù huò
可观者。邑人奇之，稍稍宾客其父，或

yǐ qián bì qǐ zhī fù lì qí rán yě rì pān zhòng yǒng huán
以钱币乞之。父利其然也，日扳仲永环
yè yú yì rén bù shǐ xué
谒于邑人，不使学。

yú wén zhī yě jiǔ míng dào zhōng cóng xiān rén huán
余闻之也久。明道中，从先人还
jiā yú jiù jiā jiàn zhī shí èr sān yǐ lìng zuò shī bù
家，于舅家见之，十二三矣。令作诗，不
néng chèn qián shí zhī wén yòu qī nián huán zì yáng zhōu fù
能称前时之闻。又七年，还自扬州，复
dào jiù jiā wèn yān yuē mǐn rán zhòng rén yǐ
到舅家问焉。曰："泯然众人矣。"

yóu bāo chán shān jì
游褒禅山记

běi sòng wáng ān shí
北宋·王安石

bāo chán shān yì wèi zhī huá shān táng fú tú huì bāo shǐ
褒禅山亦谓之华山，唐浮图慧褒始
shè yú qí zhǐ ér zú zàng zhī yǐ gù qí hòu míng zhī yuē
舍于其址，而卒葬之；以故其后名之曰
bāo chán jīn suǒ wèi huì kōng chán yuàn zhě bāo zhī lú zhǒng
"褒禅"。今所谓慧空禅院者，褒之庐冢
yě jù qí yuàn dōng wǔ lǐ suǒ wèi huá yáng dòng zhě yǐ
也。距其院东五里，所谓华阳洞者，以

qí nǎi huá shān zhī yáng míng zhī yě jù dòng bǎi yú bù yǒu
其乃华山之阳名之也。距洞百余步，有
bēi pū dào qí wén màn miè dú qí wéi wén yóu kě shí yuē
碑仆道，其文漫灭，独其为文犹可识，曰
huā shān jīn yán huā rú huá shí zhī huá
“花山”。今言“华”如“华实”之“华”
zhě gài yīn miù yě
者，盖音谬也。

qí xià píng kuàng yǒu quán cè chū ér jì yóu zhě shèn
其下平旷，有泉侧出，而记游者甚
zhòng suǒ wèi qián dòng yě yóu shān yǐ shàng wǔ liù lǐ yǒu
众，所谓前洞也。由山以上五六里，有
xué yǎo rán rù zhī shèn hán wèn qí shēn zé qí hào yóu zhě
穴窈然，入之甚寒，问其深，则其好游者
bù néng qióng yě wèi zhī hòu dòng yú yǔ sì rén yōng huǒ yǐ
不能穷也，谓之后洞。余与四人拥火以
rù rù zhī yù shēn qí jìn yù nán ér qí jiàn yù qí
入，入之愈深，其进愈难，而其见愈奇。
yǒu dài ér yù chū zhě yuē bù chū huǒ qiě jìn suì
有怠而欲出者，曰：“不出，火且尽。”遂
yǔ zhī jù chū gài yú suǒ zhì bǐ hào yóu zhě shàng bù néng
与之俱出。盖余所至，比好游者尚不能
shí yī rán shì qí zuǒ yòu lái ér jì zhī zhě yǐ shǎo
十一，然视其左右，来而记之者已少。
gài qí yòu shēn zé qí zhì yòu jiā shǎo yǐ fāng shì shí
盖其又深，则其至又加少矣。方是时，

yú zhī lì shàng zú yǐ rù huǒ shàng zú yǐ míng yě jì
予之力尚足以入，火尚足以明也。既
qí chū zé huò jiù qí yù chū zhě ér yú yì huǐ qí suí
其出，则或咎其欲出者，而余亦悔其随
zhī ér bù dé jí fú yóu zhī lè yě
之而不得极夫游之乐也。

yú shì yú yǒu tàn yān gǔ rén zhī guān yú tiān dì
于是余有叹焉：古人之观于天地、
shān chuān cǎo mù chóng yú niǎo shòu wǎng wǎng yǒu dé yǐ
山川、草木、虫鱼、鸟兽，往往有得，以
qí qiú sī zhī shēn ér wú bú zài yě fú yí yǐ jìn zé
其求思之深而无不在也。夫夷以近，则
yóu zhě zhòng xiǎn yǐ yuǎn zé zhì zhě shǎo ér shì zhī qí
游者众；险以远，则至者少。而世之奇
wěi guī guài fēi cháng zhī guān cháng zài yú xiǎn yuǎn ér rén
伟、瑰怪、非常之观，常在于险远，而人
zhī suǒ hǎn zhì yān gù fēi yǒu zhì zhě bù néng zhì yě yǒu
之所罕至焉，故非有志者不能至也。有
zhì yǐ bù suí yǐ zhǐ yě rán lì bù zú zhě yì bù néng
志矣，不随以止也，然力不足者，亦不能
zhì yě yǒu zhì yǔ lì ér yòu bù suí yǐ dài zhì yú
至也。有志与力，而又不随以怠，至于
yōu àn hūn huò ér wú wù yǐ xiàng zhī yì bù néng zhì yě
幽暗昏惑而无物以相之，亦不能至也。
rán lì zú yǐ zhì yān ér bú zhì yú rén wéi kě jī ér
然力足以至焉而不至，于人为可讥，而

zài jǐ wéi yǒu huǐ jìn wú zhì yě ér bù néng zhì zhě kě
在己为有悔；尽吾志也而不能至者，可
yǐ wú huǐ yǐ qí shú néng jī zhī hū cǐ yú zhī suǒ dé
以无悔矣，其孰能讥之乎？此余之所得
yě
也。

yú yú pū bēi yòu yǐ bēi fú gǔ shū zhī bù cún
余于仆碑，又以悲夫古书之不存，
hòu shì zhī miù qí chuán ér mò néng míng zhě hé kě shēng dào
后世之谬其传而莫能名者，何可胜道
yě zāi cǐ suǒ yǐ xué zhě bù kě yǐ bù shēn sī ér shèn
也哉！此所以学者不可以不深思而慎
qǔ zhī yě
取之也。

sì rén zhě lú líng xiāo jūn guī jūn yù cháng lè wáng
四人者：庐陵萧君圭君玉，长乐王
huí shēn fǔ yú dì ān guó píng fǔ ān shàng chún fǔ zhì
回深父，余弟安国平父、安上纯父。至
hé yuán nián qī yuè mǒu rì lín chuān wáng mǒu jì
和元年七月某日，临川王某记。

答司马谏议书

dá sī mǎ jiàn yì shū

北宋·王安石

běi sòng wáng ān shí

mǒu qǐ zuó rì méng jiào qiè yǐ wéi yǔ jūn shí yóu chǔ xiāng hǎo zhī rì jiǔ ér yì shì měi bù hé suǒ cāo zhī shù duō yì gù yě suī yù qiǎng guō zhōng bì bù méng jiàn chá gù lüè shàng bào bú fù yī yī zì biàn chóng niàn méng jūn shí shì yù hòu yú fǎn fù bù yí lǔ mǎng gù jīn jù dào suǒ yǐ jì jūn shí huò jiàn shù yě

某启：昨日蒙教，窃以为与君实游处相好之日久，而议事每不合，所操之术多异故也。虽欲强聒，终必不蒙见察，故略上报，不复一一自辩。重念蒙君实视遇厚，于反复不宜卤莽，故今具道所以，冀君实或见恕也。

gài rú zhě suǒ zhēng yóu zài yú míng shí míng shí yǐ míng ér tiān xià zhī lǐ dé yǐ jīn jūn shí suǒ yǐ jiàn jiào zhě yǐ wéi qīn guān shēng shì zhēng lì jù jiàn yǐ zhì tiān xià yuàn bàng yě mǒu zé yǐ wèi shòu mìng yú rén zhǔ yì

盖儒者所争，尤在于名实；名实已明，而天下之理得矣。今君实所以见教者，以为侵官、生事、征利、拒谏，以致天下怨谤也。某则以谓：受命于人主，议

fǎ dù ér xiū zhī yú cháo tíng yǐ shòu zhī yú yǒu sī bù
法度而修之于朝廷，以授之于有司，不
wéi qīn guān jǔ xiān wáng zhī zhèng yǐ xīng lì chú bì bù wéi
为侵官；举先王之政，以兴利除弊，不为
shēng shì wèi tiān xià lǐ cái bù wéi zhēng lì pì xié shuō
生事；为天下理财，不为征利；辟邪说，
nàn rén rén bù wéi jù jiàn zhì yú yuàn fěi zhī duō zé
难壬人，不为拒谏。至于怨诽之多，则
gù qián zhī qí rú cǐ yě
固前知其如此也。

rén xí yú gǒu qiě fēi yí rì shì dà fū duō yǐ bú
人习于苟且非一日，士大夫多以不
xù guó shì tóng sú zì mèi yú zhòng wéi shàn shàng nǎi yù biàn
恤国事、同俗自媚于众为善。上乃欲变
cǐ ér mǒu bú liàng dí zhī zhòng guǎ yù chū lì zhù shàng yǐ
此，而某不量敌之众寡，欲出力助上以
kàng zhī zé zhòng hé wéi ér bù xiōng xiōng rán pán gēng zhī
抗之，则众何为而不汹汹然？盘庚之
qiān xū yuàn zhě mín yě fēi tè cháo tíng shì dà fū ér yǐ
迁，胥怨者民也，非特朝廷士大夫而已。
pán gēng bú wèi yuàn zhě gù gǎi qí dù duó yì ér hòu dòng
盘庚不为怨者故改其度，度义而后动，
shì ér bú jiàn kě huǐ gù yě rú jūn shí zé wǒ yǐ zài
是而不见可悔故也。如君实责我以在
wèi jiǔ wèi néng zhù shàng dà yǒu wéi yǐ gāo zé sī mín zé
位久，未能助上大有为，以膏泽斯民，则

mǒu zhī zuì yǐ rú yuē jīn rì dāng yí qiè bú shì shì shǒu
某知罪矣；如曰今日当一切不事事，守
qián suǒ wéi ér yǐ zé fēi mǒu zhī suǒ gǎn zhī
前所为而已，则非某之所敢知。
wú yóu huì wù bú rèn qū qū xiàngwǎng zhī zhì
无由会晤，不任区区向往之至！

ài lián shuō
爱莲说

běi sòng zhōudūn yí
北宋·周敦颐

shuǐ lù cǎo mù zhī huā kě ài zhě shèn fán jìn táo
水陆草木之花，可爱者甚蕃。晋陶
yuānmíng dú ài jú zì lǐ táng lái shì rén shèng ài mǔ
渊明独爱菊。自李唐来，世人盛爱牡
dān yú dú ài lián zhī chū yū ní ér bù rǎn zhuó qīng lián
丹。予独爱莲之出淤泥而不染，濯清涟
ér bù yāo zhōng tōng wài zhí bú màn bù zhī xiāng yuǎn yì
而不妖，中通外直，不蔓不枝，香远益
qīng tíng tíng jìng zhí kě yuǎnguān ér bù kě xiè wán yān
清，亭亭净植，可远观而不可亵玩焉。
yú wèi jú huā zhī yǐn yì zhě yě mǔ dān huā zhī
予谓菊，花之隐逸者也；牡丹，花之
fù guì zhě yě lián huā zhī jūn zǐ zhě yě yī jú
富贵者也；莲，花之君子者也。噫！菊

zhī ài táo hòu xiǎn yǒu wén lián zhī ài tóng yú zhě hé
之爱，陶后鲜有闻。莲之爱，同予者何
rén mǔ dān zhī ài yí hū zhòng yǐ
人？牡丹之爱，宜乎众矣。

yǐ chóng zhì chóng 以虫治虫

běi sòng shěn kuò
北宋·沈括

yuán fēng zhōng qìng zhōu jiè shēng zǐ fāng chóng fāng wéi qiū
元丰中，庆州界生子方虫，方为秋
tián zhī hài hū yǒu yì chóng shēng rú tǔ zhōng gǒu xiē qí
田之害。忽有一虫生，如土中狗蝎，其
huì yǒu qián qiān wàn bì dì yù zǐ fāng chóng zé yǐ qián bó
喙有钳，千万蔽地；遇子方虫，则以钳搏
zhī xī wéi liǎng duàn xún rì zǐ fāng jiē jìn suì yǐ dà
之，悉为两段。旬日子方皆尽，岁以大
ráng qí chóng jiù céng yǒu zhī tǔ rén wèi zhī páng bù
穰。其虫旧曾有之，土人谓之“傍不
kěn
肯”。

fàn tiān sì mù tǎ

梵天寺木塔

běi sòng shěn kuò

北宋·沈括

qián shì jù liǎng zhè shí yú háng zhōu fàn tiān sì jiàn yí
钱氏据两浙时，于杭州梵天寺建一
mù tǎ fāng liǎng sān jí qián shuài dēng zhī huàn qí tǎ dòng
木塔，方两三级，钱帅登之，患其塔动。
jiàng shī yún wèi bù wǎ shàng qīng gù rú cǐ nǎi yǐ
匠师云：“未布瓦，上轻，故如此。”乃以
wǎ bù zhī ér dòng rú chū wú kě nài hé mì shǐ qí
瓦布之，而动如初。无可奈何，密使其
qī jiàn yù hào zhī qī yí yǐ jīn chāi wèn tǎ dòng zhī yīn
妻见喻皓之妻，贻以金钗，问塔动之因。
hào xiào yuē cǐ yì ěr dàn zhú céng bù bǎn qì biàn shí
皓笑曰：“此易耳，但逐层布板讫，便实
dìng zhī zé bú dòng yǐ jiàng shī rú qí yán tǎ suì dìng
钉之，则不动矣。”匠师如其言，塔遂定。
gài dìng bǎn shàng xià mí shù liù mù xiāng lián rú qū qiè rén
盖钉板上下弥束，六幕相联如胠箧，人
lǚ qí bǎn liù mù xiāng chí zì bù néng dòng rén jiē fú
履其板，六幕相持，自不能动。人皆伏
qí jīng liàn
其精练。

sūn quán quàn xué

孙权劝学

běi sòng sī mǎ guāng

北宋·司马光

chū quán wèi lǚ méng yuē qīng jīn dāng tú zhǎng shì

初，权谓吕蒙曰："卿今当涂掌事，

bù kě bù xué méng cí yǐ jūn zhōng duō wù quán yuē

不可不学！"蒙辞以军中多务。权曰：

gū qǐ yù qīng zhì jīng wéi bó shì yé dàn dāng shè liè

"孤岂欲卿治经为博士邪！但当涉猎，

jiàn wǎng shì ěr qīng yán duō wù shú ruò gū gū cháng dú

见往事耳。卿言多务，孰若孤？孤常读

shū zì yǐ wéi dà yǒu suǒ yì méng nǎi shǐ jiù xué

书，自以为大有所益。"蒙乃始就学。

jí lǔ sù guò xún yáng yǔ méng lùn yì dà jīng yuē

及鲁肃过寻阳，与蒙论议，大惊曰：

qīng jīn zhě cái lüè fēi fù wú xià ā méng méng yuē

"卿今者才略，非复吴下阿蒙！"蒙曰：

shì bié sān rì jí gēng guā mù xiāng dài dà xiōng hé jiàn shì

"士别三日，即更刮目相待，大兄何见事

zhī wǎn hū sù suì bài méng mǔ jié yǒu ér bié

之晚乎！"肃遂拜蒙母，结友而别。

féi shuǐ zhī zhàn

淝水之战

běi sòng sī mǎ guāng

北宋·司马光

qiū qī yuè qín wáng jiān xià zhào dà jǔ rù

秋七月，……秦王坚下诏大举入

kòu mín měi shí dīng qiǎn yì bīng qí liáng jiā zǐ nián èr shí

寇，民每十丁遣一兵；其良家子年二十

yǐ xià yǒu cái yǒng zhě jiē bài yǔ lín láng yòu yuē

已下，有材勇者，皆拜羽林郎。又曰：

qí yǐ sī mǎ chāng míng wéi shàng shū zuǒ pú yè xiè ān wéi

“其以司马昌明为尚书左仆射，谢安为

lì bù shàng shū huán chōng wéi shì zhōng shì huán bù yuǎn kě

吏部尚书，桓冲为侍中；势还不远，可

xiān wéi qǐ dì liáng jiā zǐ zhì zhě sān wàn yú jì bài qín

先为起第。”良家子至者三万余骑，拜秦

zhōu zhǔ bù zhào shèng zhī wéi shào nián dū tǒng shì shí cháo chén

州主簿赵盛之为少年都统。是时，朝臣

jiē bú yù jiān xíng dú mù róng chuí yáo cháng jí liáng jiā zǐ

皆不欲坚行，独慕容垂、姚苌及良家子

quàn zhī yáng píng gōng róng yán yú jiān yuē xiān bēi qiāng

劝之。阳平公融言于坚曰：“鲜卑、羌

lǔ wǒ zhī chóu chóu cháng sī fēng chén zhī biàn yǐ chěng qí

虏，我之仇雠，常思风尘之变以逞其

zhì suǒ chén cè huà hé kě cóng yě liáng jiā shào nián jiē
志，所陈策画，何可从也！良家少年皆
fù ráo zǐ dì bù xián jūn lǚ gǒu wéi chǎn yú zhī yán yǐ
富饶子弟，不闲军旅，苟为谄谀之言以
huì bì xià zhī yì ěr jīn bì xià xìn ér yòng zhī qīng jǔ
会陛下之意耳。今陛下信而用之，轻举
dà shì chén kǒng gōng jì bù chéng réng yǒu hòu huàn huǐ wú jí
大事，臣恐功既不成，仍有后患，悔无及
yě jiān bù tīng
也！”坚不听。

bā yuè wú wǔ jiān qiǎn yáng píng gōng róng dū zhāng cì
八月，戊午，坚遣阳平公融督张蚝、
mù róng chuí děng bù jì èr shí wǔ wàn wéi qián fēng yǐ yǎn zhōu
慕容垂等步骑二十五万为前锋；以兖州
cì shǐ yáo cháng wéi lóng xiāng jiāng jūn dū yì liáng zhōu zhū jūn
刺史姚苌为龙骧将军，督益、梁州诸军
shì jiān wèi cháng yuē xī zhèn yǐ lóng xiāng jiàn yè wèi
事。坚谓苌曰：“昔朕以龙骧建业，未
cháng qīng yǐ shòu rén qīng qí miǎn zhī zuǒ jiāng jūn dòu chōng
尝轻以授人，卿其勉之！”左将军窦冲
yuē wáng zhě wú xì yán cǐ bù xiáng zhī zhēng yě jiān
曰：“王者无戏言，此不祥之征也！”坚
mò rán
默然。

mù róng kǎi mù róng shào yán yú mù róng chuí yuē zhǔ
慕容楷、慕容绍言于慕容垂曰：“主

shàng jiāo jīn yǐ shèn shū fù jiàn zhōng xīng zhī yè zài cǐ xíng
上骄矜已甚，叔父建中兴之业，在此行
yě chuí yuē rán fēi rǔ shuí yǔ chéng zhī
也！”垂曰：“然。非汝，谁与成之！”

jiǎ zǐ jiān fā cháng ān róng zú liù shí yú wàn jì
甲子，坚发长安，戎卒六十余万，骑
èr shí qī wàn qí gǔ xiāngwàng qián hòu qiān lǐ jiǔ yuè
二十七万，旗鼓相望，前后千里。九月，
jiān zhì xiàngchéng liáng zhōu zhī bīng shǐ dá xián yáng shǔ hàn zhī
坚至项城，凉州之兵始达咸阳，蜀、汉之
bīng fāng shùn liú ér xià yōu jì zhī bīng zhì yú péngchéng dōng
兵方顺流而下，幽、冀之兵至于彭城，东
xī wàn lǐ shuǐ lù qí jìn yùn cáo wàn sōu yáng píng gōng
西万里，水陆齐进，运漕万艘。阳平公
róng děng bīng sān shí wàn xiān zhì yǐng kǒu
融等兵三十万，先至颍口。

zhào yǐ shàng shū pú yè xiè shí wéi zhēng lǔ jiāng jūn
诏以尚书仆射谢石为征虏将军、
zhēng tǎo dà dū dū yǐ xú yǎn èr zhōu cì shǐ xiè xuán wéi
征讨大都督，以徐、兖二州刺史谢玄为
qián fēng dū dū yǔ fǔ guó jiāng jūn xiè yǎn xī zhōng láng jiàng
前锋都督，与辅国将军谢琰、西中郎将
huán yī děngzhònggòng bā wàn jù zhī shǐ lóng xiāng jiāng jūn hú bīn
桓伊等众共八万拒之；使龙骧将军胡彬
yǐ shuǐ jūn wǔ qiān yuán shòu yáng yǎn ān zhī zǐ yě
以水军五千援寿阳。琰，安之子也。

shì shí qín bīng jì shèng dū xià zhèn kǒng xiè xuán
是时秦兵既盛，都下震恐。谢玄
rù wèn jì yú xiè ān ān yí rán dá yuē yǐ bié yǒu
入，问计于谢安，安夷然，答曰：“已别有
zhǐ jì ér jì rán xuán bù gǎn fù yán nǎi lìng zhāng xuán
旨。”既而寂然。玄不敢复言，乃令张玄
chóng qǐng ān suì mìng jià chū yóu shān shù qīn péng bì jí
重请。安遂命驾出游山墅，亲朋毕集，
yǔ xuán wéi qí dǔ shù ān qí cháng liè yú xuán shì rì
与玄围棋赌墅。安棋常劣于玄，是日，
xuán jù biàn wéi dí shǒu ér yòu bú shèng ān suì yóu zhì
玄惧，便为敌手而又不胜。安遂游陟，
zhì yè nǎi huán huán chōng shēn yǐ gēn běn wéi yōu qiǎn jīng ruì
至夜乃还。桓冲深以根本为忧，遣精锐
sān qiān rù wèi jīng shī xiè ān gù què zhī yuē cháo tíng
三千入卫京师，谢安固却之，曰：“朝廷
chǔ fèn yǐ dìng bīng jiǎ wú quē xī fān yí liú yǐ wéi
处分已定，兵甲无阙，西藩宜留以为
fáng chōng duì zuǒ lì tàn yuē xiè ān shí yǒu miào táng zhī
防。”冲对佐吏叹曰：“谢安石有庙堂之
liàng bù xián jiàng lüè jīn dà dí chuí zhì fāng yóu tán bù
量，不闲将略。今大敌垂至，方游谈不
xiá qiǎn zhū bù jīng shì shào nián jù zhī zhòng yòu guǎ ruò tiān
暇，遣诸不经事少年拒之，众又寡弱，天
xià shì yǐ kě zhī wú qí zuǒ rèn yǐ
下事已可知，吾其左衽矣！”

……

dōng shí yuè qín yáng píng gōng róng děng gōng shòu yáng
冬，十月，秦阳平公融等攻寿阳。
guǐ yǒu kè zhī zhí píng lǔ jiāng jūn xú yuán xǐ děng róng
癸酉，克之，执平虏将军徐元喜等。融
yǐ qí cān jūn hé nán guō bāo wéi huái nán tài shǒu mù róng
以其参军河南郭褒为淮南太守。慕容
chuí bá yún chéng hú bīn wén shòu yáng xiàn tuì bǎo xiá shí
垂拔郧城。胡彬闻寿阳陷，退保硖石，
róng jìn gōng zhī qín wèi jiāng jūn liáng chéng děng shuài zhòng wǔ wàn
融进攻之。秦卫将军梁成等帅众五万
tún yú luò jiàn zhà huái yǐ è dōng bīng xiè shí xiè xuán
屯于洛涧，栅淮以遏东兵。谢石、谢玄
děng qù luò jiàn èr shí wǔ lǐ ér jūn dàn chéng bù gǎn jìn
等去洛涧二十五里而军，惮成不敢进。
hú bīn liáng jìn qián qiǎn shǐ gào shí děng yuē jīn zéi shèng liáng
胡彬粮尽，潜遣使告石等曰："今贼盛粮
jìn kǒng bú fù jiàn dà jūn qín rén huò zhī sòng yú yáng
尽，恐不复见大军！"秦人获之，送于阳
píng gōng róng róng chí shǐ bái qín wáng jiān yuē zéi shǎo yì
平公融。融驰使白秦王坚曰："贼少易
qín dàn kǒng táo qù yí sù fù zhī jiān nǎi liú dà jūn
擒，但恐逃去，宜速赴之！"坚乃留大军
yú xiàng chéng yǐn qīng jì bā qiān jiān dào jiù róng yú shòu yáng
于项城，引轻骑八千，兼道就融于寿阳。

qiǎn shàng shū zhū xù lái shuì xiè shí děng yǐ wéi qiáng ruò yì
遣尚书朱序来说谢石等，以为强弱异
shì bù rú sù xiáng xù sī wèi shí děng yuē ruò qín bǎi
势，不如速降。序私谓石等曰："若秦百
wàn zhī zhòng jìn zhì chéng nán yǔ wéi dí jīn chéng zhū jūn
万之众尽至，诚难与为敌。今乘诸军
wèi jí yí sù jī zhī ruò bài qí qián fēng zé bǐ yǐ duó
未集，宜速击之；若败其前锋，则彼已夺
qì kě suì pò yě
气，可遂破也。"

shí wén jiān zài shòu yáng shèn jù yù bú zhàn yǐ lǎo
石闻坚在寿阳，甚惧，欲不战以老
qín shī xiè yǎn quàn shí cóng xù yán shí yī yuè xiè xuán
秦师。谢琰劝石从序言。十一月，谢玄
qiǎn guǎng líng xiàng liú láo zhī shuài jīng bīng wǔ qiān qū luò jiàn wèi
遣广陵相刘牢之帅精兵五千趣洛涧，未
zhì shí lǐ liáng chéng zǔ jiàn wéi zhèn yǐ dài zhī láo zhī zhí
至十里，梁成阻涧为陈以待之。牢之直
qián dù shuǐ jī chéng dà pò zhī zhǎn chéng jí yì yáng tài
前渡水，击成，大破之，斩成及弋阳太
shǒu wáng yǒng yòu fēn bīng duàn qí guī jīn qín bù jì bēng kuì
守王咏；又分兵断其归津，秦步骑崩溃，
zhēng fù huái shuǐ shì zú sǐ zhě wàn wǔ qiān rén zhí qín yáng
争赴淮水，士卒死者万五千人，执秦扬
zhōu cì shǐ wáng xiǎn děng jìn shōu qí qì xiè jūn shí yú shì
州刺史王显等，尽收其器械军实。于是

xiè shí děng zhū jūn shuǐ lù jì jìn qín wáng jiān yǔ yáng píng
谢石等诸军水陆继进。秦王坚与阳平
gōng róng dēng shòu yáng chéng wàng zhī jiàn jìn bīng bù zhèn yán zhěng
公融登寿阳城望之，见晋兵部陈严整，
yòu wàng bā gōng shān shàng cǎo mù jiē yǐ wéi jìn bīng gù wèi
又望八公山上草木，皆以为晋兵，顾谓
róng yuē cǐ yì qíng dí hé wèi ruò yě wǔ rán shǐ yǒu
融曰：“此亦勍敌，何谓弱也！”怃然始有
jù sè
惧色。

qín bīng bī féi shuǐ ér zhèn jìn bīng bù dé dù xiè
秦兵逼淝水而陈，晋兵不得渡。谢
xuán qiǎn shǐ wèi yáng píng gōng róng yuē jūn xuán jūn shēn rù ér
玄遣使谓阳平公融曰：“君悬军深入，而
zhì zhèn bī shuǐ cǐ nǎi chí jiǔ zhī jì fēi yù sù zhàn zhě
置陈逼水，此乃持久之计，非欲速战者
yě ruò yí zhèn shǎo què shǐ jìn bīng dé dù yǐ jué shèng
也。若移陈少却，使晋兵得渡，以决胜
fù bú yì shàn hū qín zhū jiàng jiē yuē wǒ zhòng bǐ
负，不亦善乎！”秦诸将皆曰：“我众彼
guǎ bù rú è zhī shǐ bù dé shàng kě yǐ wàn quán jiān
寡，不如遏之，使不得上，可以万全。”坚
yuē dàn yǐn bīng shǎo què shǐ zhī bàn dù wǒ yǐ tiě jì
曰：“但引兵少却，使之半渡，我以铁骑
cù ér shā zhī miè bú shèng yǐ róng yì yǐ wéi rán suì
蹙而杀之，蔑不胜矣！”融亦以为然，遂

huī bīng shǐ què qín bīng suì tuì bù kě fù zhǐ xiè
麾兵使却。秦兵遂退，不可复止。谢
xuán xiè yǎn huán yī děng yǐn bīng dù shuǐ jī zhī róng chí
玄、谢琰、桓伊等引兵渡水击之。融驰
jì lüè zhèn yù yǐ shuài tuì zhě mǎ dǎo wèi jìn bīng suǒ
骑略陈，欲以帅退者，马倒，为晋兵所
shā qín bīng suì kuì xuán děng chéng shèng zhuī jī zhì yú qīng
杀，秦兵遂溃。玄等乘胜追击，至于青
gāng qín bīng dà bài zì xiāng dǎo jí ér sǐ zhě bì yě
冈。秦兵大败，自相蹈藉而死者，蔽野
sè chuān qí zǒu zhě wén fēng shēng hè lì jiē yǐ wéi jìn
塞川。其走者闻风声鹤唳，皆以为晋
bīng qiě zhì zhòu yè bù gǎn xī cǎo xíng lù sù chóng yǐ jī
兵且至，昼夜不敢息，草行露宿，重以饥
dòng sǐ zhě shí qī bā chū qín bīng shǎo què zhū xù zài
冻，死者什七八。初，秦兵少却，朱序在
zhèn hòu hū yuē qín bīng bài yǐ zhòng suì dà bēn xù
陈后呼曰：“秦兵败矣！”众遂大奔。序
yīn yǔ zhāng tiān xī xú yuán xǐ jiē lái bēn huò qín wáng jiān
因与张天锡、徐元喜皆来奔。获秦王坚
suǒ chéng yún mǔ chē fù qǔ shòu yáng zhí qí huái nán tài shǒu
所乘云母车。复取寿阳，执其淮南太守
guō bāo
郭褒。

jiān zhòng liú shǐ dān jì zǒu zhì huái běi jī shèn mín
坚中流矢，单骑走至淮北，饥甚，民

yǒu jìn hú sūn tún bì zhě jiān shí zhī cì bó shí pǐ
有进壶飧、豚髀者，坚食之，赐帛十匹，
mián shí jīn cí yuē bì xià yàn kǔ ān lè zì qǔ wēi
绵十斤。辞曰："陛下厌苦安乐，自取危
kùn chén wéi bì xià zǐ bì xià wéi chén fù ān yǒu zǐ
困。臣为陛下子，陛下为臣父，安有子
sì qí fù ér qiú bào hū fú gù ér qù jiān wèi zhāng
饲其父而求报乎！"弗顾而去。坚谓张
fū rén yuē wú jīn fù hé miàn mù zhì tiān xià hū shān
夫人曰："吾今复何面目治天下乎？"潸
rán liú tì
然流涕。

shì shí zhū jūn jiē kuì wéi mù róng chuí suǒ jiàng sān
是时，诸军皆溃，惟慕容垂所将三
wàn rén dú quán jiān yǐ qiān yú jì fù zhī shì zǐ bǎo yán
万人独全，坚以千余骑赴之。世子宝言
yú chuí yuē jiā guó qīng fù tiān mìng rén xīn jiē guī zhì
于垂曰："家国倾覆，天命人心皆归至
zūn dàn shí yùn wèi zhì gù huì jì zì cáng ěr jīn qín
尊，但时运未至，故晦迹自藏耳。今秦
zhǔ bīng bài wěi shēn yú wǒ shì tiān jiè zhī biàn yǐ fù yān
主兵败，委身于我，是天借之便以复燕
zuò cǐ shí bù kě shī yě yuàn bù yǐ yì qì wēi ēn wàng
祚，此时不可失也，愿不以意气微恩忘
shè jì zhī zhòng chuí yuē rǔ yán shì yě rán bǐ yǐ
社稷之重！"垂曰："汝言是也。然彼以

chì xīn tóu mìng yú wǒ ruò zhī hé hài zhī tiān gǒu qì
赤心投命于我，若之何害之！天苟弃

zhī bú huàn bù wáng bú ruò bǎo hù qí wēi yǐ bào dé
之，不患不亡。不若保护其危以报德，

xú sì qí xìn ér tú zhī jì bú fù sù xīn qiě kě yǐ
徐俟其衅而图之，既不负宿心，且可以

yì qǔ tiān xià fèn wēi jiāng jūn mù róng dé yuē qín qiáng
义取天下。”奋威将军慕容德曰：“秦强

ér bìng yān qín ruò ér tú zhī cǐ wéi bào chóu xuě chǐ fēi
而并燕，秦弱而图之，此为报仇雪耻，非

fù sù xīn yě xiōng nài hé dé ér bù qǔ shì shù wàn zhī
负宿心也；兄奈何得而不取，释数万之

zhòng yǐ shòu rén hū chuí yuē wú xī wéi tài fù suǒ bù
众以授人乎？”垂曰：“吾昔为太傅所不

róng zhì shēn wú suǒ táo sǐ yú qín qín zhǔ yǐ guó shì yù
容，置身无所，逃死于秦，秦主以国士遇

wǒ ēn lǐ bèi zhì hòu fù wéi wáng měng suǒ mài wú yǐ
我，恩礼备至。后复为王猛所卖，无以

zì míng qín zhǔ dú néng míng zhī cǐ ēn hé kě wàng yě
自明，秦主独能明之，此恩何可忘也！

ruò dī yùn bì qióng wú dāng huái jí guān dōng yǐ fù xiān yè
若氐运必穷，吾当怀集关东，以复先业

ěr guān xī huì fēi wú yǒu yě guàn jūn xíng cān jūn zhào qiū
耳，关西会非吾有也。”冠军行参军赵秋

yuē míng gōng dāng shào fù yān zuò zhù yú tú chèn jīn tiān
曰：“明公当绍复燕祚，著于图谶；今天

shí yǐ zhì shàng fù hé dài ruò shā qín zhǔ jù yè dū
时已至，尚复何待！若杀秦主，据邺都
gǔ xíng ér xī sān qín yì fēi fú shì zhī yǒu yě chuí qīn
鼓行而西，三秦亦非苻氏之有也！”垂亲
dǎng duō quàn chuí shā jiān chuí jiē bù cóng xī yǐ bīng shòu jiān
党多劝垂杀坚，垂皆不从，悉以兵授坚。
píng nán jiāng jūn mù róng wěi tún yún chéng wén jiān bài qì qí
平南将军慕容暐屯郧城，闻坚败，弃其
zhòng dùn qù zhì xíng yáng mù róng dé fù shuì wěi qǐ bīng yǐ
众遁去；至荥阳，慕容德复说暐起兵以
fù yān zuò wěi bù cóng
复燕祚，暐不从。

xiè ān dé yì shū zhī qín bīng yǐ bài shí fāng yǔ kè
谢安得驿书，知秦兵已败，时方与客
wéi qí shè shū zhì chuáng shàng liǎo wú xǐ sè wéi qí rú
围棋，摄书置床上，了无喜色，围棋如
gù kè wèn zhī xú dá yuē xiǎo ér bèi suì yǐ pò
故。客问之，徐答曰：“小儿辈遂已破
zéi jì bà huán nèi guò hù xiàn bù jué jī chǐ zhī
贼。”既罢，还内，过户限，不觉屐齿之
zhé
折。

zǔ tì běi fá

祖逖北伐

běi sòng sī mǎ guāng

北宋·司马光

chū fàn yáng zǔ tì shào yǒu dà zhì yǔ liú kūn jù
初，范阳祖逖，少有大志，与刘琨俱
wéi sī zhōu zhǔ bù tóng qǐn zhōng yè wén jī míng cù kūn
为司州主簿，同寝，中夜闻鸡鸣，蹴琨
jiào yuē cǐ fēi è shēng yě yīn qǐ wǔ jí dù
觉，曰：“此非恶声也！”因起舞。及渡
jiāng zuǒ chéng xiàng ruì yǐ wéi jūn zī jì jiǔ tì jū jīng
江，左丞相睿以为军谘祭酒。逖居京
kǒu jiū hé xiāo jiàn yán yú ruì yuē jìn shì zhī luàn fēi
口，纠合骁健，言于睿曰：“晋室之乱，非
shàng wú dào ér xià yuàn pàn yě yóu zōng shì zhēng quán zì xiāng
上无道而下怨叛也，由宗室争权，自相
yú ròu suì shǐ róng dí chéng xì dú liú zhōng tǔ jīn yí mín
鱼肉，遂使戎狄乘隙，毒流中土，今遗民
jì zāo cán zéi rén sī zì fèn dà wáng chéng néng mìng jiàng chū
既遭残贼，人思自奋，大王诚能命将出
shī shǐ rú tì zhě tǒng zhī yǐ fù zhōng yuán jùn guó háo jié
师，使如逖者统之以复中原，郡国豪杰，
bì yǒu wàng fēng xiǎng yìng zhě yǐ ruì sù wú běi fá zhī zhì
必有望风响应者矣。”睿素无北伐之志，

yǐ tì wéi fèn wēi jiāng jūn yù zhōu cì shǐ jǐ qiān rén lǐn
以逖为奋威将军、豫州刺史，给千人廪，
bù sān qiān pǐ bù jǐ kǎi zhàng shǐ zì zhào mù tì jiàng
布三千匹，不给铠仗，使自召募。逖将
qí bù qū bǎi yú jiā dù jiāng zhōng liú jī jí ér shì yuē
其部曲百余家渡江，中流击楫而誓曰：
zǔ tì bù néng qīng zhōng yuán ér fù jì zhě yǒu rú dà
“祖逖不能清中原而复济者，有如大
jiāng suì tún huái yīn qǐ yě zhù bīng mù dé èr qiān yú
江！”遂屯淮阴，起冶铸兵，募得二千余
rén ér hòu jìn
人而后进。

guān cháo
观潮

nánsòng zhōu mì
南宋·周密

zhè jiāng zhī cháo tiān xià zhī wěi guān yě zì jì wàng
浙江之潮，天下之伟观也。自既望
yǐ zhì shí bā rì wéi shèng fāng qí yuǎn chū hǎi mén jǐn rú
以至十八日为盛。方其远出海门，仅如
yín xiàn jì ér jiàn jìn zé yù chéng xuě lǐng jì tiān ér lái
银线；既而渐近，则玉城雪岭际天而来，
dà shēng rú léi tíng zhèn hàn jī shè tūn tiān wò rì shì jí
大声如雷霆，震撼激射，吞天沃日，势极

xióng háo yáng chéng zhāi shī yún hǎi yǒng yín wéi guō jiāng héng
雄豪。杨诚斋诗云“海涌银为郭，江横
yù xì yāo zhě shì yě
玉系腰”者是也。

měi suì jīng yǐn chū zhè jiāng tíng jiào yuè shuǐ jūn méng chōng
每岁京尹出浙江亭教阅水军，艨艟
shù bǎi fēn liè liǎng àn jì ér jìn bēn téng fēn gě wǔ zhèn
数百，分列两岸；既而尽奔腾分合五阵
zhī shì bìng yǒu chéng jì nòng qí biāo qiāng wǔ dāo yú shuǐ miàn
之势，并有乘骑弄旗标枪舞刀于水面
zhě rú lǚ píng dì shū ěr huáng yān sì qǐ rén wù lüè
者，如履平地。倏尔黄烟四起，人物略
bù xiāng dǔ shuǐ bào hōng zhèn shēng rú bēng shān yān xiāo bō
不相睹，水爆轰震，声如崩山。烟消波
jìng zé yì gě wú jì jǐn yǒu dí chuán wèi huǒ suǒ
静，则一舸无迹，仅有“敌船”为火所
fén suí bō ér shì
焚，随波而逝。

wú ér shàn qiú zhě shù bǎi jiē pī fà wén shēn shǒu
吴儿善泅者数百，皆披发文身，手
chí shí fú dà cǎi qí zhēng xiān gǔ yǒng sù yíng ér shàng chū
持十幅大彩旗，争先鼓勇，溯迎而上，出
mò yú jīng bō wàn rèn zhōng téng shēn bǎi biàn ér qí wěi lüè
没于鲸波万仞中，腾身百变，而旗尾略
bù zhān shī yǐ cǐ kuā néng
不沾湿，以此夸能。

jiāng gān shàng xià shí yú lǐ jiān zhū cuì luó qǐ yì
江干上下十余里间，珠翠罗绮溢
mù chē mǎ sè tú yǐn shí bǎi wù jiē bèi qióng cháng shí ér
目，车马塞途，饮食百物皆倍穹常时，而
jiù lìn kàn mù suī xí dì bù róng xián yě
僦赁看幕，虽席地不容闲也。

zhào pǔ
赵普

yuán tuō tuō děng
元·脱脱等

pǔ shào xí lì shì guǎ xué shù jí wéi xiàng tài zǔ
普少习吏事，寡学术，及为相，太祖
cháng quàn yǐ dú shū wǎn nián shǒu bú shì juàn měi guī sī
常劝以读书。晚年手不释卷，每归私
dì hé hù qǐ qiè qǔ shū dú zhī jìng rì jí cì rì
第，阖户启箧取书，读之竟日。及次日
lín zhèng chǔ jué rú liú jì hōng jiā rén fā qiè shì zhī
临政，处决如流。既薨，家人发箧视之，
lún yǔ èr shí piān yě
《论语》二十篇也。

pǔ xìng shēn chén yǒu àn gǔ suī duō jì kè ér néng
普性深沉有岸谷，虽多忌克，而能
yǐ tiān xià shì wéi jǐ rèn sòng chū zài xiàng wèi zhě duō wò
以天下事为己任。宋初，在相位者多龌

chuò xún mò　pǔ gāng yì guǒ duàn　wèi yǒu qí bǐ　cháng zòu
龊循默，普刚毅果断，未有其比。尝奏
jiàn mǒu rén wéi mǒu guān　tài zǔ bú yòng　pǔ míng rì fù zòu
荐某人为某官，太祖不用。普明日复奏
qí rén　yì bú yòng　míng rì　pǔ yòu yǐ qí rén zòu　tài
其人，亦不用。明日，普又以其人奏，太
zǔ nù　suì liè àn dú zhì dì　pǔ yán sè bú biàn　guì ér
祖怒，碎裂案牍掷地，普颜色不变，跪而
shí zhī yǐ guī　tā rì bǔ zhuì jiù zhǐ　fù zòu rú chū
拾之以归。他日补缀旧纸，复奏如初。
tài zǔ nǎi wù　zú yòng qí rén
太祖乃悟，卒用其人。

bāo zhěng
包拯

yuán　tuō tuō děng
元·脱脱等

bāo zhěng zì xī rén　lú zhōu hé féi rén yě
包拯字希仁，庐州合肥人也。……
zhī tiān cháng xiàn　yǒu dào gē rén niú shé zhě　zhǔ lái sù
知天长县。有盗割人牛舌者，主来诉。
zhěng yuē　dì guī　shā ér yù zhī　xún fù yǒu lái gào
拯曰："第归，杀而鬻之。"寻复有来告
sī shā niú zhě　zhěng yuē　hé wéi gē niú shé ér yòu gào
私杀牛者，拯曰："何为割牛舌而又告

zhī dào jīng fú
之？”盗惊服。

xǐ zhī duān zhōu qiān diàn zhōng chéng duān tǔ chǎn yàn
徙知端州，迁殿中丞。端土产砚，
qián shǒu yuán gòng shuài qǔ shù shí bèi yǐ wèi quán guì zhěng mìng
前守缘贡率取数十倍以遗权贵。拯命
zhì zhě cái zú gòng shù suì mǎn bù chí yí yàn guī
制者才足贡数，岁满不持一砚归。

qù shǐ qì dān qì dān lìng diǎn kè wèi zhěng yuē xióng
去使契丹，契丹令典客谓拯曰：“雄
zhōu xīn kāi biàn mén nǎi yù yòu wǒ pàn rén yǐ cì jiāng shì
州新开便门，乃欲诱我叛人，以刺疆事
yé zhěng yuē zhuō zhōu yì cháng kāi mén yǐ cì jiāng shì
耶？”拯曰：“涿州亦尝开门矣，刺疆事
hé bì kāi biàn mén zāi qí rén suì wú yǐ duì
何必开便门哉？”其人遂无以对。

zhào quán zhī kāi fēng fǔ qiān yòu sī láng zhōng zhěng lì
召权知开封府，迁右司郎中。拯立
cháo gāng yì guì qī huàn guān wèi zhī liǎn shǒu wén zhě jiē dàn
朝刚毅，贵戚宦官为之敛手，闻者皆惮
zhī rén yǐ bāo zhěng xiào bǐ huáng hé qīng tóng zhì fù
之。人以包拯笑比黄河清。童稚妇
nǚ yì zhī qí míng hū yuē bāo dài zhì jīng shī wéi
女，亦知其名，呼曰“包待制”。京师为
zhī yǔ yuē guān jié bú dào yǒu yán luó bāo lǎo jiù
之语曰：“关节不到，有阎罗包老。”旧

zhì fán sòng sù bù dé jìng zào tíng xià zhěng kāi zhèng mén
制，凡讼诉不得径造庭下。拯开正门，
shǐ dé zhì qián chén qū zhí lì bù gǎn qī
使得至前陈曲直，吏不敢欺。

zhěng xìng qiào zhí wù lì kē kè wù dūn hòu suī shèn
拯性峭直，恶吏苛刻，务敦厚，虽甚
jí è ér wèi cháng bù tuī yǐ zhōng shù yě yǔ rén bù gǒu
嫉恶，而未尝不推以忠恕也。与人不苟
hé bù wěi cí sè yuè rén píng jū wú sī shū gù rén
合，不伪辞色悦人，平居无私书，故人、
qīn dǎng jiē jué zhī suī guì yī fú qì yòng yǐn shí rú
亲党皆绝之。虽贵，衣服、器用、饮食如
bù yī shí cháng yuē hòu shì zǐ sūn shì huàn yǒu fàn zāng
布衣时。尝曰：“后世子孙仕宦，有犯赃
zhě bù dé fàng guī běn jiā sǐ bù dé zàng dà yíng zhōng
者，不得放归本家，死不得葬大茔中。
bù cóng wú zhì fēi wú zǐ ruò sūn yě
不从吾志，非吾子若孙也。”

sòng dōng yáng mǎ shēng xù
送东阳马生序
míng sòng lián
明·宋濂

yú yòu shí jí shì xué jiā pín wú cóng zhì shū yǐ
余幼时即嗜学。家贫，无从致书以

guān měi jiǎ jiè yú cáng shū zhī jiā shǒu zì bǐ lù jì rì
观，每假借于藏书之家，手自笔录，计日
yǐ huán tiān dà hán yàn bīng jiān shǒu zhǐ bù kě qū shēn
以还。天大寒，砚冰坚，手指不可屈伸，
fú zhī dài lù bì zǒu sòng zhī bù gǎn shāo yú yuē
弗之怠。录毕，走送之，不敢稍逾约。
yǐ shì rén duō yǐ shū jiǎ yú yú yīn dé biàn guān qún shū
以是人多以书假余，余因得遍观群书。
jì jiā guān yì mù shèng xián zhī dào yòu huàn wú shuò shī míng
既加冠，益慕圣贤之道。又患无硕师名
rén yǔ yóu cháng qū bǎi lǐ wài cóng xiāng zhī xiān dá zhí jīng
人与游，尝趋百里外，从乡之先达执经
kòu wèn xiān dá dé lóng wàng zūn mén rén dì zǐ tián qí
叩问。先达德隆望尊，门人弟子填其
shì wèi cháng shāo jiàng cí sè yú lì shì zuǒ yòu yuán yí
室，未尝稍降辞色。余立侍左右，援疑
zhì lǐ fǔ shēn qīng ěr yǐ qǐng huò yù qí chì duō sè yù
质理，俯身倾耳以请；或遇其叱咄，色愈
gōng lǐ yù zhì bù gǎn chū yì yán yǐ fù sì qí xīn
恭，礼愈至，不敢出一言以复；俟其欣
yuè zé yòu qǐng yān gù yú suī yú zú huò yǒu suǒ wén
悦，则又请焉。故余虽愚，卒获有所闻。

dāng yú zhī cóng shī yě fù qiè yè xǐ xíng shēn shān jù
当余之从师也，负箧曳屣行深山巨
gǔ zhōng qióng dōng liè fēng dà xuě shēn shù chǐ zú fū jūn liè
谷中，穷冬烈风，大雪深数尺，足肤皲裂

ér bù zhī zhì shè sì zhī jiāng jìn bù néng dòng yìng rén
而不知。至舍，四支僵劲不能动，媵人
chí tāng wò guàn yǐ qīn yōng fù jiǔ ér nǎi hé yù nì
持汤沃灌，以衾拥覆，久而乃和。寓逆
lǚ zhǔ rén rì zài shí wú xiān féi zī wèi zhī xiǎng tóng
旅，主人日再食，无鲜肥滋味之享。同
shè shēng jiē pī qǐ xiù dài zhū yīng bǎo shì zhī mào yāo bái
舍生皆被绮绣，戴朱缨宝饰之帽，腰白
yù zhī huán zuǒ pèi dāo yòu bèi róng xiù yè rán ruò shén
玉之环，左佩刀，右备容臭，烨然若神
rén yú zé yùn páo bì yì chǔ qí jiān lüè wú mù yàn yì
人；余则缊袍敝衣处其间，略无慕艳意，
yǐ zhōng yǒu zú lè zhě bù zhī kǒu tǐ zhī fèng bú ruò rén
以中有足乐者，不知口体之奉不若人
yě gài yú zhī qín qiě jiān ruò cǐ
也。盖余之勤且艰若此。

gōng zhī qiáo xiàn qín
工之侨献琴

míng liú jī
明·刘基

gōng zhī qiáo dé liáng tóng yān zhuó ér wéi qín xián ér
工之侨得良桐焉，斫而为琴，弦而
gǔ zhī jīn shēng ér yù yìng zì yǐ wéi tiān xià zhī měi
鼓之，金声而玉应。自以为天下之美

yě xiàn zhī tài cháng shǐ guó gōng shì zhī yuē fú
也，献之太常。使国工视之，曰：“弗
gǔ huán zhī
古。”还之。

gōng zhī qiáo yǐ guī móu zhū qī gōng zuò duàn wén yān
工之侨以归，谋诸漆工，作断纹焉；
yòu móu zhū zhuàn gōng zuò gǔ kuǎn yān xiá ér mái zhū tǔ
又谋诸篆工，作古窾焉。匣而埋诸土，
jī nián chū zhī bào yǐ shì shì guì rén guò ér jiàn zhī
期年出之，抱以适市。贵人过而见之，
yì zhī yǐ bǎi jīn xiàn zhū cháo yuè guān chuán shì jiē yuē
易之以百金，献诸朝。乐官传视，皆曰：
xī shì zhī zhēn yě
“稀世之珍也。”

gōng zhī qiáo wén zhī tàn yuē bēi zāi shì yě qǐ
工之侨闻之，叹曰：“悲哉世也！岂
dú yì qín zāi mò bù rán yǐ ér bù zǎo tú zhī qí
独一琴哉？莫不然矣！而不早图之，其
yǔ wáng yǐ suì qù rù yú dàng míng zhī shān bù zhī qí
与亡矣！”遂去，入于宕冥之山，不知其
suǒ zhōng
所终。

mài gān zhě yán
卖柑者言

míng liú jī
明·刘基

háng yǒu mài guǒ zhě shàn cáng gān shè hán shǔ bú kuì
杭有卖果者，善藏柑，涉寒暑不溃。
chū zhī yè rán yù zhì ér jīn sè zhì yú shì jià shí
出之烨然，玉质而金色。置于市，贾十
bèi rén zhēng yù zhī yú mào dé qí yī pōu zhī rú yǒu
倍，人争鬻之。予贸得其一，剖之，如有
yān pū kǒu bí shì qí zhōng gān ruò bài xù yú guài ér
烟扑口鼻，视其中，干若败絮。予怪而
wèn zhī yuē ruò suǒ shì yú rén zhě jiāng yǐ shí biān dòu
问之曰："若所市于人者，将以实笾豆，
fèng jì sì gōng bīn kè hū jiāng xuàn wài yǐ huò yú gǔ
奉祭祀，供宾客乎？将炫外以惑愚瞽
yě shèn yǐ zāi wéi qī yě
也？甚矣哉为欺也。"

mài zhě xiào yuē wú yè shì yǒu nián yǐ wú lài shì
卖者笑曰："吾业是有年矣，吾赖是
yǐ sì wú qū wú shòu zhī rén qǔ zhī wèi cháng yǒu yán
以食吾躯。吾售之，人取之，未尝有言，
ér dú bù zú zǐ suǒ hū shì zhī wéi qī zhě bù guǎ yǐ
而独不足子所乎？世之为欺者不寡矣，

ér dú wǒ yě hū wú zǐ wèi zhī sī yě jīn fú pèi
而独我也乎？吾子未之思也。今夫佩
hǔ fú zuò gāo pí zhě guāng guāng hū gān chéng zhī jù yě
虎符、坐皋比者，洸洸乎干城之具也，
guǒ néng shòu sūn wú zhī lüè yé é dà guān tuō cháng shēn
果能授孙吴之略耶？峨大冠、拖长绅
zhě áng áng hū miào táng zhī qì yě guǒ néng jiàn yī gāo zhī
者，昂昂乎庙堂之器也，果能建伊皋之
yè yé dào qǐ ér bù zhī yù mín kùn ér bù zhī jiù
业耶？盗起而不知御，民困而不知救，
lì jiān ér bù zhī jìn fǎ dù ér bù zhī lǐ zuò mí lǐn
吏奸而不知禁，法斁而不知理，坐糜廪
sù ér bù zhī chǐ guān qí zuò gāo táng qí dà mǎ zuì
粟而不知耻。观其坐高堂，骑大马，醉
chún lǐ ér yù féi xiān zhě shú bù wēi wēi hū kě wèi hè
醇醴而饫肥鲜者，孰不巍巍乎可畏，赫
hè hū kě xiàng yě yòu hé wǎng ér bù jīn yù qí wài bài
赫乎可象也？又何往而不金玉其外，败
xù qí zhōng yě zāi jīn zǐ shì zhī bù chá ér yǐ chá wú
絮其中也哉！今子是之不察，而以察吾
gān
柑！”

yú mò mò wú yǐ yìng tuì ér sī qí yán lèi dōng
予默默无以应。退而思其言，类东
fāng shēng gǔ jī zhī liú qǐ qí fèn shì jí xié zhě yé
方生滑稽之流。岂其愤世疾邪者耶？

ér tuō yú gān yǐ fěng yé
而托于柑以讽耶？

shuō hǔ
说虎

míng liú jī
明·刘基

hǔ zhī lì yú rén bú chì bèi yě hǔ lì qí zhǎo
虎之力，于人不啻倍也。虎利其爪
yá ér rén wú zhī yòu bèi qí lì yān zé rén zhī shí yú
牙，而人无之，又倍其力焉，则人之食于
hǔ yě wú guài yǐ
虎也，无怪矣。

rán hǔ zhī shí rén bù héng jiàn ér hǔ zhī pí rén cháng
然虎之食人不恒见，而虎之皮人常
qǐn chǔ zhī hé zāi hǔ yòng lì rén yòng zhì hǔ zì yòng
寝处之，何哉？虎用力，人用智；虎自用
qí zhǎo yá ér rén yòng wù gù lì zhī yòng yī ér zhì
其爪牙，而人用物。故力之用一，而智
zhī yòng bǎi zhǎo yá zhī yòng gè yī ér wù zhī yòng bǎi
之用百，爪牙之用各一，而物之用百。
yǐ yī dí bǎi suī měng bì bú shèng
以一敌百，虽猛必不胜。

gù rén zhī wèi hǔ shí zhě yǒu zhì yǔ wù ér bù néng
故人之为虎食者，有智与物而不能

yòng zhě yě　shì gù tiān xià zhī yòng lì ér bú yòng zhì　yǔ
用者也。是故天下之用力而不用智，与
zì yòng ér bú yòng rén zhě　jiē hǔ zhī lèi yě　qí wèi rén
自用而不用人者，皆虎之类也。其为人
huò ér qǐn chǔ qí pí yě　hé zú guài zāi
获而寝处其皮也，何足怪哉？

mǎn jǐng yóu jì
满井游记

míng　yuán hóng dào
明·袁宏道

yān dì hán　huā zhāo jié hòu　yú hán yóu lì　dòng
燕地寒，花朝节后，余寒犹厉。冻
fēng shí zuò　zuò zé fēi shā zǒu lì　jú cù yí shì zhī
风时作，作则飞沙走砾。局促一室之
nèi　yù chū bù dé　měi mào fēng chí xíng　wèi bǎi bù zhé
内，欲出不得。每冒风驰行，未百步辄
fǎn
返。

niàn èr rì tiān shāo hé　xié shù yǒu chū dōng zhí　zhì
廿二日天稍和，偕数友出东直，至
mǎn jǐng　gāo liǔ jiā dī　tǔ gāo wēi rùn　yí wàng kōng kuò
满井。高柳夹堤，土膏微润，一望空阔，
ruò tuō lóng zhī hú　yú shí bīng pí shǐ jiě　bō sè zhà
若脱笼之鹄。于时冰皮始解，波色乍

míng lín làng céng céng qīng chè jiàn dǐ jīng jīng rán rú jìng zhī
明，鳞浪层层，清澈见底，晶晶然如镜之
xīn kāi ér lěng guāng zhī zhà chū yú xiá yě shān luán wèi qíng
新开而冷光之乍出于匣也。山峦为晴
xuě suǒ xǐ juān rán rú shì xiān yán míng mèi rú qiàn nǚ zhī
雪所洗，娟然如拭，鲜妍明媚，如倩女之
huì miàn ér jì huán zhī shǐ lüè yě liǔ tiáo jiāng shū wèi shū
靧面而髻鬟之始掠也。柳条将舒未舒，
róu shāo pī fēng mài tián qiǎn liè cùn xǔ yóu rén suī wèi
柔梢披风，麦田浅鬣寸许。游人虽未
shèng quán ér míng zhě léi ér gē zhě hóng zhuāng ér jiǎn zhě
盛，泉而茗者，罍而歌者，红装而蹇者，
yì shí shí yǒu fēng lì suī shàng jìng rán tú bù zé hán chū
亦时时有。风力虽尚劲，然徒步则汗出
jiā bèi fán pù shā zhī niǎo xiā làng zhī lín yōu rán zì
浃背。凡曝沙之鸟，呷浪之鳞，悠然自
dé máo yǔ lín liè zhī jiān jiē yǒu xǐ qì shǐ zhī jiāo tián
得，毛羽鳞鬣之间皆有喜气。始知郊田
zhī wài wèi shǐ wú chūn ér chéng jū zhě wèi zhī zhī yě
之外未始无春，而城居者未之知也。

fú bù néng yǐ yóu huī shì xiāo rán yú shān shí cǎo mù
夫不能以游堕事，潇然于山石草木
zhī jiān zhě wéi cǐ guān yě ér cǐ dì shì yǔ yú jìn
之间者，惟此官也。而此地适与余近，
yú zhī yóu jiāng zì cǐ shǐ wū néng wú jì jǐ hài zhī èr
余之游将自此始，恶能无纪？己亥之二

yuè yě
月也。

yóu gāo liáng qiáo jì
游高梁桥记

míng yuánhóngdào
明·袁宏道

gāo liáng qiáo zài xī zhí mén wài jīng shī zuì shèng dì
高梁桥在西直门外，京师最胜地
yě liǎng shuǐ jiā dī chuí yáng shí yú lǐ liú jí ér qīng
也。两水夹堤，垂杨十余里，流急而清，
yú zhī chén shuǐ dǐ zhě lín liè jiē xiàn jīng lán qí zhì
鱼之沉水底者，鳞鬣皆见。精蓝棋置，
dān lóu zhū tǎ yǎo tiǎo lǜ shù zhōng ér xī shān zhī zài jǐ
丹楼珠塔，窈窕绿树中。而西山之在几
xí zhě zhāo xī shè sè yǐ yú yóu rén dāng chūn shèng shí
席者，朝夕设色以娱游人。当春盛时，
chéng zhōng shì nǚ yún jí jìn shēn shì dà fū fēi shèn bù xiá
城中士女云集，缙绅士大夫，非甚不暇，
wèi yǒu bù yí zhì qí dì zhě yě
未有不一至其地者也。

sān yuè yī rì xié wáng shēng zhāng fǔ sēng jì zǐ chū
三月一日，偕王生章甫、僧寂子出
yóu shí liǔ shāo xīn cuì shān sè wēi lán shuǐ yǔ dī píng
游。时柳梢新翠，山色微岚，水与堤平，

sī guǎn jiā àn fū zuò gǔ gēn shàng míng yǐn yǐ wéi jiǔ
丝管夹岸。趺坐古根上，茗饮以为酒，
làng wén shù yǐng yǐ wéi yòu yú niǎo zhī fēi chén rén wù zhī
浪纹树影以为侑，鱼鸟之飞沉，人物之
wǎng lái yǐ wéi xì jù dī shàng yóu rén jiàn sān rén kū
往来，以为戏具。堤上游人，见三人枯
zuò shù xià ruò chī chán zhě jiē xiāng shì yǐ wéi xiào ér yú
坐树下若痴禅者，皆相视以为笑，而余
děng yì qiè wèi bǐ yán zhōng rén xuān xiāo nù gòu shān qíng shuǐ
等亦窃谓彼筵中人，喧嚣怒诟，山情水
yì liǎo bù xiāng zhǔ yú lè hé yǒu yě shǎo qǐng yù tóng
意，了不相属，于乐何有也？少顷，遇同
nián huáng zhāo zhì bài kè chū hū ér xià yǔ zhī yǔ bù zhì
年黄昭质拜客出，呼而下，与之语，步至
jí lè sì guān méi huā ér fǎn
极乐寺观梅花而返。

yóu yuè yáng lóu jì
游岳阳楼记

míng yuán zhōng dào
明·袁中道

dòng tíng wéi yuán xiāng děng jiǔ shuǐ zhī wěi dāng qí hé
洞庭为沅湘等九水之委，当其涸
shí rú pǐ liàn ěr jí chūn xià jiān jiǔ shuǐ fā ér hòu yǒu
时，如匹练耳；及春夏间，九水发而后有

hú rán jiǔ shuǐ fā bā jiāng zhī shuǐ yì fā jiǔ shuǐ fāng
湖。然九水发，巴江之水亦发。九水方
bēn téng hào miǎo yǐ qū xún yáng ér bā jiāng zhī shuǐ juǎn xuě
奔腾皓淼，以趋浔阳；而巴江之水，卷雪
hōng léi zì tiān shàng lái jié cǐ shuǐ fāng zhǎng zhī shì bù
轰雷，自天上来。竭此水方张之势，不
zú yǐ dāng bā jiāng páng yì zhī bō jiǔ shuǐ shǐ ruò bǐng xī
足以当巴江旁溢之波。九水始若屏息
liǎn rèn ér bù gǎn yǔ zhī zhēng jiǔ shuǐ yù tuì bā jiāng
敛衽，而不敢与之争。九水愈退，巴江
yù jìn xiàng zhī kǎn dòu ài bù néng shòu shǐ màn yǎn wéi qīng
愈进，向之坎窦，隘不能受，始漫衍为青
cǎo wéi chì shā wéi yún mèng chéng xiān yǔ zhòu yáo qián kūn
草，为赤沙，为云梦。澄鲜宇宙，摇乾坤
zhě bā jiǔ bǎi lǐ ér yuè yáng lóu zhì yú jiāng hú jiāo huì
者八九百里。而岳阳楼峙于江湖交会
zhī jiān zhāo zhāo mù mù yǐ qióng qí tūn tǔ zhī biàn tài cǐ
之间，朝朝暮暮，以穷其吞吐之变态，此
qí suǒ yǐ qí yě
其所以奇也。

lóu zhī qián wéi jūn shān rú yī què wěi lú pái dāng
楼之前，为君山，如一雀尾垆，排当
shuǐ miàn lín mù kě shǔ gài cóng jūn shān jiǔ xiāng lǎng yín
水面，林木可数。盖从君山酒香、朗吟
tíng shàng wàng dòng tíng dé shuǐ zuì duō gù zhí yǐ qiān lǐ yī
亭上望，洞庭得水最多，故直以千里一

hè zhān tiān wò rì wéi qí cǐ lóu dé shuǐ shāo qū qián
壑，粘天沃日为奇。此楼得水稍诎，前
jiàn běi àn zhèng xū jūn shān yāo qiàn yǐ wén qí lòu kuàng
见北岸，政须君山妖蒨，以文其陋。况
jiāng hú yú cǐ huì ér wú yì shān yǐ tún xù zhī mǎng mǎng
江湖于此会，而无一山以屯蓄之，莽莽
hóng liú yì fù hé zhì gù lóu zhī guān dé shuǐ ér
洪流，亦复何致。故楼之观，得水而
zhuàng dé shān ér yán yě
壮，得山而妍也。

yóu zhī rì fēng rì qīng hé hú píng yú yùn shí yǒu
游之日，风日清和，湖平于熨，时有
xiǎo fǎng wǎng lái rú yíng tóu xì zì zhuó é xī liàn shàng qǔ
小舫往来，如蝇头细字着鹅溪练上。取
jiǔ gòng zhuó yì zhì xián dàn tíng wǔ fēng jiàn jìng hú shuǐ
酒共酌，意致闲淡。亭午风渐劲，湖水
gǔ gǔ yǒu shēng qiān fān jié zhèn ér lái yì shèn xióng kuài
汩汩有声。千帆结阵而来，亦甚雄快。
rì mù pào chē yún shēng měng fēng dà qǐ hú làng bēn téng
日暮，炮车云生，猛风大起，湖浪奔腾，
xuě shān xiōng yǒng zhèn hàn chéng guō yú shí sì wàng cǎn dàn
雪山汹涌，震撼城郭。予时四望惨淡，
tóu zhù ér qǐ qiǎo rán yǐ bēi xuàn rán bù néng zì yǐ yě
投箸而起，愀然以悲，泫然不能自已也。
xī téng zǐ jīng yǐ qìng shuài zuǒ qiān cǐ dì yù yù bù dé
昔滕子京以庆帅左迁此地，郁郁不得

zhì zēng chéng lóu wéi yuè yáng lóu jì chéng bīn liáo qǐng dà
志，增城楼为岳阳楼。既成，宾僚请大
hé yuè luò zhī zǐ jīng yuē zhí xū píng lán dà kū yì fān
合乐落之，子京曰：“直须凭栏大哭一番
nǎi kuài fàn gōng xiān yōu hòu lè zhī yǔ gài yì yǒu wéi
乃快！”范公“先忧后乐”之语，盖亦有为
ér fā fú dìng zhōu zhī yì zǐ jīng zēng dié jí bīng wèi
而发。夫定州之役，子京增谍籍兵，慰
sǐ kào shēng biān chuí yǐ ān ér wén fǎ lì yǐ hào guó yì
死犒生，边垂以安，而文法吏以耗国议
qí hòu cháo tíng yòng rén rú cǐ chéng bù néng wú kǎi yú
其后。朝廷用人如此，诚不能无慨于
xīn dì yǐ shù fà dēng cháo rù wéi míng jiàn yì chū wéi
心。第以束发登朝，入为名谏议，出为
míng jiàng shuài yǐ shāo shāo zhǎn bù qí cái ér yòu yǒu fàn gōng
名将帅，已稍稍展布其才；而又有范公
wéi zhī jǐ bù jiǔ bào zhèng zuì yǐ yǒu hé kě kū zhì
为知己，不久报政最矣，有何可哭？至
ruò yú zhě wèi máo zhuī zǐ suǒ jiǒng yì wǎng sì shí yú nián
若予者，为毛锥子所窘，一往四十余年，
bù dé bèi guó jiā yì píng yí zhàng zhī yòng xuán bìn yǐ pó
不得备国家一屏一障之用。玄鬓已皤，
zhuàng xīn rì huī jìn lái yòu zāo zhī jǐ gǔ ròu zhī biàn
壮心日灰。近来又遭知己骨肉之变，
hán yàn yì yǐng piāo líng tiān mò shì zé zhēn kě kū yě zhēn
寒雁一影，飘零天末，是则真可哭也，真

kě kū yě
可哭也！

yóu gāo liáng qiáo jì
游高梁桥记

míng yuánzhōngdào
明·袁中道

gāo liáng jiù yǒu qīng shuǐ yí dài liǔ sè shù shí lǐ
高梁旧有清水一带，柳色数十里，
fēng rì shāo hé zhōng láng lá yú yǔ wáng zǐ wǎng yóu shí jiē
风日稍和，中郎拉予与王子往游。时街
mín jiē chuān gōu qú yū ní wěi jī dào shàng léi mǎ bù néng
民皆穿沟渠淤泥，委积道上，羸马不能
xíng bù zhì mén wài
行，步至门外。

yú shì sān yuè zhōng yǐ yáng liǔ shàng wèi chōu tiáo bīng
于是三月中矣，杨柳尚未抽条，冰
wēi pàn lín shuǐ zuò kū liǔ xià xiǎo yǐn tán fēng fǔ chàng
微泮，临水坐枯柳下小饮。谭锋甫畅，
ér biāo fēng zì běi lái chén āi bì tiān duì miàn bú jiàn rén
而飚风自北来，尘埃蔽天，对面不见人，
zhòng mù sāi kǒu jiáo zhī yǒu shēng dòng zhī luò gǔ mù háo
中目塞口，嚼之有声。冻枝落，古木号，
luàn shí jī hán qì lǐn liè xiāng yǔ yù diāo mào zhuó chóng
乱石击。寒气凛冽，相与御貂帽，着重

qiú yǐ dí zhī ér yóu bù néng kān nǎi jí guī yǐ huáng
裘以敌之，而犹不能堪，乃急归。已黄
hūn láng bèi gōu qú jiān bǎi kǔ nǎi dé zhì dǐ zuò zhì bǐng
昏，狼狈沟渠间，百苦乃得至邸，坐至丙
yè kǒu zhōng hán shā shàng lì lì
夜，口中含沙尚砾砾。

yī jiāng nán èr sān yuè cǎo sè qīng qīng zá huā làn
噫！江南二三月，草色青青，杂花烂
chéng yě fēng hé rì lì shàng chūn yǐ kě jiāo yóu hé jīng shī
城野，风和日丽，上春已可郊游，何京师
zhī kǔ zhì cǐ gǒu fēi dà bù dé yǐ ér pú pú yú shì
之苦至此。苟非大不得已，而仆仆于是，
wú jiàn qí chuǎn yě qiě fú guì rén suǒ yǐ bù dé yǐ ér
吾见其舛也。且夫贵人所以不得已而
jū shì zhě wèi guān zhí yě yóu kè shān rén suǒ yǐ bù dé
居是者，为官职也。游客山人所以不得
yǐ ér zhì shì zhě wèi yī shí yě jīn wú wú guān zhí lǚ
已而至是者，为衣食也。今吾无官职，屡
qiú ér bú huò qí xiào yì kě dǔ yǐ ér jiā yǒu chǎn yè
求而不获，其效亦可睹矣。而家有产业
kě yǐ hú kǒu shě shuǐ shí huā niǎo zhī lè ér bēn zǒu yān mái
可以糊口，舍水石花鸟之乐，而奔走烟霾
shā chén zhī xiāng yú yǐ wèn yú yú bù néng jiě yǐ rán
沙尘之乡，予以问予，予不能解矣。然
zé shì yóu yě yí shū shū zhī suǒ yǐ zhì yú zhī shì jìn ér
则是游也宜书，书之所以志予之嗜进而

wú chǐ diān dǎo ér wú jì suàn yě
无耻，颠倒而无计算也。

xiàng jǐ xuān zhì 项脊轩志

míng guī yǒu guāng
明·归有光

xiàng jǐ xuān jiù nán gé zǐ yě shì jǐn fāng zhàng kě róng yì rén jū bǎi nián lǎo wū chén ní shèn lù yǔ zé xià zhù měi yí àn gù shì wú kě zhì zhě yòu běi xiàng bù néng dé rì rì guò wǔ yǐ hūn yú shāo wéi xiū qì shǐ bú shàng lòu qián pì sì chuāng yuán qiáng zhōu tíng yǐ dāng nán rì rì yǐng fǎn zhào shì shǐ dòng rán yòu zá zhí lán guì zhú mù yú tíng jiù shí lán shǔn yì suì zēng shèng jiè shū mǎn jià yǎn yǎng xiào gē míng rán wù zuò wàn lài yǒu shēng ér tíng jiē jì jì xiǎo niǎo shí lái zhuó shí rén zhì

项脊轩，旧南阁子也。室仅方丈，可容一人居。百年老屋，尘泥渗漉，雨泽下注；每移案，顾视无可置者。又北向，不能得日，日过午已昏。余稍为修葺，使不上漏。前辟四窗，垣墙周庭，以当南日，日影反照，室始洞然。又杂植兰桂竹木于庭，旧时栏楯，亦遂增胜。借书满架，偃仰啸歌，冥然兀坐，万籁有声。而庭阶寂寂，小鸟时来啄食，人至

bú qù sān wǔ zhī yè míng yuè bàn qiáng guì yǐng bān bó
不去。三五之夜，明月半墙，桂影斑驳，
fēng yí yǐng dòng shānshān kě ài
风移影动，珊珊可爱。

rán yú jū yú cǐ duō kě xǐ yì duō kě bēi
然余居于此，多可喜，亦多可悲。

xiān shì tíng zhōng tōng nán běi wéi yī dài zhū fù yì
先是，庭中通南北为一。迨诸父异
cuàn nèi wài duō zhì xiǎo mén qiáng wǎng wǎng ér shì dōng quǎn
爨，内外多置小门，墙往往而是。东犬
xī fèi kè yú páo ér yàn jī qī yú tīng tíng zhōng shǐ
西吠，客逾庖而宴，鸡栖于厅。庭中始
wéi lí yǐ wéi qiáng fán zài biàn yǐ jiā yǒu lǎo yù cháng
为篱，已为墙，凡再变矣。家有老妪，尝
jū yú cǐ yù xiān dà mǔ bì yě rǔ èr shì xiān bǐ
居于此。妪，先大母婢也，乳二世，先妣
fǔ zhī shèn hòu shì xī lián yú zhōng guī xiān bǐ cháng yí
抚之甚厚。室西连于中闺，先妣尝一
zhì yù měi wèi yú yuē mǒu suǒ ér mǔ lì yú zī
至。妪每谓余曰："某所，而母立于兹。"
yù yòu yuē rǔ zǐ zài wú huái gū gū ér qì niáng yǐ
妪又曰："汝姊在吾怀，呱呱而泣；娘以
zhǐ kòu mén fēi yuē ér hán hū yù shí hū wú cóng
指叩门扉曰：'儿寒乎？欲食乎？'吾从
bǎn wài xiāng wéi yìng dá yǔ wèi bì yú qì yù yì qì
板外相为应答。"语未毕，余泣，妪亦泣。

yú zì shù fà dú shū xuān zhōng yí rì dà mǔ guò yú yuē
余自束发读书轩中，一日，大母过余曰：
wú ér jiǔ bú jiàn ruò yǐng hé jìng rì mò mò zài cǐ
“吾儿，久不见若影，何竟日默默在此，
dà lèi nǚ láng yě bǐ qù yǐ shǒu hé mén zì yǔ yuē
大类女郎也？”比去，以手阖门，自语曰：
wú jiā dú shū jiǔ bú xiào ér zhī chéng zé kě dài
“吾家读书久不效，儿之成，则可待
hū qǐng zhī chí yí xiàng hù zhì yuē cǐ wú zǔ tài
乎！”顷之，持一象笏至，曰：“此吾祖太
chánggōng xuān dé jiān zhí cǐ yǐ cháo tā rì rǔ dāng yòng zhī
常公宣德间执此以朝，他日汝当用之！”
zhān gù yí jì rú zài zuó rì lìng rén cháng háo bù zì jīn
瞻顾遗迹，如在昨日，令人长号不自禁。

xuān dōng gù cháng wéi chú rén wǎng cóng xuān qián guò
轩东故尝为厨，人往，从轩前过。
yú jiōng yǒu ér jū jiǔ zhī néng yǐ zú yīn biàn rén xuān
余扃牖而居，久之，能以足音辨人。轩
fán sì zāo huǒ dé bù fén dài yǒu shén hù zhě
凡四遭火，得不焚，殆有神护者。……

yú jì wéi cǐ zhì hòu wǔ nián wú qī lái guī shí
余既为此志，后五年，吾妻来归，时
zhì xuān zhōng cóng yú wèn gǔ shì huò píng jī xué shū wú
至轩中，从余问古事，或凭几学书。吾
qī guī níng shù zhū xiǎo mèi yǔ yuē wén zǐ jiā yǒu gé
妻归宁，述诸小妹语曰：“闻姊家有阁

zǐ qiě hé wèi gé zǐ yě qí hòu liù nián wú qī sǐ
子，且何谓阁子也？”其后六年，吾妻死，
shì huài bù xiū qí hòu èr nián yú jiǔ wò bìng wú liáo
室坏不修。其后二年，余久卧病无聊，
nǎi shǐ rén fù qì nán gé zǐ qí zhì shāo yì yú qián rán
乃使人复葺南阁子，其制稍异于前。然
zì hòu yú duō zài wài bù cháng jū
自后余多在外，不常居。

tíng yǒu pí pá shù wú qī sǐ zhī nián suǒ shǒu zhí
庭有枇杷树，吾妻死之年所手植
yě jīn yǐ tíng tíng rú gài yǐ
也，今已亭亭如盖矣。

yóu héng shān jì
游恒山记

míng xú xiá kè
明·徐霞客

shí yī rì fēng yì jìng jìn chéng bì rú xǐ cè
十一日，风翳净尽，澄碧如洗。策
zhàng dēng yuè miàn dōng ér shàng tǔ gāng qiǎn fù wú pān jī
杖登岳。面东而上，土冈浅阜，无攀跻
láo
劳。

yì lǐ zhuǎn běi shān jiē méi tàn bù shēn záo jí kě
一里，转北，山皆煤炭，不深凿即可

dé yòu yì lǐ zé tǔ shí jiē chì yǒu qiú sōng lí lì
得。又一里，则土石皆赤。有虬松离立
dào páng tíng yuē wàng xiān yòu sān lǐ zé yá shí jiàn qǐ
道旁，亭曰望仙。又三里，则崖石渐起，
sōng yǐng shāi yīn shì míng hǔ fēng kǒu yú shì shí lù yíng
松影筛阴，是名虎风口。于是石路萦
huí shǐ xún yá chéng qiào ér shàng sān lǐ yǒu jié fāng yuē
回，始循崖乘峭而上。三里，有杰坊曰
shuò fāng dì yī shān nèi zé guān xiè chú jǐng jù bèi fāng
“朔方第一山”，内则官廨厨井俱备。坊
yòu dōng xiàng shè jí shàng yá bàn wéi qǐn gōng gōng běi wéi fēi
右东向拾级上，崖半为寝宫，宫北为飞
shí kū zài shàng zé běi yuè diàn yě shàng fù jué bì xià
石窟，再上则北岳殿也。上负绝壁，下
lín guān xiè diàn xià yún jí chā tiān wǔ mén shàng xià qióng bēi
临官廨，殿下云级插天，庑门上下，穹碑
sēn lì cóng diàn yòu shàng yǒu shí kū yǐ ér shì zhī yuē
森立。从殿右上，有石窟，倚而室之，曰
huì xiān tái tái zhōng xiàng qún xiān huán liè wú xì yú shí
会仙台。台中像群仙，环列无隙。余时
yù jī wēi yá dēng jué dǐng huán guò yuè diàn dōng wàng liǎng
欲跻危崖、登绝顶。还过岳殿东，望两
yá duàn chù zhōng chuí cǎo mǎng zhě qiān chǐ wéi dēng dǐng jiàn dào
崖断处，中垂草莽者千尺，为登顶间道，
suì jiě yī pān niè ér dēng èr lǐ chū wēi yá shàng yǎng
遂解衣攀蹑而登。二里，出危崖上，仰

tiào jué dǐng yóu jié rán tiān bàn ér mǎn shān duǎn shù méng mì
眺绝顶，犹杰然天半，而满山短树蒙密，
chá yā kū zhú dàn néng gōu yī cì lǐng pān jiàn zhé duàn zhé
槎枒枯竹，但能钩衣刺领，攀践辄断折，
yòng lì suī qín ruò duò hóng tāo gǔ gǔ bù néng chū yú
用力虽勤，若堕洪涛，汩汩不能出。余
yì gǔ yǒng shàng jiǔ zhī jí jìn shǐ dēng qí dǐng
益鼓勇上，久之棘尽，始登其顶。

shí rì sè chéng lí fǔ kàn shān běi bēng yá luàn zhuì
时日色澄丽，俯瞰山北，崩崖乱坠，
zá shù mì yì shì shān tǔ shān wú shù shí shān zé yǒu
杂树密翳。是山土山无树，石山则有。
běi xiàng jù shí gù shù jiē zài běi hún yuán zhōu chéng yì
北向俱石，故树皆在北。浑源州城一
fāng jí zài shān lù běi kàn gé shān yì chóng cāng máng wú
方，即在山麓。北瞰隔山一重，苍茫无
jì nán wéi lóng quán xī wéi wǔ tái qīng qīng yǔ cǐ zuò
际。南惟龙泉，西惟五台，青青与此作
wǔ jìn zé lóng shān xī gèn zhī fēng dōng lián ruò bǐ jiān
伍。近则龙山西亘，支峰东连，若比肩
lián mèi xià è shā mò zhě
连袂下扼沙漠者。

jì ér xià xī fēng xún qián rù xiá wēi yá fǔ kàn
既而下西峰，寻前入峡危崖，俯瞰
máng máng bù gǎn xià hū huí shǒu dōng gù yǒu yì rén piāo
茫茫，不敢下。忽回首东顾，有一人飘

yáo yú shàng yīn fù shàng qí chù wèn zhī zhǐ dōng nán sōng bǎi
摇于上，因复上其处问之，指东南松柏
jiān wàng ér qū nǎi shàng shí qǐn gōng hòu wēi yá dǐng wèi
间，望而趋，乃上时寝宫后危崖顶。未
jǐ guǒ dé jìng nán jīng sōng bǎi lín xiān cóng dǐng shàng wàng
几，果得径。南经松柏林，先从顶上望
sōng bǎi cōng qīng rú suàn yè cǎo jīng zhì cǐ zé hé bào cān
松柏葱青，如蒜叶草茎，至此则合抱参
tiān hǔ fēng kǒu zhī sōng bǎi bú chì bǎi bèi zhī yě cóng
天，虎风口之松柏，不啻百倍之也。从
yá xì zhí xià qià zài qǐn gōng zhī yòu jí fēi shí kū yě
崖隙直下，恰在寝宫之右，即飞石窟也。

hú xīn tíng kàn xuě
湖心亭看雪
míng zhāng dài
明·张岱

chóng zhēn wǔ nián shí èr yuè yú zhù xī hú dà xuě
崇祯五年十二月，余住西湖。大雪
sān rì hú zhōng rén niǎo shēng jù jué shì rì gēng dìng yú
三日，湖中人鸟声俱绝。是日更定，余
ná yì xiǎo chuán yōng cuì yī lú huǒ dú wǎng hú xīn tíng kàn
拏一小船，拥毳衣炉火，独往湖心亭看
xuě wù sōng hàng dàng tiān yǔ yún yǔ shān yǔ shuǐ shàng xià
雪。雾凇沆砀，天与云与山与水，上下

yì bái hú shàng yǐng zǐ wéi cháng dī yì hén hú xīn tíng
一白。湖上影子，惟长堤一痕，湖心亭
yì diǎn yǔ yú zhōu yí jiè zhōu zhōng rén liǎng sān lì ér yǐ
一点，与余舟一芥、舟中人两三粒而已。

dào tíng shàng yǒu liǎng rén pū zhān duì zuò yì tóng zǐ
到亭上，有两人铺毡对坐，一童子
shāo jiǔ lú zhèng fèi jiàn yú dà xǐ yuē hú zhōng yān
烧酒炉正沸。见余，大喜曰：“湖中焉
dé gèng yǒu cǐ rén lā yú tóng yǐn yú qiǎng yǐn sān dà
得更有此人！”拉余同饮。余强饮三大
bái ér bié wèn qí xìng shì shì jīn líng rén kè cǐ
白而别。问其姓氏，是金陵人，客此。
jí xià chuán zhōu zǐ nán nán yuē mò shuō xiàng gōng chī gèng
及下船，舟子喃喃曰：“莫说相公痴，更
yǒu chī sì xiànggōng zhě
有痴似相公者！”

yú yuán
于园

míng zhāng dài
明·张岱

yú yuán zài guā zhōu bù wǔ lǐ pù fù rén yú wǔ suǒ
于园在瓜洲步五里铺，富人于五所
yuán yě fēi xiǎn zhě cì zé mén yào bù dé chū bǎo shēng
园也。非显者刺，则门钥不得出。葆生

shū tóng zhī guā zhōu xié yú wǎng zhǔ rén chù chù kuǎn zhī
叔同知瓜洲，携余往，主人处处款之。

yuán zhōng wú tā qí qí zài lěi shí qián táng shí pō
园中无他奇，奇在磊石。前堂石坡

gāo èr zhàng shàng zhí guǒ zǐ sōng shù kē yuán pō zhí mǔ dān
高二丈，上植果子松数棵，缘坡植牡丹、

sháo yào rén bù dé shàng yǐ shí qí hòu tīng lín dà chí
芍药，人不得上，以实奇。后厅临大池，

chí zhōng qí fēng jué hè dǒu shàng dǒu xià rén zǒu chí dǐ yǎng
池中奇峰绝壑，陡上陡下，人走池底，仰

shì lián huā fǎn zài tiān shàng yǐ kōng qí wò fáng jiàn wài
视莲花反在天上，以空奇。卧房槛外，

yí hè xuán xià rú luó sī chán yǐ yōu yīn shēn suì qí zài
一壑旋下如螺蛳缠，以幽阴深邃奇。再

hòu yì shuǐ gé cháng rú tǐng zi kuà xiǎo hé sì wéi guàn mù
后一水阁，长如艇子，跨小河，四围灌木

méng cóng qín niǎo jiū jī rú shēn shān mào lín zuò qí zhōng
蒙丛，禽鸟啾唧，如深山茂林，坐其中，

tuí rán bì yǎo guā zhōu zhū yuán tíng jù yǐ jiǎ shān xiǎn
颓然碧窈。瓜洲诸园亭，俱以假山显，

zhì yú yuán kě wú hàn yǐ
至于园可无憾矣。

bái yáng cháo

白洋潮

míng zhāng dài

明·张岱

gù shì sān jiāng kàn cháo shí wú cháo kàn wǔ hòu
故事，三江看潮，实无潮看。午后
xuān chuán yuē jīn nián àn zhǎng cháo suì suì rú zhī
喧传曰："今年暗涨潮。"岁岁如之。

gēng chén bā yuè diào zhū héng yuè shào shī zhì bái yáng
庚辰八月，吊朱恒岳少师，至白洋，
chén zhāng hóu qí shì péi tóng xí hǎi táng shàng hū kàn cháo
陈章侯、祁世培同席。海塘上呼看潮，
yú chuán wǎng zhāng hóu shì péi zhǒng zhì
余遄往，章侯、世培踵至。

lì táng shàng jiàn cháo tóu yí xiàn cóng hǎi níng ér lái
立塘上，见潮头一线，从海宁而来，
zhí bēn táng shàng shāo jìn zé yǐn yǐn lòu bái rú qū qiān
直奔塘上。稍近，则隐隐露白，如驱千
bǎi qún xiǎo é bò yì jīng fēi jiàn jìn pēn mò jiàn huā
百群小鹅擘翼惊飞。渐近，喷沫溅花，
cù qǐ rú bǎi wàn xuě shī bì jiāng ér xià nù léi biān zhī
蹴起如百万雪狮，蔽江而下，怒雷鞭之，
wàn shǒu zú zú wú gǎn hòu xiān zài jìn zé jù fēng bī
万首镞镞，无敢后先。再近，则飓风逼

zhī shì yù pāi àn ér shàng kàn zhě bì yì zǒu bì táng
之，势欲拍岸而上。看者辟易，走避塘

xià cháo dào táng jìn lì yì bó shuǐ jī shè jiàn qǐ shù
下。潮到塘，尽力一礴，水击射，溅起数

zhàng zhuó miàn jiē shī xuán juǎn ér yòu guī shān yì dǎng hōng
丈，著面皆湿。旋卷而右，龟山一挡，轰

nù fēi cháng pào suì lóng qiū bàn kōng xuě wǔ kàn zhī jīng
怒非常，炮碎龙湫，半空雪舞。看之惊

xuàn zuò bàn rì yán shǐ dìng
眩，坐半日，颜始定。

xiān bèi yán zhè jiāng cháo tóu zì kān zhě liǎng shān shù
先辈言：浙江潮头，自龛、赭两山漱

jī ér qǐ bái yáng zài liǎng shān wài cháo tóu gèng dà hé
激而起。白洋在两山外，潮头更大，何

yé
耶？

hé zhōu jì
核舟记

míng wèi xué yī
明·魏学洢

míng yǒu qí qiǎo rén yuē wáng shū yuǎn néng yǐ jìng cùn zhī
明有奇巧人曰王叔远，能以径寸之

mù wéi gōng shì qì mǐn rén wù yǐ zhì niǎo shòu mù shí
木为宫室、器皿、人物，以至鸟兽、木石，

wǎng bù yīn shì xiàng xíng gè jù qíng tài cháng yí yú hé zhōu
罔不因势象形，各具情态。尝贻余核舟
yī gài dà sū fàn chì bì yún
一，盖大苏泛赤壁云。

zhōu shǒu wěi cháng yuē bā fēn yǒu jī gāo kě èr shǔ
舟首尾长约八分有奇，高可二黍
xǔ zhōng xuān chǎng zhě wéi cāng ruò péng fù zhī páng kāi xiǎo
许。中轩敞者为舱，箬篷覆之。旁开小
chuāng zuǒ yòu gè sì gòng bā shàn qǐ chuāng ér guān diāo
窗，左右各四，共八扇。启窗而观，雕
lán xiāng wàng yān bì zhī zé yòu kè shān gāo yuè xiǎo shuǐ
栏相望焉。闭之，则右刻“山高月小，水
luò shí chū zuǒ kè qīng fēng xú lái shuǐ bō bù xīng
落石出”，左刻“清风徐来，水波不兴”，
shí qīng sǎn zhī
石青糁之。

chuán tóu zuò sān rén zhōng é guān ér duō rán zhě wéi dōng
船头坐三人，中峨冠而多髯者为东
pō fó yìn jū yòu lǔ zhí jū zuǒ sū huáng gòng yuè yì
坡，佛印居右，鲁直居左。苏、黄共阅一
shǒu juàn dōng pō yòu shǒu zhí juàn duān zuǒ shǒu fǔ lǔ zhí
手卷。东坡右手执卷端，左手抚鲁直
bèi lǔ zhí zuǒ shǒu zhí juàn mò yòu shǒu zhǐ juàn rú yǒu
背。鲁直左手执卷末，右手指卷，如有
suǒ yǔ dōng pō xiàn yòu zú lǔ zhí xiàn zuǒ zú gè wēi
所语。东坡现右足，鲁直现左足，各微

cè qí liǎng xī xiāng bǐ zhě gè yǐn juàn dǐ yī zhě zhōng
侧，其两膝相比者，各隐卷底衣褶中。
fó yìn jué lèi mí lè tǎn xiōng lòu rǔ jiǎo shǒu áng shì shén
佛印绝类弥勒，袒胸露乳，矫首昂视，神
qíng yǔ sū huáng bù shǔ wò yòu xī qū yòu bì zhī chuán
情与苏黄不属。卧右膝，诎右臂支船，
ér shù qí zuǒ xī zuǒ bì guà niàn zhū yǐ zhī zhū kě lì
而竖其左膝，左臂挂念珠倚之，珠可历
lì shǔ yě
历数也。

zhōu wěi héng wò yì jí jí zuǒ yòu zhōu zǐ gè yì
舟尾横卧一楫。楫左右舟子各一
rén jū yòu zhě chuí jì yǎng miàn zuǒ shǒu yǐ yì héng mù
人。居右者椎髻仰面，左手倚一衡木，
yòu shǒu pān yòu zhǐ ruò xiào hū zhuàng jū zuǒ zhě yòu shǒu
右手攀右趾，若啸呼状。居左者右手
zhí pú kuí shàn zuǒ shǒu fǔ lú lú shàng yǒu hú qí rén shì
执蒲葵扇，左手抚炉，炉上有壶，其人视
duān róng jì ruò tīng chá shēng rán
端容寂，若听茶声然。

qí chuán bèi shāo yí zé tí míng qí shàng wén yuē
其船背稍夷，则题名其上，文曰
tiān qǐ rén xū qiū rì yú shān wáng yì shū yuǎn fǔ kè
“天启壬戌秋日，虞山王毅叔远甫刻”，
xì ruò wén zú gōu huà liǎo liǎo qí sè mò yòu yòng zhuàn
细若蚊足，钩画了了，其色墨。又用篆

zhāng yī wén yuē chū píng shān rén qí sè dān
章一，文曰“初平山人”，其色丹。

tōng jì yì zhōu wéi rén wǔ wéi chuāng bā wéi ruò
péng wéi jí wéi lú wéi hú wéi shǒu juàn wéi niàn zhū gè
yī duì lián tí míng bìng zhuàn wén wéi zì gòng sān shí yòu
sì ér jì qí cháng zēng bù yíng cùn gài jiǎn táo hé xiū
xiá zhě wéi zhī xī jì yì líng guài yǐ zāi
通计一舟，为人五；为窗八；为箬篷，为楫，为炉，为壶，为手卷，为念珠各一；对联、题名并篆文，为字共三十有四。而计其长曾不盈寸。盖简桃核修狭者为之。嘻，技亦灵怪矣哉！

yuán jūn
原君

qīng huáng zōng xī
清·黄宗羲

yǒu shēng zhī chū rén gè zì sī yě rén gè zì lì
yě tiān xià yǒu gōng lì ér mò huò xīng zhī yǒu gōng hài ér
mò huò chú zhī yǒu rén zhě chū bù yǐ yì jǐ zhī lì wéi
lì ér shǐ tiān xià shòu qí lì bù yǐ yì jǐ zhī hài wéi
有生之初，人各自私也，人各自利也。天下有公利而莫或兴之，有公害而莫或除之。有人者出，不以一己之利为利，而使天下受其利；不以一己之害为

hài ér shǐ tiān xià shì qí hài cǐ qí rén zhī qín láo bì
害，而使天下释其害。此其人之勤劳必
qiān wàn yú tiān xià zhī rén fú yǐ qiān wàn bèi zhī qín láo
千万于天下之人。夫以千万倍之勤劳，
ér jǐ yòu bù xiǎng qí lì bì fēi tiān xià zhī rén qíng suǒ yù
而已又不享其利，必非天下之人情所欲
jū yě gù gǔ zhī rén jūn liàng ér bú yù rù zhě xǔ
居也。故古之人君，量而不欲入者，许
yóu wù guāng shì yě rù ér yòu qù zhī zhě yáo shùn shì
由、务光是也；入而又去之者，尧、舜是
yě chū bú yù rù ér bù dé qù zhě yǔ shì yě qǐ
也；初不欲入而不得去者，禹是也。岂
gǔ zhī rén yǒu suǒ yì zāi hào yì wù láo yì yóu fú rén
古之人有所异哉？好逸恶劳，亦犹夫人
zhī qíng yě
之情也。

hòu zhī wéi rén jūn zhě bù rán yǐ wéi tiān xià lì
后之为人君者不然。以为天下利
hài zhī quán jiē chū yú wǒ wǒ yǐ tiān xià zhī lì jìn guī yú
害之权皆出于我，我以天下之利尽归于
jǐ yǐ tiān xià zhī hài jìn guī yú rén yì wú bù kě
己，以天下之害尽归于人，亦无不可。
shǐ tiān xià zhī rén bù gǎn zì sī bù gǎn zì lì yǐ wǒ
使天下之人不敢自私，不敢自利，以我
zhī dà sī wéi tiān xià zhī dà gōng shǐ ér cán yān jiǔ ér
之大私为天下之大公。始而惭焉，久而

ān yān shì tiān xià wéi mò dà zhī chǎn yè chuán zhī zǐ sūn
安焉，视天下为莫大之产业，传之子孙，
shòuxiǎng wú qióng hàn gāo dì suǒ wèi mǒu yè suǒ jiù shú
受享无穷。汉高帝所谓“某业所就，孰
yǔ zhòng duō zhě qí zhú lì zhī qíng bù jué yì zhī yú cí
与仲多”者，其逐利之情，不觉溢之于辞
yǐ cǐ wú tā gǔ zhě yǐ tiān xià wéi zhǔ jūn wéi kè
矣。此无他，古者以天下为主，君为客；
fán jūn zhī suǒ bì shì ér jīng yíng zhě wèi tiān xià yě jīn
凡君之所毕世而经营者，为天下也。今
yě yǐ jūn wéi zhǔ tiān xià wéi kè fán tiān xià zhī wú dì
也以君为主，天下为客，凡天下之无地
ér dé ān níng zhě wèi jūn yě shì yǐ qí wèi dé zhī
而得安宁者，为君也。是以其未得之
yě tú dú tiān xià zhī gān nǎo lí sàn tiān xià zhī zǐ nǚ
也，屠毒天下之肝脑，离散天下之子女，
yǐ bó wǒ yì rén zhī chǎn yè zēng bù cǎn rán yuē wǒ
以博我一人之产业，曾不惨然。曰：“我
gù wéi zǐ sūn chuàng yè yě qí jì dé zhī yě qiāo bō
固为子孙创业也。”其既得之也，敲剥
tiān xià zhī gǔ suǐ lí sàn tiān xià zhī zǐ nǚ yǐ fèng wǒ
天下之骨髓，离散天下之子女，以奉我
yì rén zhī yín lè shì wéi dāng rán yuē cǐ wǒ chǎn yè
一人之淫乐，视为当然。曰：“此我产业
zhī huā xī yě rán zé wéi tiān xià zhī dà hài zhě jūn ér
之花息也。”然则为天下之大害者，君而

yǐ yǐ xiàng shǐ wú jūn rén gè dé zì sī yě rén gè dé
已矣，向使无君，人各得自私也，人各得
zì lì yě wū hū qǐ shè jūn zhī dào gù rú shì hū
自利也。呜呼！岂设君之道固如是乎？

gǔ zhě tiān xià zhī rén ài dài qí jūn bǐ zhī rú
古者天下之人爱戴其君，比之如
fù nǐ zhī rú tiān chéng bù wéi guò yě jīn yě tiān xià
父，拟之如天，诚不为过也。今也天下
zhī rén yuàn wù qí jūn shì zhī rú kòu chóu míng zhī wéi dú
之人怨恶其君，视之如寇仇，名之为独
fū gù qí suǒ yě ér xiǎo rú guī guī yān yǐ jūn chén zhī
夫，固其所也。而小儒规规焉以君臣之
yì wú suǒ táo yú tiān dì zhī jiān zhì jié zhòu zhī bào yóu
义无所逃于天地之间，至桀、纣之暴，犹
wèi tāng wǔ bù dāng zhū zhī ér wàngchuán bó yí shū qí wú
谓汤、武不当诛之，而妄传伯夷、叔齐无
jī zhī shì shì zhào rén wàn xìng bēng kuì zhī xuè ròu zēng bú
稽之事，视兆人万姓崩溃之血肉，曾不
yì fú fǔ shǔ qǐ tiān dì zhī dà yú zhào rén wàn xìng zhī
异夫腐鼠。岂天地之大，于兆人万姓之
zhōng dú sī qí yì rén yí xìng hū shì gù wǔ wáng shèng
中，独私其一人一姓乎？是故武王，圣
rén yě mèng zǐ zhī yán shèng rén zhī yán yě hòu shì zhī
人也；孟子之言，圣人之言也。后世之
jūn yù yǐ rú fù rú tiān zhī kōng míng jìn rén zhī kuī sì
君，欲以如父如天之空名禁人之窥伺

zhě jiē bú biàn yú qí yán zhì fèi mèng zǐ ér bú lì fēi
者，皆不便于其言，至废孟子而不立，非
dǎo yuán yú xiǎo rú hū
导源于小儒乎？

suī rán shǐ hòu zhī wéi jūn zhě guǒ néng bǎo cǐ chǎn
虽然，使后之为君者果能保此产
yè chuán zhī wú qióng yì wú guài hū qí sī zhī yě jì
业，传之无穷，亦无怪乎其私之也。既
yǐ chǎn yè shì zhī rén zhī yù dé chǎn yè shuí bù rú wǒ
以产业视之，人之欲得产业，谁不如我？
shè jiān téng gù jiōng jué yì rén zhī zhì lì bù néng shèng tiān
摄缄縢，固扃鐍，一人之智力，不能胜天
xià yù dé zhī zhě zhī zhòng yuǎn zhě shù shì jìn zhě jí shēn
下欲得之者之众，远者数世，近者及身，
qí xuè ròu zhī bēng kuì zài qí zǐ sūn yǐ xī rén yuàn shì
其血肉之崩溃，在其子孙矣。昔人愿世
shì wú shēng dì wáng jiā ér yì zōng zhī yù gōng zhǔ yì yuē
世无生帝王家，而毅宗之语公主，亦曰：
ruò hé wéi shēng wǒ jiā tòng zāi sī yán huí sī chuàng
“若何为生我家？”痛哉斯言！回思创
yè shí qí yù dé tiān xià zhī xīn yǒu bú fèi rán cuī jǔ
业时，其欲得天下之心，有不废然摧沮
zhě hū shì gù míng hū wéi jūn zhī zhí fèn zé táng yú zhī
者乎？是故明乎为君之职分，则唐虞之
shì rén rén néng ràng xǔ yóu wù guāng fēi jué chén yě bù
世，人人能让，许由、务光非绝尘也；不

míng hū wéi jūn zhī zhí fèn zé shì jǐng zhī jiān rén rén kě
明乎为君之职分，则市井之间，人人可
yù xǔ yóu wù guāng suǒ yǐ kuàng hòu shì ér bù wén yě
欲，许由、务光所以旷后世而不闻也。
rán jūn zhī zhí fèn nán míng yǐ é qǐng yín lè bú yì wú
然君之职分难明，以俄顷淫乐，不易无
qióng zhī bēi suī yú zhě yì míng zhī yǐ
穷之悲，虽愚者亦明之矣！

kǒu jì
口技

qīng lín sì huán
清·林嗣环

jīng zhōng yǒu shàn kǒu jì zhě huì bīn kè dà yàn yú
京中有善口技者。会宾客大宴，于
tīng shì zhī dōng běi jiǎo shī bā chǐ píng zhàng kǒu jì rén zuò
厅事之东北角，施八尺屏障，口技人坐
píng zhàng zhōng yì zhuō yì yǐ yí shàn yì fǔ chǐ ér yǐ
屏障中，一桌、一椅、一扇、一抚尺而已。
zhòng bīn tuán zuò shǎo qǐng dàn wén píng zhàng zhōng fǔ chǐ yí
众宾团坐。少顷，但闻屏障中抚尺一
xià mǎn zuò jì rán wú gǎn huá zhě
下，满坐寂然，无敢哗者。

yáo wén shēn xiàng zhōng quǎn fèi biàn yǒu fù rén jīng jiào qiàn
遥闻深巷中犬吠，便有妇人惊觉欠

shēn qí fū yì yǔ jì ér ér xǐng dà tí fū yì
伸，其夫呓语。既而儿醒，大啼。夫亦
xǐng fù fǔ ér rǔ ér hán rǔ tí fù pāi ér wū zhī
醒。妇抚儿乳，儿含乳啼，妇拍而呜之。
yòu yí dà ér xǐng xù xù bù zhǐ dāng shì shí fù shǒu pāi
又一大儿醒，絮絮不止。当是时，妇手拍
ér shēng kǒu zhōng wū shēng ér hán rǔ tí shēng dà ér chū
儿声，口中呜声，儿含乳啼声，大儿初
xǐng shēng fū chì dà ér shēng yì shí qí fā zhòng miào bì
醒声，夫叱大儿声，一时齐发，众妙毕
bèi mǎn zuò bīn kè wú bù shēn jǐng cè mù wēi xiào mò
备。满坐宾客无不伸颈，侧目，微笑，默
tàn yǐ wéi miào jué
叹，以为妙绝。

wèi jǐ fū hōu shēng qǐ fù pāi ér yì jiàn pāi jiàn
未几，夫齁声起，妇拍儿亦渐拍渐
zhǐ wēi wén yǒu shǔ zuò zuò suǒ suǒ pén qì qīng cè fù
止。微闻有鼠作作索索，盆器倾侧，妇
mèng zhōng ké sòu bīn kè yì shǎo shū shāo shāo zhèng zuò
梦中咳嗽。宾客意少舒，稍稍正坐。

hū yì rén dà hū huǒ qǐ fū qǐ dà hū fù
忽一人大呼"火起"，夫起大呼，妇
yì qǐ dà hū liǎng ér qí kū é ér bǎi qiān rén dà
亦起大呼。两儿齐哭。俄而百千人大
hū bǎi qiān ér kū bǎi qiān quǎn fèi zhōng jiān lì lā bēng
呼，百千儿哭，百千犬吠。中间力拉崩

dǎo zhī shēng huǒ bào shēng hū hū fēng shēng bǎi qiān qí zuò
倒之声，火爆声，呼呼风声，百千齐作；
yòu jiā bǎi qiān qiú jiù shēng yè wū hǔ hǔ shēng qiǎng duó
又夹百千求救声，曳屋许许声，抢夺
shēng pō shuǐ shēng fán suǒ yīng yǒu wú suǒ bù yǒu suī
声，泼水声。凡所应有，无所不有。虽
rén yǒu bǎi shǒu shǒu yǒu bǎi zhǐ bù néng zhǐ qí yì duān rén
人有百手，手有百指，不能指其一端；人
yǒu bǎi kǒu kǒu yǒu bǎi shé bù néng míng qí yí chù yě yú
有百口，口有百舌，不能名其一处也。于
shì bīn kè wú bù biàn sè lí xí fèn xiù chū bì liǎng gǔ zhàn
是宾客无不变色离席，奋袖出臂，两股战
zhàn jī yù xiān zǒu
战，几欲先走。

hū rán fǔ chǐ yí xià qún xiǎng bì jué chè píng shì
忽然抚尺一下，群响毕绝。撤屏视
zhī yì rén yì zhuō yì yǐ yí shàn yì fǔ chǐ ér yǐ
之，一人、一桌、一椅、一扇、一抚尺而已。

hé zhōng shí shòu
河中石兽

qīng jì yún
清·纪昀

cāng zhōu nán yí sì lín hé gān shān mén pǐ yú hé
沧州南一寺临河干，山门圮于河，

èr shí shòu bìng chén yān yuè shí yú suì sēng mù jīn chóng
二石兽并沉焉。阅十余岁，僧募金重
xiū qiú èr shí shòu yú shuǐ zhōng jìng bù kě dé yǐ wéi
修，求二石兽于水中，竟不可得。以为
shùn liú xià yǐ zhào shù xiǎo zhōu yè tiě pá xún shí yú
顺流下矣，棹数小舟，曳铁钯，寻十余
lǐ wú jì
里，无迹。

yì jiǎng xué jiā shè zhàng sì zhōng wén zhī xiào yuē
一讲学家设帐寺中，闻之笑曰：
ěr bèi bù néng jiū wù lǐ shì fēi mù fèi qǐ néng wèi bào
“尔辈不能究物理，是非木柿，岂能为暴
zhǎng xié zhī qù nǎi shí xìng jiān zhòng shā xìng sōng fú yān
涨携之去？乃石性坚重，沙性松浮，湮
yú shā shàng jiàn chén jiàn shēn ěr yán hé qiú zhī bú yì
于沙上，渐沉渐深耳。沿河求之，不亦
diān hū zhòng fú wéi què lùn
颠乎？”众服为确论。

yì lǎo hé bīng wén zhī yòu xiào yuē fán hé zhōng shī
一老河兵闻之，又笑曰：“凡河中失
shí dāng qiú zhī yú shàng yóu gài shí xìng jiān zhòng shā xìng
石，当求之于上游。盖石性坚重，沙性
sōng fú shuǐ bù néngchōng shí qí fǎn jī zhī lì bì yú shí
松浮，水不能冲石，其反激之力，必于石
xià yíng shuǐ chù niè shā wéi kǎn xué jiàn jī jiàn shēn zhì shí
下迎水处啮沙为坎穴，渐激渐深，至石

zhī bàn shí bì dào zhì kǎn xué zhōng rú shì zài niè shí
之半，石必倒掷坎穴中。如是再啮，石
yòu zài zhuǎn zài zhuǎn bù yǐ suì fǎn sù nì liú ér shàng
又再转，再转不已，遂反溯逆流而上
yǐ qiú zhī xià liú gù diān qiú zhī dì zhōng bú gèng diān
矣。求之下流，固颠；求之地中，不更颠
hū
乎？”

rú qí yán guǒ dé yú shù lǐ wài rán zé tiān xià
如其言，果得于数里外。然则天下
zhī shì dàn zhī qí yī bù zhī qí èr zhě duō yǐ kě jù
之事，但知其一不知其二者多矣，可据
lǐ yì duàn yú
理臆断欤？

lǎo wēng bǔ hǔ
老翁捕虎
qīng jì yún
清·纪昀

zú xiōng zhōng hán zhī jīng dé xiàn shí jìn chéng yǒu hǔ
族兄中涵知旌德县时，近城有虎
bào shāng liè hù shù rén bù néng bǔ yì rén qǐng yuē
暴，伤猎户数人，不能捕。邑人请曰：
fēi pìn huī zhōu táng dǎ liè bù néng chú cǐ huàn yě nǎi
“非聘徽州唐打猎，不能除此患也。”乃

qiǎn lì chí bì wǎng guī bào táng shì xuǎn yì zhì jīng zhě èr
遣吏持币往。归报唐氏选艺至精者二
rén xíng qiě zhì zhì zé yì lǎo wēng xū fà hào rán shí
人，行且至。至则一老翁，须发皓然，时
kǎ kǎ zuò sòu yì tóng zǐ shí liù qī ěr dà shī wàng
咯咯作嗽；一童子十六七耳。大失望，
gū mìng jù shí lǎo wēng chá zhōng hán yì bù mǎn bàn guì qǐ
姑命具食。老翁察中涵意不满，半跪启
yuē wén cǐ hǔ jù chéng bù wǔ lǐ xiān wǎng bǔ zhī cì
曰："闻此虎距城不五里，先往捕之，赐
shí wèi wǎn yě suì mìng yì dǎo wǎng yì zhì gǔ kǒu bù
食未晚也。"遂命役导往。役至谷口，不
gǎn xíng lǎo wēng shěn yuē wǒ zài ěr shàng wèi yé
敢行。老翁哂曰："我在，尔尚畏耶？"
rù gǔ jiāng bàn lǎo wēng gù tóng zǐ yuē cǐ chù sì shàng
入谷将半，老翁顾童子曰："此畜似尚
shuì rǔ hū zhī xǐng tóng zǐ zuò hǔ xiào shēng guǒ zì lín
睡，汝呼之醒！"童子作虎啸声，果自林
zhōng chū jìng bó lǎo wēng lǎo wēng shǒu yì duǎn bǐng fǔ zòng
中出，径搏老翁。老翁手一短柄斧，纵
bā jiǔ cùn héng bàn zhī fèn bì yì lì hǔ pū zhì cè
八九寸，横半之，奋臂屹立。虎扑至，侧
shǒu ràng zhī hǔ zì dǐng shàng yuè guò yǐ xuè liú pū dì
首让之；虎自顶上跃过，已血流仆地。
shì zhī zì hàn xià zhì wěi lǘ jiē chù fǔ liè yǐ nǎi
视之，自颔下至尾闾，皆触斧裂矣。乃

hòu zèng qiǎn zhī
厚赠遣之。

lǎo wēng zì yán liàn bì shí nián liàn mù shí nián
老翁自言，炼臂十年，炼目十年。
qí mù yǐ máo zhǒu sǎo zhī bú shùn qí bì shǐ zhuàng fū pān
其目以毛帚扫之，不瞬；其臂使壮夫攀
zhī xuán shēn xià zhuì bù néng dòng zhuāng zǐ yuē xí
之，悬身下縋不能动。《庄子》曰：“习
fú zhòng shén qiǎo zhě bú guò xí zhě zhī mén xìn fú
伏众神，巧者不过习者之门。”信夫。

cháng jiàn shǐ shè rén sì biāo àn zhōng zhuō bǐ shū tiáo
尝见史舍人嗣彪，暗中捉笔书条
fú yǔ bǐng zhú wú yì yòu wén jìng hǎi lì wén kè gōng
幅，与秉烛无异。又闻静海励文恪公，
jiǎn fāng cùn zhǐ yì bǎi piàn shū yí zì qí shàng piàn piàn xiàng
剪方寸纸一百片，书一字其上，片片向
rì dié yìng wú yì bǐ sī háo chū rù jūn xí ér yǐ
日叠映，无一笔丝毫出入。均习而已
yǐ fēi bié yǒu miù qiǎo yě
矣，非别有谬巧也。

fú qú

芙蕖

qīng lǐ yú

清·李渔

fú qú yǔ cǎo běn zhū huā sì jué shāo yì rán yǒu gēn
芙蕖与草本诸花似觉稍异，然有根
wú shù yí suì yì shēng qí xìng tóng yě pǔ yún chǎn
无树，一岁一生，其性同也。谱云：“产
yú shuǐ zhě yuē cǎo fú róng chǎn yú lù zhě yuē hàn lián zé
于水者曰草芙蓉，产于陆者曰旱莲。”则
wèi fēi cǎo běn bù dé yǐ yú xià jì yǐ cǐ wéi mìng zhě
谓非草本不得矣。予夏季倚此为命者，
fēi gù xiào pín yú mào shū ér xí chéng shuō yú qián rén yě yǐ
非故效颦于茂叔而袭成说于前人也，以
fú qú zhī kě rén qí shì bù yī ér zú qǐng bèi shù zhī
芙蕖之可人，其事不一而足，请备述之。

qún pā dāng lìng shí zhǐ zài huā kāi zhī shù rì qián
群葩当令时，只在花开之数日，前
cǐ hòu cǐ jiē shǔ guò ér bú wèn zhī qiū yǐ fú qú zé
此后此皆属过而不问之秋矣。芙蕖则
bù rán zì hé qián chū shuǐ zhī rì biàn wéi diǎn zhuì lǜ bō
不然：自荷钱出水之日，便为点缀绿波；
jí qí jīng yè jì shēng zé yòu rì gāo rì shàng rì shàng rì
及其茎叶既生，则又日高日上，日上日

yán yǒu fēng jì zuò piāo yáo zhī tài wú fēng yì chéng niǎo nuó
妍。有风既作飘摇之态，无风亦呈袅娜
zhī zī shì wǒ yú huā zhī wèi kāi xiān xiǎng wú qióng yì zhì
之姿，是我于花之未开，先享无穷逸致
yǐ dài zhì hàn dàn chéng huā jiāo zī yù dī hòu xiān xiāng
矣。迨至菡萏成花，娇姿欲滴，后先相
jì zì xià cú qiū cǐ zé zài huā wéi fèn nèi zhī shì zài
继，自夏徂秋，此则在花为分内之事，在
rén wéi yīng dé zhī zī zhě yě jí huā zhī jì xiè yì kě
人为应得之资者也。及花之既谢，亦可
gào wú zuì yú zhǔ rén yǐ nǎi fù dì xià shēng péng péng zhōng
告无罪于主人矣；乃复蒂下生蓬，蓬中
jiē shí tíng tíng dú lì yóu sì wèi kāi zhī huā yǔ cuì yè
结实，亭亭独立，犹似未开之花，与翠叶
bìng qíng bú zhì bái lù wéi shuāng ér néng shì bù yǐ cǐ
并擎，不至白露为霜而能事不已。此
jiē yán qí kě mù zhě yě
皆言其可目者也。

kě bí zé yǒu hé yè zhī qīng xiāng hé huā zhī yì
可鼻，则有荷叶之清香，荷花之异
fù bì shǔ ér shǔ wèi zhī tuì nà liáng ér liáng zhú zhī shēng
馥；避暑而暑为之退，纳凉而凉逐之生。

zhì qí kě rén zhī kǒu zhě zé lián shí yǔ ǒu jiē bìng
至其可人之口者，则莲实与藕皆并
liè pán cān ér hù fēn chǐ jiá zhě yě
列盘餐而互芬齿颊者也。

zhǐ yǒu shuāngzhōng bài yè líng luò nán kān sì chéng qì
只有霜中败叶，零落难堪，似成弃
wù yǐ nǎi zhāi ér cáng zhī yòu bèi jīng nián guǒ wù zhī yòng
物矣，乃摘而藏之，又备经年裹物之用。

shì fú qú yě zhě wú yì shí yí kè bú shì ěr mù
是芙蕖也者，无一时一刻不适耳目
zhī guān wú yí wù yì sī bú bèi jiā cháng zhī yòng zhě yě
之观，无一物一丝不备家常之用者也。
yǒu wǔ gǔ zhī shí ér bù yǒu qí míng jiān bǎi huā zhī cháng ér
有五谷之实而不有其名，兼百花之长而
gè qù qí duǎn zhòng zhí zhī lì yǒu dà yú cǐ zhě hū
各去其短，种植之利有大于此者乎？

yú sì mìng zhī zhōng cǐ mìng wéi zuì wú rú kù hào
予四命之中，此命为最。无如酷好
yì shēng jìng bù dé bàn mǔ fāng táng wéi ān shēn lì mìng zhī
一生，竟不得半亩方塘为安身立命之
dì jǐn záo dǒu dà yì chí zhí shù jīng yǐ sè zé yòu shí
地，仅凿斗大一池，植数茎以塞责，又时
bìng qí lòu wàng tiān qǐ shuǐ yǐ jiù zhī dài suǒ wèi bú shàn
病其漏，望天乞水以救之，殆所谓不善
yǎngshēng ér cǎo jiān qí mìng zhě zāi
养生而草菅其命者哉。

láng
狼

qīng pú sōnglíng
清·蒲松龄

yì tú wǎn guī dàn zhōng ròu jìn zhǐ yǒu shèng gǔ
一屠晚归，担中肉尽，止有剩骨。
tú zhōng liǎng láng zhuì xíng shèn yuǎn
途中两狼，缀行甚远。

tú jù tóu yǐ gǔ yì láng dé gǔ zhǐ yì láng
屠惧，投以骨。一狼得骨止，一狼
réng cóng fù tóu zhī hòu láng zhǐ ér qián láng yòu zhì gǔ
仍从。复投之，后狼止而前狼又至。骨
yǐ jìn yǐ ér liǎng láng zhī bìng qū rú gù
已尽矣，而两狼之并驱如故。

tú dà jiǒng kǒng qián hòu shòu qí dí gù yě yǒu mài
屠大窘，恐前后受其敌。顾野有麦
cháng cháng zhǔ jī xīn qí zhōng shàn bì chéng qiū tú nǎi bēn
场，场主积薪其中，苫蔽成丘。屠乃奔
yǐ qí xià chí dàn chí dāo láng bù gǎn qián dān dān xiāng
倚其下，弛担持刀。狼不敢前，眈眈相
xiàng
向。

shǎo shí yì láng jìng qù qí yī quǎn zuò yú qián
少时，一狼径去，其一犬坐于前。

jiǔ zhī mù sì míng yì xiá shèn tú bào qǐ yǐ dāo pī
久之，目似瞑，意暇甚。屠暴起，以刀劈
láng shǒu yòu shù dāo bì zhī fāng yù xíng zhuǎn shì jī xīn
狼首，又数刀毙之。方欲行，转视积薪
hòu yì láng dòng qí zhōng yì jiāng suì rù yǐ gōng qí hòu yě
后，一狼洞其中，意将隧入以攻其后也。
shēn yǐ bàn rù zhǐ lòu kāo wěi tú zì hòu duàn qí gǔ
身已半入，止露尻尾。屠自后断其股，
yì bì zhī nǎi wù qián láng jiǎ mèi gài yǐ yòu dí
亦毙之。乃悟前狼假寐，盖以诱敌。

láng yì xiá yǐ ér qǐng kè liǎng bì qín shòu zhī biàn
狼亦黠矣，而顷刻两毙，禽兽之变
zhà jǐ hé zāi zhǐ zēng xiào ěr
诈几何哉？止增笑耳。

shān shì
山市

qīng pú sōng líng
清·蒲松龄

huàn shān shān shì yì bā jǐng zhī yī yě rán shù nián
奂山山市，邑八景之一也，然数年
héng bù yí jiàn sūn gōng zǐ yǔ nián yǔ tóng rén yǐn lóu shàng
恒不一见。孙公子禹年与同人饮楼上，
hū jiàn shān tóu yǒu gū tǎ sǒng qǐ gāo chā qīng míng xiāng gù
忽见山头有孤塔耸起，高插青冥，相顾

jīng yí niàn jìn zhōng wú cǐ chán yuàn wú hé jiàn gōng diàn
惊疑，念近中无此禅院。无何，见宫殿
shù shí suǒ bì wá fēi méng shǐ wù wéi shān shì wèi jǐ
数十所，碧瓦飞甍，始悟为山市。未几，
gāo yuán pì nì lián gèn liù qī lǐ jū rán chéng guō yǐ
高垣睥睨，连亘六七里，居然城郭矣。
zhōng yǒu lóu ruò zhě táng ruò zhě fāng ruò zhě lì lì zài
中有楼若者，堂若者，坊若者，历历在
mù yǐ yì wàn jì hū dà fēng qǐ chén qì mǎngmǎng rán
目，以亿万计。忽大风起，尘气莽莽然，
chéng shì yī xī ér yǐ jì ér fēng dìng tiān qīng yí qiè wū
城市依稀而已。既而风定天清，一切乌
yǒu wéi wēi lóu yí zuò zhí jiē xiāo hàn lóu wǔ jià
有，惟危楼一座，直接霄汉。楼五架，
chuāng fēi jiē dòng kāi yì háng yǒu wǔ diǎn míng chù lóu wài tiān
窗扉皆洞开；一行有五点明处，楼外天
yě
也。

céng céng zhǐ shǔ lóu yù gāo zé míng jiàn shǎo shǔ
层层指数，楼愈高，则明渐少。数
zhì bā céng cái rú xīng diǎn yòu qí shàng zé àn rán piāo
至八层，裁如星点。又其上，则黯然缥
miǎo bù kě jì qí céng cì yǐ ér lóu shàng rén wǎng lái xiè
缈，不可计其层次矣。而楼上人往来屑
xiè huò píng huò lì bù yí zhuàng yú shí lóu jiàn dī
屑，或凭或立，不一状。逾时，楼渐低，

kě jiàn qí dǐng yòu jiàn rú cháng lóu yòu jiàn rú gāo shè shū
可见其顶；又渐如常楼；又渐如高舍；倏
hū rú quán rú dòu suì bù kě jiàn
忽如拳如豆，遂不可见。

yòu wén yǒu zǎo xíng zhě jiàn shān shàng rén yān shì sì
又闻有早行者，见山上人烟市肆，
yǔ shì wú bié gù yòu míng guǐ shì yún
与世无别，故又名“鬼市”云。

láo shān dào shì
劳山道士
qīng pú sōng líng
清·蒲松龄

yì yǒu wáng shēng háng qī gù jiā zǐ shào mù dào
邑有王生，行七，故家子。少慕道，
wén láo shān duō xiān rén fù jí wǎng yóu dēng yì dǐng yǒu
闻劳山多仙人，负笈往游。登一顶，有
guàn yǔ shèn yōu yí dào shì zuò pú tuán shàng sù fà chuí
观宇，甚幽。一道士坐蒲团上，素发垂
lǐng ér shén guāng shuǎng mài kòu ér yǔ yǔ lǐ shèn xuán miào
领而神光爽迈。叩而与语，理甚玄妙。
qǐng shī zhī dào shì yuē kǒng jiāo duò bù néng zuò kǔ dá
请师之，道士曰：“恐娇惰不能作苦。”答
yán néng zhī qí mén rén shèn zhòng bó mù bì jí wáng
言：“能之。”其门人甚众，薄暮毕集，王

jù yǔ qǐ shǒu suì liú guànzhōng
俱与稽首，遂留观中。

líng chén dào shì hū wáng qù shòu yǐ fǔ shǐ suí zhòng
凌晨，道士呼王去，授以斧，使随众
cǎi qiáo wáng jǐn shòu jiào guò yuè yú shǒu zú chóng jiǎn
采樵。王谨受教。过月余，手足重茧，
bù kān qí kǔ yīn yǒu guī zhì yì xī guī jiàn èr rén
不堪其苦，阴有归志。一夕归，见二人
yǔ shī gòng zhuó rì yǐ mù shàng wú dēng zhú shī nǎi jiǎn
与师共酌，日已暮，尚无灯烛。师乃剪
zhǐ rú jìng zhān bì jiān é qǐng yuè míng huī shì guāng jiàn
纸如镜粘壁间。俄顷，月明辉室，光鉴
háo máng zhū mén rén huán tīng bēn zǒu yí kè yuē liáng
毫芒。诸门人环听奔走。一客曰：“良
xiāo shèng lè bù kě bù tóng nǎi yú àn shàng qǔ jiǔ hú
宵胜乐，不可不同。”乃于案上取酒壶
fēn lài zhū tú qiě zhǔ jìn zuì wáng zì sī qī bā rén
分赉诸徒，且嘱尽醉。王自思：七八人，
hú jiǔ hé néng biàn jǐ suì gè mì àng yú jìng yǐn xiān
壶酒何能遍给？遂各觅盎盂，竞饮先
jiào wéi kǒng zūn jìn ér wǎng fù yì zhù jìng bù shǎo jiǎn
釂，惟恐樽尽，而往复挹注，竟不少减。
xīn qí zhī é yí kè yuē méng cì yuè míng zhī zhào nǎi
心奇之。俄一客曰：“蒙赐月明之照，乃
ěr jì yǐn hé bù hū cháng é lái nǎi yǐ zhù zhì yuè
尔寂饮，何不呼嫦娥来？”乃以箸掷月

zhōng jiàn yì měi rén zì guāng zhōng chū chū bù yíng chǐ zhì
中。见一美人自光中出，初不盈尺，至
dì suì yǔ rén děng xiān yāo xiù xiàng piān piān zuò ní cháng
地遂与人等。纤腰秀项，翩翩作“霓裳
wǔ yǐ ér gē yuē xiān xiān hū ér huán hū ér
舞”。已而歌曰：“仙仙乎！而还乎！而
yōu wǒ yú guǎng hán hū qí shēng qīng yuè liè rú xiāo guǎn
幽我于广寒乎！”其声清越，烈如箫管。
gē bì pán xuán ér qǐ yuè dēng jī shàng jīng gù zhī jiān
歌毕，盘旋而起，跃登几上，惊顾之间，
yǐ fù wéi zhù sān rén dà xiào yòu yí kè yuē jīn
已复为箸。三人大笑。又一客曰：“今
xiāo zuì lè rán bú shēng jiǔ lì yǐ qí jiàn wǒ yú yuè gōng
宵最乐，然不胜酒力矣。其饯我于月宫
kě hū sān rén yí xí jiàn rù yuè zhōng zhòng shì sān
可乎？”三人移席，渐入月中。众视三
rén zuò yuè zhōng yǐn xū méi bì xiàn rú yǐng zhī zài jìng
人，坐月中饮，须眉毕见，如影之在镜
zhōng yí shí yuè jiàn àn mén rén rán zhú lái zé dào shì
中。移时月渐暗，门人燃烛来，则道士
dú zuò ér kè yǎo yǐ jī shàng yáo hé shàng cún bì shàng
独坐而客杳矣。几上肴核尚存，壁上
yuè zhǐ yuán rú jìng ér yǐ dào shì wèn zhòng yǐn zú
月，纸圆如镜而已。道士问众：“饮足
hū yuē zú yǐ zú yí zǎo qǐn wù wù qiáo
乎？”曰：“足矣！”“足，宜早寝，勿误樵

sū zhòng nuò ér tuì wáng qiè xīn mù guī niàn suì xī
苏。”众诺而退。王窃欣慕，归念遂息。

yòu yí yuè kǔ bù kě rěn ér dào shì bìng bù chuán
又一月，苦不可忍，而道士并不传
jiāo yí shù xīn bù néng dài cí yuē dì zǐ shù bǎi lǐ
教一术。心不能待，辞曰：“弟子数百里
shòu yè xiān shī zòng bù néng dé cháng shēng shù huò xiǎo yǒu chuán
受业仙师，纵不能得长生术，或小有传
xí yì kě wèi qiú jiào zhī xīn jīn yuè liǎng sān yuè bú
习，亦可慰求教之心。今阅两三月，不
guò zǎo qiáo ér mù guī dì zǐ zài jiā wèi ān cǐ kǔ
过早樵而暮归。弟子在家，未谙此苦。”
dào shì xiào yuē wú gù wèi bù néng zuò kǔ jīn guǒ rán
道士笑曰：“吾固谓不能作苦，今果然。
míng zǎo dāng qiǎn rǔ xíng wáng yuē dì zǐ cāo zuò duō rì
明早当遣汝行。”王曰：“弟子操作多日，
shī lüè shòu xiǎo jì cǐ lái wéi bú fù yě dào shì wèn
师略授小技，此来为不负也。”道士问：
hé shù zhī qiú wáng yuē měi jiàn shī xíng chù qiáng bì
“何术之求？”王曰：“每见师行处，墙壁
suǒ bù néng gé dàn dé cǐ fǎ zú yǐ dào shì xiào ér yǔn
所不能隔，但得此法足矣。”道士笑而允
zhī nǎi chuán yǐ jué lìng zì zhòu bì hū yuē rù
之。乃传以诀，令自咒，毕，呼曰：“入
zhī wáng miàn qiáng bù gǎn rù yòu yuē shì rù zhī
之！”王面墙不敢入。又曰：“试入之。”

wáng guǒ cóng róng rù jí qiáng ér zǔ dào shì yuē fǔ shǒu
王果从容入，及墙而阻。道士曰："俯首
zhé rù wù qūn xún wáng guǒ qù qiáng shù bù bēn ér rù
辄入，勿逡巡！"王果去墙数步奔而入，
jí qiáng xū ruò wú wù huí shì guǒ zài qiáng wài yǐ dà
及墙，虚若无物，回视，果在墙外矣。大
xǐ rù xiè dào shì yuē guī yí jié chí fǒu zé bú
喜，入谢。道士曰："归宜洁持，否则不
yàn suì zhù zī fǔ qiǎn zhī guī
验。"遂助资斧，遣之归。

dǐ jiā zì xǔ yù xiān jiān bì suǒ bù néng zǔ qī
抵家，自诩遇仙，坚壁所不能阻，妻
bú xìn wáng xiào qí zuò wéi qù qiáng shù chǐ bēn ér rù
不信。王效其作为，去墙数尺，奔而入，
tóu chù yìng bì mò rán ér bó qī fú shì zhī é shàng
头触硬壁，蓦然而踣。妻扶视之，额上
fén qǐ rú jù luǎn yān qī yé yú zhī wáng cán fèn
坟起，如巨卵焉。妻揶揄之。王惭忿，
mà lǎo dào shì zhī wú liáng ér yǐ
骂老道士之无良而已。

dài zhèn nàn shī

戴震难师

qīng duàn yù cái

清·段玉裁

xiān shēng shì nián nǎi néng yán gài cōng míng yùn xù zhě jiǔ
先生是年乃能言，盖聪明蕴蓄者久
yǐ jiù fù dú shū guò mù chéng sòng rì shù qiān yán bù
矣。就傅读书，过目成诵，日数千言不
kěn xiū shòu dà xué zhāng jù zhì yòu jīng yì zhāng
肯休。授《大学章句》，至“右经一章”
yǐ xià wèn shú shī cǐ hé yǐ zhī wéi kǒng zǐ zhī yán ér
以下，问塾师：“此何以知为孔子之言而
zēng zǐ shù zhī yòu hé yǐ zhī wéi zēng zǐ zhī yì ér mén
曾子述之？又何以知为曾子之意而门
rén jì zhī shī yìng zhī yuē cǐ zhū wén gōng suǒ shuō
人记之？”师应之曰：“此朱文公所说。”
jí wèn zhū wén gōng hé shí rén yuē sòng cháo rén
即问：“朱文公何时人？”曰：“宋朝人。”
kǒng zǐ zēng zǐ hé shí rén yuē zhōu cháo rén
“孔子、曾子何时人？”曰：“周朝人。”
zhōu cháo sòng cháo xiāng qù jǐ hé shí yǐ yuē jǐ èr
“周朝、宋朝相去几何时矣？”曰：“几二
qiān nián yǐ rán zé zhū wén gōng hé yǐ zhī rán shī wú
千年矣。”“然则朱文公何以知然？”师无

yǐ yìng yuē cǐ fēi cháng ér yě
以应，曰："此非常儿也。"

cài miǎn zhān jiān hái wáng yǒu cái
蔡勉旃坚还亡友财

qīng xú kē
清·徐珂

cài lín zì miǎn zhān wú xiàn rén zhòng nuò zé dūn
蔡璘，字勉旃，吴县人。重诺责，敦
fēng yì yǒu yǒu mǒu yǐ qiān jīn jì zhī bú lì quàn wú
风义。有友某以千金寄之，不立券。亡
hé qí yǒu wáng cài zhào qí zǐ zhì guī zhī è rán bú
何，其友亡。蔡召其子至，归之，愕然不
shòu yuē xī wú cǐ shì yě ān yǒu jì qiān jīn ér
受，曰："嘻！无此事也，安有寄千金而
wú quàn zhě qiě fù wèi cháng yù wǒ yě cài xiào yuē
无券者？且父未尝语我也。"蔡笑曰：
quàn zài xīn bú zài zhǐ ér wēng zhī wǒ gù bú yù láng
"券在心，不在纸。而翁知我，故不语郎
jūn zú niǎn ér zhì zhī
君。"卒辇而致之。

huáng shēng jiè shū shuō

黄生借书说

qīng yuánméi

清·袁枚

huáng shēng yǔn xiū jiè shū suí yuán zhǔ rén shòu yǐ shū ér gào zhī yuē

黄生允修借书。随园主人授以书而告之曰：

shū fēi jiè bù néng dú yě zǐ bù wén cáng shū zhě hū qī lüè sì kù tiān zǐ zhī shū rán tiān zǐ dú shū zhě yǒu jǐ hàn niú sāi wū fù guì jiā zhī shū rán fù guì rén dú shū zhě yǒu jǐ qí tā zǔ fù jī zǐ sūn qì zhě wú lùn yān fēi dú shū wéi rán tiān xià wù jiē rán fēi fú rén zhī wù ér qiǎng jiǎ yān bì lǜ rén bī qǔ ér zhuì zhuì yān mó wán zhī bù yǐ yuē jīn rì cún míng rì qù wú bù dé ér jiàn zhī yǐ ruò yè wéi wú suǒ yǒu bì gāo

书非借不能读也。子不闻藏书者乎？《七略》、四库，天子之书，然天子读书者有几？汗牛塞屋，富贵家之书，然富贵人读书者有几？其他祖父积、子孙弃者无论焉。非独书为然，天下物皆然。非夫人之物而强假焉，必虑人逼取，而惴惴焉摩玩之不已，曰：今日存，明日去，吾不得而见之矣。若业为吾所有，必高

shù yān guī cáng yān yuē gū sì yì rì guān yún ěr
束焉，庋藏焉，曰“姑俟异日观”云尔。

yú yòu hào shū jiā pín nán zhì yǒu zhāng shì cáng shū shèn fù wǎng jiè bù yǔ guī ér xíng zhū mèng qí qiè rú shì gù yǒu suǒ lǎn zhé xǐng jì tōng jí hòu fèng qù shū lái luò luò dà mǎn sù yín huī sī shí méng juàn zhóu rán hòu tàn jiè zhě zhī yòng xīn zhuān ér shào shí zhī suì yuè wéi kě xī yě
余幼好书，家贫难致。有张氏藏书甚富。往借不与，归而形诸梦。其切如是。故有所览，辄省记。通籍后，俸去书来，落落大满，素蟫灰丝，时蒙卷轴。然后叹借者之用心专，而少时之岁月为可惜也！

jīn huáng shēng pín lèi yú qí jiè shū yì lèi yú wéi yú zhī gōng shū yǔ zhāng shì zhī lìn shū ruò bù xiāng lèi rán zé yú gù bú xìng ér yù zhāng hū shēng gù xìng ér yù yú hū zhī xìng yǔ bú xìng zé qí dú shū yě bì zhuān ér qí guī shū yě bì sù wéi yì shuō shǐ yǔ shū jù
今黄生贫类予，其借书亦类予；惟予之公书与张氏之吝书若不相类。然则予固不幸而遇张乎，生固幸而遇予乎？知幸与不幸，则其读书也必专，而其归书也必速。为一说，使与书俱。

竹

清·郑燮

江馆清秋，晨起看竹，烟光日影露气，皆浮动于疏枝密叶之间。胸中勃勃遂有画意。其实胸中之竹，并不是眼中之竹也。因而磨墨展纸，落笔倏作变相，手中之竹又不是胸中之竹也。总之，意在笔先者，定则也；趣在法外者，化机也。独画云乎哉？

zhì shuǐ bì gōng qīn

治水必躬亲

qīng qiányǒng

清·钱泳

zhì shuǐ zhī fǎ jì bù kě zhí yī nì yú zhǎng gù
治水之法，既不可执一，泥于掌故，
yì bù kě wàng yì qīng xìn rén yán gài dì yǒu gāo dī liú
亦不可妄意轻信人言。盖地有高低，流
yǒu huǎn jí zhū yǒu qiǎn shēn shì yǒu qū zhí fēi xiàng duó bù
有缓急，潴有浅深，势有曲直，非相度不
dé qí qíng fēi zī xún bù qióng qí zhì shì yǐ bì dé gōng
得其情，非咨询不穷其致，是以必得躬
lì shānchuān qīn láo pián zhī
历山川，亲劳胼胝。

xī hǎi zhōng jiè zhì hé bù páo huǎn dài mào yǔ chōng
昔海忠介治河，布袍缓带，冒雨冲
fēng wǎng lái yú huāng cūn yě shuǐ zhī jiān qīn jǐ qián liáng bú
风，往来于荒村野水之间，亲给钱粮，不
kòu yì lí ér suí guān rén yì yì wèi cháng hèng suǒ yì qián
扣一厘，而随官人役亦未尝横索一钱。
bì rú shì ér hòu shì kě jǔ yě rú hào yì ér wù láo
必如是而后事可举也。如好逸而恶劳，
jì lì ér wàng yì yuǎn xián ér bì yuàn zé shì bù jǔ ér
计利而忘义，远嫌而避怨，则事不举而

shuǐ lì bù xīng yǐ
水利不兴矣。

yuè fēi
岳飞

qīng bì yuán
清·毕沅

fēi shì qīn zhì xiào jiā wú jī shì wú jiè sù fú
飞事亲至孝，家无姬侍。吴玠素服
fēi yuàn yǔ jiāo huān shì míng shū wèi zhī fēi yuē zhǔ shàng
飞，愿与交欢，饰名姝遗之，飞曰：“主上
xiāo gàn nìng dà jiàng ān lè shí yé què bú shòu jiè dà
宵旰，宁大将安乐时耶！”却不受。玠大
tàn fú huò wèn tiān xià hé shí tài píng fēi yuē
叹服。或问：“天下何时太平？”飞曰：
wén chén bú ài qián wǔ chén bù xī sǐ tiān xià tài píng
“文臣不爱钱，武臣不惜死，天下太平
yǐ shī měi xiū shè kè jiàng shì zhù pō tiào háo jiē zhòng
矣。”师每休舍，课将士注坡跳壕，皆重
kǎi yǐ xí zhī zú yǒu qǔ mín má yì lǚ yǐ shù chú zhě
铠以习之。卒有取民麻一缕以束刍者，
lì zhǎn yǐ xùn zú yè sù mín kāi mén yuàn nà wú gǎn
立斩以徇。卒夜宿，民开门愿纳，无敢
rù zhě jūn hào dòng sǐ bù chāi wū è sǐ bù lǔ lüè
入者，军号“冻死不拆屋，饿死不掳掠”。

zú yǒu jí qīn wèi tiáo yào zhū jiàng yuǎn shù fēi qī wèn
卒有疾，亲为调药。诸将远戍，飞妻问

láo qí jiā sǐ shì zhě kū zhī ér yù qí gū yǒu bān
劳其家；死事者，哭之而育其孤。有颁

kào jūn jǐ jūn lì qiū háo wú fàn shàn yǐ shǎo jī zhòng
犒，均给军吏，秋毫无犯。善以少击众。

fán yǒu suǒ jǔ jìn zhào zhū tǒng zhì móu dìng ér hòu zhàn gù
凡有所举，尽召诸统制，谋定而后战，故

suǒ xiàng kè jié cù yù dí bú dòng gù dí wèi zhī yǔ
所向克捷。猝遇敌不动。故敌为之语

yuē hàn shān yì hàn yuè jiā jūn nán zhāng jùn cháng wèn
曰：“撼山易，撼岳家军难。”张俊尝问

yòng bīng zhī shù fēi yuē rén xìn zhì yǒng yán quē
用兵之术，飞曰：“仁、信、智、勇、严，阙

yī bù kě měi diào jūn shí bì cù é yuē dōng nán mín
一不可。”每调军食，必蹙额曰：“东南民

lì jié yǐ hào xián lǐ shì yǎ gē tóu hú xún xún rú
力竭矣！”好贤礼士，雅歌投壶，恂恂如

rú shēng měi cí guān bì yuē jiàng shì xiào lì fēi hé
儒生。每辞官，必曰：“将士效力，飞何

gōng zhī yǒu rán zhōng fèn jī liè yì lùn bú cuò yú rén
功之有！”然忠愤激烈，议论不挫于人，

zú yǐ cǐ dé huò
卒以此得祸。

yòu shí jì qù

幼时记趣

qīng shěn fù
清·沈复

yú yì tóng zhì shí néng zhāng mù duì rì míng chá qiū
余忆童稚时，能张目对日，明察秋
háo jiàn miǎo xiǎo wēi wù bì xì chá qí wén lǐ gù shí
毫。见藐小微物，必细察其纹理。故时
yǒu wù wài zhī qù
有物外之趣。

xià wén chéng léi sī nǐ zuò qún hè wǔ kōng xīn zhī
夏蚊成雷，私拟作群鹤舞空。心之
suǒ xiàng zé huò qiān huò bǎi guǒ rán hè yě áng shǒu guān
所向，则或千或百果然鹤也。昂首观
zhī xiàng wèi zhī jiāng yòu liú wén yú sù zhàng zhōng xú pēn
之，项为之强。又留蚊于素帐中，徐喷
yǐ yān shǐ qí chōng yān fēi míng zuò qīng yún bái hè guān guǒ
以烟，使其冲烟飞鸣，作青云白鹤观，果
rú hè lì yún duān yí rán chēng kuài
如鹤唳云端，怡然称快。

yú tǔ qiáng āo tū chù huā tái xiǎo cǎo cóng zá chù
于土墙凹凸处，花台小草丛杂处，
cháng dūn qí shēn shǐ yǔ tái qí dìng mù xì shì yǐ cóng
常蹲其身，使与台齐，定目细视。以丛

cǎo wéi lín yǐ chóng yǐ wéi shòu yǐ tǔ lì tū zhě wéi qiū
草为林，以虫蚁为兽，以土砾凸者为邱，
āo zhě wéi hè shén yóu qí zhōng yí rán zì dé
凹者为壑，神游其中，怡然自得。

yí rì jiàn èr chóng dòu cǎo jiān guān zhī zhèng nóng hū
一日，见二虫斗草间，观之正浓，忽
yǒu páng rán dà wù bá shān dǎo shù ér lái gài yí lài há
有庞然大物，拔山倒树而来，盖一癞蛤
ma yě shé yì tǔ ér èr chóng jìn wéi suǒ tūn yú nián
蟆也。舌一吐而二虫尽为所吞。余年
yòu fāng chū shén bù jué xiā rán jīng kǒng shén dìng zhuō há
幼，方出神，不觉呀然惊恐；神定，捉蛤
ma biān shù shí qū zhī bié yuàn
蟆，鞭数十，驱之别院。

tán sì tóng zhī sǐ
谭嗣同之死

qīng liáng qǐ chāo
清·梁启超

zhì chū liù rì biàn suì fā shí yú fāng fǎng jūn
至初六日，变遂发。时余方访君
yù duì zuò tà shàng yǒu suǒ bò huà ér chāo bǔ nán hǎi guǎn
寓，对坐榻上，有所擘画，而抄捕南海馆
zhī bào hū zhì xuán wén chuí lián zhī yù jūn cóng róng yù yú
之报忽至，旋闻垂帘之谕。君从容语余

yuē xī yù jiù huáng shàng jì wú kě jiù jīn yù jiù xiān
曰:“昔欲救皇上既无可救,今欲救先
shēng yì wú kě jiù wú yǐ wú shì kě bàn wéi dài sǐ qī
生亦无可救,吾已无事可办,惟待死期
ěr suī rán tiān xià shì zhī qí bù kě ér wéi zhī zú xià
耳。虽然,天下事知其不可而为之,足下
shì rù rì běn shǐ guǎn yè yī téng shì qǐng zhì diàn shàng hǎi
试入日本使馆,谒伊藤氏,请致电上海
lǐng shì ér jiù xiān shēng yān
领事而救先生焉。”

yú shì xī sù yú rì běn shǐ guǎn jūn jìng rì bù chū
余是夕宿于日本使馆,君竟日不出
mén yǐ dài bǔ zhě bǔ zhě jì bú zhì zé yú qí míng rì
门,以待捕者。捕者既不至,则于其明日
rù rì běn shǐ guǎn yǔ yú xiāng jiàn quàn dōng yóu qiě xié suǒ
入日本使馆与余相见,劝东游,且携所
zhù shū jí shī wén cí gǎo běn shù cè jiā shū yí qiè tuō yān
著书及诗文辞稿本数册、家书一箧托焉。
yuē bù yǒu xíng zhě wú yǐ tú jiāng lái bù yǒu sǐ zhě
曰:“不有行者,无以图将来;不有死者,
wú yǐ chóu shèng zhǔ jīn nán hǎi zhī shēng sǐ wèi kě bǔ
无以酬圣主。今南海之生死未可卜,
chéng yīng chǔ jiù yuè zhào xī xiāng wú yǔ zú xià fēn rèn
程婴、杵臼,月照、西乡,吾与足下分任
zhī suì xiāng yǔ yí bào ér bié
之。”遂相与一抱而别。

chū qī bā jiǔ sān rì jūn fù yǔ xiá shì móu jiù
初七、八、九三日，君复与侠士谋救
huáng shàng shì zú bù chéng chū shí rì suì bèi dài bèi
皇上，事卒不成。初十日遂被逮。被
dài zhī qián yí rì rì běn zhì shì shù bèi kǔ quàn jūn dōng yóu
逮之前一日，日本志士数辈苦劝君东游，
jūn bù tīng zài sì qiǎng zhī jūn yuē gè guó biàn fǎ
君不听。再四强之，君曰："各国变法，
wú bù cóng liú xuè ér chéng jīn zhōng guó wèi wén yǒu yīn biàn
无不从流血而成。今中国未闻有因变
fǎ ér liú xuè zhě cǐ guó zhī suǒ yǐ bù chāng yě yǒu
法而流血者，此国之所以不昌也。有
zhī qǐng zì sì tóng shǐ zú bú qù gù jí yú nàn
之，请自嗣同始！"卒不去，故及于难。

jūn jì xì yù tí yì shī yú yù bì yuē wàng mén
君既系狱，题一诗于狱壁曰："望门
tóu sù sī zhāng jiǎn rěn sǐ xū yú dài dù gēn wǒ zì héng
投宿思张俭，忍死须臾待杜根。我自横
dāo xiàng tiān xiào qù liú gān dǎn liǎng kūn lún gài niàn nán hǎi
刀向天笑，去留肝胆两昆仑。"盖念南海
yě yǐ bā yuè shí sān rì zhǎn yú shì chūn qiū sān shí yǒu
也。以八月十三日斩于市，春秋三十有
sān jiù yì zhī rì guān zhě wàn rén jūn kāng kǎi shén qì bù
三。就义之日，观者万人，君慷慨神气不
shǎo biàn shí jūn jī dà chén gāng yì jiān zhǎn jūn hū gāng qián
少变。时军机大臣刚毅监斩，君呼刚前

yuē wú yǒu yì yán gāng qù bù tīng nǎi cóng róng jiù
曰：“吾有一言！”刚去不听，乃从容就
lù wū hū liè yǐ
戮。呜呼烈矣！

与妻书

yǔ qī shū

清·林觉民

qīng lín jué mín

yì yìng qīng qīng rú wù wú jīn yǐ cǐ shū yǔ rǔ yǒng
意映卿卿如晤，吾今以此书与汝永
bié yǐ wú zuò cǐ shū shí shàng shì shì zhōng yì rén rǔ
别矣！吾作此书时，尚是世中一人；汝
kàn cǐ shū shí wú yǐ chéng wéi yīn jiān yì guǐ wú zuò cǐ
看此书时，吾已成为阴间一鬼。吾作此
shū lèi zhū hé bǐ mò qí xià bù néng jìng shū ér yù gē
书，泪珠和笔墨齐下，不能竟书而欲搁
bǐ yòu kǒng rǔ bù chá wú zhōng wèi wú rěn shě rǔ ér sǐ
笔，又恐汝不察吾衷，谓吾忍舍汝而死，
wèi wú bù zhī rǔ zhī bú yù wú sǐ yě gù suì rěn bēi wèi
谓吾不知汝之不欲吾死也，故遂忍悲为
rǔ yán zhī
汝言之。

wú zhì ài rǔ jí cǐ ài rǔ yí niàn shǐ wú yǒng
吾至爱汝，即此爱汝一念，使吾勇

yú jiù sǐ yě wú zì yù rǔ yǐ lái cháng yuàn tiān xià yǒu
于就死也。吾自遇汝以来，常愿天下有
qíng rén dōu chéng juàn shǔ rán biàn dì xīng yún mǎn jiē láng quǎn
情人都成眷属；然遍地腥云，满街狼犬，
chèn xīn kuài yì jǐ jiā néng gòu sī mǎ chūn shān wú bù
称心快意，几家能彀？司马春衫，吾不
néng xué tài shàng zhī wàng qíng yě yǔ yún rén zhě lǎo wú
能学太上之忘情也。语云：仁者“老吾
lǎo yǐ jí rén zhī lǎo yòu wú yòu yǐ jí rén zhī yòu
老以及人之老，幼吾幼以及人之幼”。
wú chōng wú ài rǔ zhī xīn zhù tiān xià rén ài qí suǒ ài
吾充吾爱汝之心，助天下人爱其所爱，
suǒ yǐ gǎn xiān rǔ ér sǐ bú gù rǔ yě rǔ tǐ wú cǐ
所以敢先汝而死，不顾汝也。汝体吾此
xīn yú tí qì zhī yú yì yǐ tiān xià rén wéi niàn dāng yì
心，于啼泣之余，亦以天下人为念，当亦
lè xī shēng wú shēn yǔ rǔ shēn zhī fú lì wèi tiān xià rén móu
乐牺牲吾身与汝身之福利，为天下人谋
yǒng fú yě rǔ qí wù bēi
永福也。汝其勿悲！

rǔ yì fǒu sì wǔ nián qián mǒu xī wú cháng yǔ
汝忆否？四五年前某夕，吾尝语
yuē yǔ shǐ wú xiān sǐ yě wú nìng rǔ xiān wǒ ér sǐ
曰：“与使吾先死也，无宁汝先我而死。”
rǔ chū wén yán ér nù hòu jīng wú wǎn jiě suī bú wèi wú
汝初闻言而怒，后经吾婉解，虽不谓吾

yán wéi shì ér yì wú cí xiāng dá wú zhī yì gài wèi yǐ
言为是，而亦无词相答。吾之意盖谓以
rǔ zhī ruò bì bù néng jīn shī wú zhī bēi wú xiān sǐ liú
汝之弱，必不能禁失吾之悲，吾先死留
kǔ yǔ rǔ wú xīn bù rěn gù nìng qǐng rǔ xiān sǐ wú dān
苦与汝，吾心不忍，故宁请汝先死，吾担
bēi yě jiē fú shuí zhī wú zú xiān rǔ ér sǐ hū
悲也。嗟夫！谁知吾卒先汝而死乎？
wú zhēn zhēn bù néng wàng rǔ yě huí yì hòu jiē zhī wū rù
吾真真不能忘汝也！回忆后街之屋，入
mén chuān láng guò qián hòu tīng yòu sān sì zhé yǒu xiǎo tīng
门穿廊，过前后厅，又三四折，有小厅，
tīng páng yí shì wéi wú yǔ rǔ shuāng qī zhī suǒ chū hūn
厅旁一室，为吾与汝双栖之所。初婚
sān sì gè yuè shì dōng zhī wàng rì qián hòu chuāng wài shū méi
三四个月，适冬之望日前后，窗外疏梅
shāi yuè yǐng yī xī yǎn yìng wú yǔ rǔ bìng jiān xié shǒu dī
筛月影，依稀掩映；吾与汝并肩携手，低
dī qiè qiè hé shì bù yǔ hé qíng bú sù jí jīn sī
低切切，何事不语？何情不诉？及今思
zhī kōng yú lèi hén yòu huí yì liù qī nián qián wú zhī
之，空余泪痕。又回忆六七年前，吾之
táo jiā fù guī yě rǔ qì gào wǒ wàng jīn hòu yǒu yuǎn
逃家复归也，汝泣告我：“望今后有远
xíng bì yǐ gào qiè qiè yuàn suí jūn xíng wú yì jì xǔ
行，必以告妾，妾愿随君行。”吾亦既许

rǔ yǐ qián shí yú rì huí jiā jí yù chéng biàn yǐ cǐ xíng
汝矣。前十余日回家，即欲乘便以此行
zhī shì yù rǔ jí yǔ rǔ xiāng duì yòu bù néng qǐ kǒu qiě
之事语汝，及与汝相对，又不能启口，且
yǐ rǔ zhī yǒu shēn yě gèng kǒng bú shēng bēi gù wéi rì rì
以汝之有身也，更恐不胜悲，故惟日日
hū jiǔ mǎi zuì jiē fú dāng shí yú xīn zhī bēi gài bù
呼酒买醉。嗟夫！当时余心之悲，盖不
néng yǐ cùn guǎn xíng róng zhī
能以寸管形容之。

wú chéng yuàn yǔ rǔ xiāng shǒu yǐ sǐ dì yǐ jīn rì shì
吾诚愿与汝相守以死，第以今日事
shì guān zhī tiān zāi kě yǐ sǐ dào zéi kě yǐ sǐ guā fēn
势观之，天灾可以死，盗贼可以死，瓜分
zhī rì kě yǐ sǐ jiān guān wū lì nüè mín kě yǐ sǐ wú
之日可以死，奸官污吏虐民可以死，吾
bèi chǔ jīn rì zhī zhōng guó guó zhōng wú dì wú shí bù kě yǐ
辈处今日之中国，国中无地无时不可以
sǐ dào nà shí shǐ wú yǎn zhēng zhēng kàn rǔ sǐ huò shǐ rǔ
死，到那时使吾眼睁睁看汝死，或使汝
yǎn zhēng zhēng kàn wú sǐ wú néng zhī hū yì rǔ néng zhī
眼睁睁看吾死，吾能之乎？抑汝能之
hū jí kě bù sǐ ér lí sàn bù xiāng jiàn tú shǐ liǎng
乎？即可不死，而离散不相见，徒使两
dì yǎn chéng chuān ér gǔ huà shí shì wèn gǔ lái jǐ céng jiàn
地眼成穿而骨化石，试问古来几曾见

pò jìng néng chóng yuán zé jiào sǐ wéi kǔ yě jiāng nài zhī
破镜能重圆？则较死为苦也，将奈之
hé jīn rì wú yǔ rǔ xìng shuāng jiàn tiān xià rén bù dāng
何？今日吾与汝幸双健。天下人不当
sǐ ér sǐ yǔ bú yuàn lí ér lí zhě bù kě shǔ jì zhōng
死而死与不愿离而离者，不可数计，钟
qíng rú wǒ bèi zhě néng rěn zhī hū cǐ wú suǒ yǐ gǎn shuài
情如我辈者，能忍之乎？此吾所以敢率
xìng jiù sǐ bú gù rǔ yě wú jīn sǐ wú yú hàn guó shì
性就死不顾汝也。吾今死无余憾，国事
chéng bù chéng zì yǒu tóng zhì zhě zài yī xīn yǐ wǔ suì
成不成自有同志者在。依新已五岁，
zhuǎn yǎn chéng rén rǔ qí shàn fǔ zhī shǐ zhī xiào wǒ rǔ
转眼成人，汝其善抚之，使之肖我。汝
fù zhōng zhī wù wú yí qí nǚ yě nǚ bì xiàng rǔ wú xīn
腹中之物，吾疑其女也，女必像汝，吾心
shèn wèi huò yòu shì nán zé yì jiāo qí yǐ fù zhì wéi zhì
甚慰。或又是男，则亦教其以父志为志，
zé wú sǐ hòu shàng yǒu èr yì dòng zài yě shèn xìng shèn
则吾死后尚有二意洞在也。甚幸，甚
xìng wú jiā hòu rì dāng shèn pín pín wú suǒ kǔ qīng jìng guò
幸！吾家后日当甚贫，贫无所苦，清静过
rì ér yǐ
日而已。

wú jīn yǔ rǔ wú yán yǐ wú jū jiǔ quán zhī xià yáo
吾今与汝无言矣。吾居九泉之下遥

wén rǔ kū shēng dāng kū xiāng hè yě wú píng rì bú xìn yǒu
闻汝哭声，当哭相和也。吾平日不信有
guǐ jīn zé yòu wàng qí zhēn yǒu jīn rén yòu yán xīn diàn gǎn
鬼，今则又望其真有。今人又言心电感
yìng yǒu dào wú yì wàng qí yán shì shí zé wú zhī sǐ wú
应有道，吾亦望其言是实，则吾之死，吾
líng shàng yī yī bàng rǔ yě rǔ bú bì yǐ wú lǚ bēi
灵尚依依旁汝也，汝不必以无侣悲。

wú píng shēng wèi cháng yǐ wú suǒ zhì yù rǔ shì wú bú
吾平生未尝以吾所志语汝，是吾不
shì chù rán yù zhī yòu kǒng rǔ rì rì wèi wú dān yōu wú
是处；然语之，又恐汝日日为吾担忧。吾
xī shēng bǎi sǐ ér bù cí ér shǐ rǔ dān yōu dí dí fēi
牺牲百死而不辞，而使汝担忧，的的非
wú suǒ rěn wú ài rǔ zhì suǒ yǐ wèi rǔ móu zhě wéi kǒng
吾所忍。吾爱汝至，所以为汝谋者惟恐
wèi jìn rǔ xìng ér ǒu wǒ yòu hé bú xìng ér shēng jīn rì
未尽。汝幸而偶我，又何不幸而生今日
zhī zhōng guó wú xìng ér dé rǔ yòu hé bù xìng ér shēng jīn
之中国！吾幸而得汝，又何不幸而生今
rì zhī zhōng guó zú bù rěn dú shàn qí shēn jiē fú
日之中国！卒不忍独善其身。嗟夫！
jīn duǎn qíng cháng suǒ wèi jìn zhě shàng yǒu wàn qiān rǔ kě yǐ
巾短情长，所未尽者，尚有万千，汝可以
mó nǐ dé zhī wú jīn bù néng jiàn rǔ yǐ rǔ bù néng shě
模拟得之。吾今不能见汝矣！汝不能舍

wú qí shí shí yú mèng zhōng dé wǒ hū yí tòng xīn wèi
吾，其时时于梦中得我乎！一恸！辛未
sān yuè niàn liù yè sì gǔ yì dòng shǒu shū
三月廿六夜四鼓，意洞手书。

jiā zhōng zhū mǔ jiē tōng wén yǒu bù jiě chù wàng qǐng
家中诸母皆通文，有不解处，望请
qí zhǐ jiào dāng jìn wú yì wéi xìng
其指教，当尽吾意为幸。